U0133001

法兰克福学派的
意识形态批判及其存在论视域

上海市学术著作出版基金

博士文库

法兰克福学派的
意识形态批判及其存在论视域

叶晓璐 著

世纪出版集团 上海人民出版社

序　言

　　阐扬马克思主义哲学的当代性或揭示其当代意义,是一个恒久的主题。事实上,几乎每一代马克思主义的主要理论家和实践家都首先切近地关注并力图充分地把握这一主题。

　　十余年前,我们也曾提出阐扬马克思主义哲学之当代性的任务,并且特别强调这一工作应当由存在论的根基处做起。我们当时确曾意识到,马克思主义哲学的活力源自我们自身生存的历史境况,或者可以说,它属于或深入于我们的存在世界本身;当思想不再能够依靠形而上学而有任何真正的作为之际,马克思主义哲学(若还能称之为"哲学"的话)意味着思入存在并绽露其真相的道路或可能性。

　　如果说过去人们真的颇为严重地误解了马克思主义哲学革命的性质和意义,那么这种误解的深刻根源既不在于文献的不足,也不在于当事者的学力薄弱,而在于时代状况的性质本身:亦即在于资本原则之支配一切的普遍性,在于现代形而上学之愈益实现在知性科学中,在于汪洋大海般的现代意识形态的统治未曾在实践的基础上被真正打破。在这种基本态势下,对马克思主义哲学的解释之从属于现代性的支配,从而,将马克思主义哲学本身现代化(亦即形而上学化),就变成了一种命运般的东西,变成了一种在历史上真实的"常态"了。

　　但是,如果说这种历史地形成的遮蔽唯独有可能重新被历史地揭

1

露和祛除的话,那么我们应当说阐扬马克思主义哲学的当代性问题本身是当代性质的,是经由 20 世纪的历史进程——它的得与失、它的成绩与挫折、它的经验和教训——而提示出来的:当代生活根本未曾终结它的意义,相反倒是使其意义在更广阔也更深远的地平线上得以展开。

理解马克思主义哲学的当代性,首先意味着对其哲学革命之意义的真切估价,这一任务将不可避免地要求存在论根基处之最彻底的澄清。而唯有当我们真正切近地把握住马克思同近代理性形而上学以及同整个形而上学传统的批判的脱离,马克思主义哲学的当代性以及这种当代性由以伸张的机杼才有可能同我们真正照面。在以往的研究中,我们最主要的工作集中于从原则尺度上将上述所谓"批判的脱离"揭示为这样几个基本的方面:(1)现代形而上学之基本建制的颠覆与瓦解;(2)意识形态神话学的破产及其秘密的揭示;(3)"历史科学"之最初地平线的积极开启。

最近几年来,我们进一步提出,回到社会现实本身,应当成为当今马克思主义哲学研究的主旨和基本口号。

如果说,从存在论根基处澄清马克思与整个形而上学传统的"批判的脱离"是在理论上内在巩固地把握马克思主义哲学当代性的必要步骤的话,那么,揭示和切中社会现实则是马克思主义哲学或历史唯物主义实现其当代意义亦即现实地保持其生命力的关键所在。之所以如此,一方面是因为马克思主义哲学的主旨最关本质地与社会现实的发现相联系,并由此而开展其"历史科学"的全部路径、方法和问题领域——离开了这一点,就根本谈不上马克思主义哲学,谈不上历史唯物主义;另一方面则是因为现代性的意识形态不仅常常把马克思主义哲学局限在近代哲学的范围内,形成对马克思主义哲学的种种退化的理解,同时总是这样那样地遮蔽或曲解社会的现实——使之重新遁入到抽象观念的晦暗之中,从而为无批判的实证主义大开方便之门。

法兰克福学派的意识形态批判及其存在论视域

当然,在今天突出地强调通达社会现实的道路乃是马克思主义哲学的生命线,一个更为切近的理由是,中华民族正处在迅速开展着的历史实践的重要当口:不仅众多的知识部门所面临、所遭遇的问题本身在其深入化的过程中,已越来越多地具有了哲学的性质,而且精神领域从根本上的建设任务也已经被郑重地提上了议事日程。这意味着当今时代的哲学课题首先就是切近并揭示中国的社会现实,而这一任务之所以首先是哲学上的任务,是因为只有在主观意识的哲学被真正克服的地方,这样的现实才有可能以其全部的真实性来同我们照面,才有可能切近地被揭示出来,并且才有可能在成为知性科学之对象的同时不至于淹没遮蔽了它的现实性本身。

为了在内在巩固地把握马克思主义哲学终结全部形而上学的革命性质的同时,把揭示社会现实的本质性内容作为最坚决的哲学任务和方法论要求标举出来,我们需要一种历史唯物主义的重新"启蒙",而一条可取的途径就是在与经典著作、当代哲学、时代状况及其问题的积极对话中重温马克思的"意识形态批判"。因为,马克思"意识形态批判"的根本意义,不仅意味着作为超感性世界的形而上学世界的终结以及整个意识形态神话学的破产,并且意味着以黑格尔对主观思想或主观意识批判为中介的社会现实的积极生成。

摆在我们面前的这本著作,是在上述研究方向上的一次可贵的尝试。它最初是叶晓璐博士的学位论文。在 20 世纪的哲学运动中,西方马克思主义有着重要的地位和突出的影响,而法兰克福学派又是其中极少数真正可以称得上一种"学派"的研究重镇。国内学界对法兰克福学派的研究成果已经做了许多介绍和评述的工作,但对其存在论视域至今缺乏全面或总体的探讨,而这种探讨的核心乃在于批判地检审其哲学前提及其理论界限的基础。这无疑是一项很有意义也很艰难的工作,因为它必然从根本上——亦即从存在论的根基上——牵涉到对马克思主义哲学本身的理解,牵涉到对马克思所发动的哲学革命及其当代意义的理解。不唯如此,叶晓璐博士还努力将法兰克福学派的"社会批判理论"定位为马克思"意识形态批判"原则在新的历史条件下的贯彻和发挥,亦即定位为对晚近资本主义时代社会现实的积极揭示。因此,无论是就马克思主义哲学的基本理解还是就我们自身生存境况的先行澄明而言,这本著作都是值得一读的了。

叶晓璐博士在复旦攻读有年,入学之初就表现出对人生与社会问题的极度敏感和在哲学基本问题上深入钻研的强烈要求,近六年持续而勤勉的学习为做这篇论文打下了较好的专业基础。当然,由于论题本身的艰难,她在写作的过程中也着实吃了不少苦头,并且虽经修改,文中还是有诸多不完善或不周全之处,而这些不完善或不周全之处适足以作为一种成长性的标识。

吴晓明

2008 年 12 月 22 日

前　言

　　法兰克福学派是 1923 年在德国法兰克福大学内成立的一个由左派知识分子组成、以研究马克思主义为宗旨、以对当代资本主义社会进行多学科综合性研究与批判为主要任务的哲学—社会学学派。"法兰克福学派"这一称谓是在 20 世纪 60 年代才开始流行，它是别人对这一群体的称呼，他们自己则称自己的研究机构为"社会研究所"，称自己的理论为"社会批判理论"。这一理论在其第一代代表人物霍克海默、阿多诺、马尔库塞等人那里达到了鼎盛期，从而成为西方马克思主义中最有影响力的流派之一。但是从 70 年代起，随着法兰克福学派第一代主要代表人物的相继去世，以及第二代主要代表人物哈贝马斯和施密特之间因为理论分歧而分道扬镳，学派开始走向解体，尽管目前哈贝马斯和他的学生魏尔默（A. Wellmer）等人仍然活跃在国际学术界，但是他们更多的是以单独的思想家的身份而出现的，法兰克福学派作为一个强有力的独立学派的历史基本上已经结束了。然而它的思想影响却没有因为它的学派衰微而降低，相反地，随着现代性的进一步展开以及随之而来的人的自我异化的进一步加深，重新探索这一以当代资本主义为研究对象的法兰克福学派思想的真实意义就显得尤为重要。

　　本书作者把法兰克福学派"社会批判理论"的基本理论性质主要定位为"意识形态批判"，具体而言就是，法兰克福学派的"社会批判理论"

1

是通过对发达资本主义社会中的意识形态进行批判，以探求新的感性意识出现的可能性，从而为人的解放准备条件。为了更好地阐明上述观点，先对相关的几个重要概念进行一番说明。

首先是感性意识与意识形态。感性意识是马克思哲学中一个非常重要的概念，这个意识是"使自己的生命活动本身变成自己意志的和自己意识的对象"[1]，生命活动绝非一个既定的事实，相反却是有待人去完成的，以这样的生命活动作为对象的意识就是感性意识，它是在外的、通过与外物打交道而领会着存在的意识，因而不是传统哲学意义上的、被收摄到意识的内在性中去的、被先验地规定好的纯粹意识，而是逻辑前的、理性前的、在世界之中的意识，它同时就是在世界中与他人照面的意识，人与人之间的社会关系就是由感性意识而来。正因为人有这种感性意识，人才有自由的可能性，异化就出于这种自由，"人正因为是有意识的存在物，才把自己的生命活动，自己的本质变成仅仅维持自己生存的手段"[2]。此处的"有意识的存在物"中的"有意识"当指人的感性意识，异化的发生并不是纯粹的意识从自己的内在性中走出来"转而创造对象"，而是抽象的纯粹意识对感性意识的遮蔽，从而使得抽象的、与人无关的物质实在取代了真正的对象性。而异化的扬弃，人的自由的实现过程同样需要新的感性意识的形成，第三等级的感性意识突破封建社会实现了个体的自由劳动，就是感性意识扬弃异化的一个很好例子。因此，在马克思看来，无产阶级突破资本主义社会同样需要新的感性意识的形成。而马克思认为，感性意识是与物质生产活动不可分割地粘连在一起的，是属于基础领域的，因此只要揭示了物质生活领域自我批判的向度，也就是揭示了新的感性意识，而不需要再对新的感性意识的形成问题作专门的探讨。上述看法从原则上来说是没有错的，但是当历史发展到晚近资本主义时代，意识形态的侵蚀无孔不入，这就使得感性意识只要一出生就有可能受到遮蔽，在这种情况下，只有先祛除意识形态的遮蔽,才有可能探求新的感性意识的形成问题,法兰克福学派对马克思思想的继承就主要体现在这里了,他们通过对发达资本主义的意识形态批判,为新的感性意识的出现作准备。

感性意识是与人们的物质活动直接联系在一起的,"思想、观念、意识的生产最初是直接与人们的物质活动,与人们的物质交往,与现实生活的语言交织在一起的"[3]。而一旦感性意识脱离人们的物质活动,它就硬化为一种意识形态,这一步的最初发生源于"真正的分工"。"分工只是从物质劳动和精神劳动分离的时候起才真正成为分工。从这时候起意识才能现实地这样想象:它是和现存实践的意识不同的某种东西。从这时候起,意识才能摆脱世界而去构造'纯粹的'理论、神学、哲学、道德等等。"[4]这里所说的"现存的实践的意识"就是与人们的物质活动直接相连的、在人们的物质交往中原始发生的感性意识,而那种摆脱世界构造出来的"'纯粹的'理论、神学、哲学、道德等等"就是意识形态。实践的意识即感性意识与意识形态分离的根源在于"真正的分工"的出现,这就充分证明了被知识论的哲学作为出发点的自我意识其实只是历史的结果,而非历史的前提。这一洞见,最先是由马克思的意识形态批判所揭露出来的,所以接下来我们就要区分一下意识形态理论与意识形态批判理论之间的原则区别。

严格说来,真正的意识形态批判起源于马克思,在马克思之前,只有意识形态理论,却没有意识形态批判理论。自从法国启蒙思想家托拉西在感觉论的基础上提出意识形态概念以后,这一概念就逐渐在欧洲各国流行,而其集大成者无疑是黑格尔。黑格尔用一部精神现象学把意识的诸形态按照从低到高的不同发展阶段有机地联系起来,前一个意识形态是后一个意识形态发展的环节,从而使得后一个意识形态在容纳前一个意识形态的基础上得到更丰富的发展,直到最后发展到绝对理念,这无疑是对意识形态理论的重大发展。但是关键的一点是,

3

黑格尔只是在意识形态内部发展哲学,因为他相信意识形态是真理,宗教、哲学、艺术这些意识形态,被黑格尔看成是理念的最高形式,是真理的表达式。因此,尽管他通过把前一个意识形态作为环节包含在后一个意识形态中的方式,保存了人类文明的成果,从而"为历史的运动找到了表达",但这种表达是"抽象的、逻辑的、思辨的",所以这种批判也只是"虚假的实证主义"或者说"虚有其表的批判主义"。[5]

真正的意识形态批判就必须对意识形态由以成立的前提加以揭示,从而证明意识形态的虚假性。这个工作首先是由马克思开始做的,与马克思同时代的克尔凯郭尔以及稍后的尼采也提出过类似的要求,克尔凯郭尔要求颠覆传统的基督教和黑格尔主义,以恢复个人的存在的立场;尼采更是以一种惊世骇俗的方式提出"重估一切价值",全盘否定当时欧洲普遍盛行的道德准则,以突出权力意志是人类活动的唯一源泉。尽管他们没有明确提出意识形态批判,但实际上已经是一种意识形态批判了,因为他们都以一种极端的方式指明了现存的意识形态的虚假性并试图走出意识形态,从这个意义上说,马克思、克尔凯郭尔和尼采都是同等重要的。但是,马克思讨论意识形态本身的根源,在这一点上,他就比克尔凯郭尔和尼采更加深刻,通过追溯意识形态的根源,马克思澄清了意识形态的前提,划定了意识形态的界限,从而真正开创了一种意识形态批判理论。马克思通过意识形态批判揭穿了那种用词句反对词句的理性批判原则的软弱无力性,提出了指向理解现实世界自我批判维度的实践批判原则,从而为人类的解放指明了正确的方向。下面就对马克思的意识形态批判的具体内容加以概述,在此基础上指明法兰克福学派的意识形态批判对马克思意识形态批判的继承与发挥。

前面已经指出过,随着"真正的分工"的出现,意识形态逐步脱离感性意识而获得了独立性的外观,但是意识形态的根源却在物质生产活动之中,"人们的想象、思维、精神交往在这里还是人们物质行为的直接产物。表现在某一民族的政治、法律、道德、宗教、形而上学等的语言中的精神生产也是这样"[6]。这就意味着,具有独立性外观的意识形态事实上并不独立,它只是现实的物质生活过程的"反射和反响"而已,是"物质生活过程的必然升华物",因此,"道德、宗教、形而上学和其他意识形态,以及与它们相适应的意识形式便不再保留独立性的外观了。它们没有历史,没有发展,而发展着自己的物质生产和物质交往的人们,在改变自己的这个现实性的同时也改变着自己的思维和思维的产物。不是意识决定生活,而是生活决定意识"[7]。也就是说,意识形态没有自足的历史,所谓的意识形态的历史性只是逻辑的历史性而已,马克思正是在这个意义上谈论意识形态的虚假性。因此,马克思所要做的并不是在意识形态内部对意识形态做修修补补工作,用一种意识形态取代另一种意识形态,而是要对整个意识形态的前提加以澄清,并进而对意识形态的虚假性加以颠覆,这就是意识形态批判。

而马克思的意识形态批判最终是落实到了政治经济学批判,这是马克思思想发展的一个必然结果。马克思早期的思想从博士论文时期的青年黑格尔派抽象自我意识的立场向德法年鉴时期费尔巴哈人本主义的立场转变时,在他赞同费尔巴哈的同时,已经感受到了费尔巴哈宗教批判的局限性,因为在马克思看来,尽管费尔巴哈的宗教批判使得宗教的真理消失了,但是却不能进一步揭示宗教异化的根源,因此马克思提出,"真理的彼岸世界消逝以后,历史的任务就是确立此岸世界的真理。人的自我异化的神圣形象被揭穿以后,揭露具有非神圣形象的自我异化,就成了为历史服务的哲学的迫切任务。于是,对天国的批判变成了对尘世的批判,对宗教的批判变成了对法的批判,对神学的批判变成了对政治的批判"[8]。马克思当时认为宗教的异化根源在于人在政治生活中的异化,"正如宗教是人类的理论斗争的目录一样,政治国家是人类的实际斗争的目录"[9]。因此,费尔巴哈完成的对宗教的批判仅仅是一种理论斗争,而真正的斗争应该是实际的斗争。基于这种见解,对宗教赖以存在的政治生活的批判成了马克思关注的焦点,而这一焦点又集中到以政治国家和市民社会的关系为主题的法哲学的批判。

马克思本来打算批判完法哲学后,再用不同的小册子对道德、政治等具体意识形态进行批判的,"我打算用不同的、独立的小册子来相继批判法、道德、政治等等,最后再以一本专门的著作来说明整体的联系、各部分的关系以及对这一切材料的思辨加工进行批判"[10]。但是通过法哲学的批判,马克思得出:"法的关系正像国家的形式一样,既不能从它们本身来理解,也不能从所谓的人类精神的一般发展来理解,相反,它们根源于物质的生活关系,这种物质的生活关系的总和,黑格尔按照18世纪的英国人和法国人的先例,概括为'市民社会',而对市民社会的解剖应该到政治经济学中去寻求。"[11]这一结论使得马克思暂时地搁下了对其他种种意识形态的批判,而先潜入到了政治经济学的研究当中,马克思对政治经济学的研究是把政治经济学当作一种意识形态加以批判的,而且这一批判占据了他一生中的大部分时间,使得他没有按照预想的计划再对其他具体的意识形态进行批判。

马克思的政治经济学批判的性质是意识形态批判。马克思通过考察认为,政治经济学的意识形态性质在于"从私有财产的事实出发,它没有给我们说明这个事实。它把私有财产在现实中所经历的物质过程,放进一般的、抽象的公式,然后把这些公式当作规律"[12]。所以,当国民经济学家"想说明什么的时候,总是置身于一种虚构的原始状态"[13]。也就是说,政治经济学没有历史的维度,它只是描述资本主义异化的事实,并将它视为既成的、给予的、永恒的事实,而无视经济关系与个人生存的联系,也从不思索自己本身的前提的历史性,即使这种异化得以可能的来源,从而遮蔽了扬弃异化的可能性。马克思对具有这样一种性质的政治经济学的批判，无疑是一种意识形态批判，因为他要澄清政治经济学的前提，划定政治经济学的界限。

马克思通过意识形态批判，指明了物质生活关系领域才是基础领域，他也正是在这个意义上指证意识形态的虚假性的，因而，作为基础领域的观念表达的意识形态并不具有真正的革命性，真正的革命动力在物质生活关系这一感性基础领域本身中，也就是说，物质生活关系领域是最根本的，是历史运动和变化的根源之所在。在这里体现的是马克思"实践批判"的原则，所谓"实践批判"原则，是指从根本上不同于青年黑格尔派理性批判原则的一种新的理论向度，青年黑格尔派只是用词句来反对词句，用观念来反对观念，在马克思看来，新的词句或新的观念只是"批判的武器"，而"批判的武器当然不能代替武器的批判，物质力量只能用物质力量来摧毁"[14]。所谓"武器的批判"，就是实践批判，只有实践批判才具有现实的力量，才能摧毁旧世界创造新世界。而实践批判需要一个"真正的斗争的口号"，即一个切入生活世界本身的口号，这一"真正的斗争的口号"就是通过实践批判原则所提供出来的，因为实践批判原则是理解现实世界自身历史运动的原则，即"从世界的原理中为世界阐发新原理"，从而向世界"喊出真正的斗争口号"。[15]因此，这种新的批判原则不再需要悬设一个应当的理想"教条地预期未来"，而是说出生活世界自我批判的向度，从而能使生活世界中的个人争取自身自由和解放的要求达到自觉。海德格尔有一段话可以说很好地注释了实践批判原则的基本精神："行动的本质是完成。完成就是：把一种东西展开出它的本质的丰富内容来，把它的本质的丰富内容带出来，producere（完成）。因此真正说来只有已经存在的东西才可完成。然而首先'存在'的东西就是存在。思完成存在对人的本质的关系。思并不制造与影响此关系。思只是把此关系作为存在交付给它自己的东西向存在供奉出来。"[16]实践批判原则就是这里所指的"思"的任务,它只是把生活世界中已经存在的东西揭示出来,这样的东西才是现实世界的基础,才是真正有力量的东西。

马克思的实践批判原则主要体现在政治经济学批判上,政治经济学批判就是对现存的生产关系的批判,马克思通过对这一现存的生产关系的批判,发现了资本的辩证法,即通过政治经济学批判,揭示了政治经济学的科学前提——私有财产——的秘密和本质来历,以及私有财产运动的必然过程——"自我异化的扬弃同自我异化走的是一条道路",从而找到扬弃资本主义的客观条件。在马克思看来,这种批判是最关乎根本的,因为它涉及的是基础领域,只有有了这种批判,无产阶级革命才有真正的理论基础。因而,这种在实践批判原则基础上形成的新理论已经不再是传统意识形态的理论,而是无产阶级摆脱意识形态限制的一种新科学。马克思当然很清楚资本扬弃还需无产阶级感性意识这一主观条件,[17]实践批判原则就是建立在对感性意识的揭示上的,马克思说:"我们只向世界指明它究竟为什么而奋斗;而意识则是世界必须具备的东西,不管世界愿意与否。"[18]这里的意识不能理解为纯粹意识,否则的话,马克思就与黑格尔无异,海德格尔的批评"如果没有黑格尔,马克思是不可能改变世界的"[19]也就有理了。所以,这里的意识应该理解为感性意识,从这个意义上说,实践批判原则就是对感性意识的揭示,它对于这个世界的革命而言是必备的东西。而这种感性意识是人们在自己的物质生产活动中,在与事物打交道的过程中自主形成却还没有达到自觉的实践意识,但它却是革命的真正力量之所在,所以理论家的任务就是帮助这些未达到自觉的感性意识认清自己,马克思说:"意识的改革只在于使世界认清本身的意识,使它从对于自身的迷梦中惊醒过来,向它说明它自己的行动。……意识改革不是靠教条,而是靠分析连自己都不清楚的神秘的意识。"[20]这种"连自己都不清楚的神秘的意识"就是感性意识,从这里进一步证明了青年黑格尔派从自我意识立场出发对这个世界进行批判的虚妄性,因为自我意识并不是原初的,因而世界的改变并不能仅凭思想斗争就能实现的。马克思正是在这个意义上称自己的哲学为批判哲学:"对当代的斗争和愿望作出当代的自我阐明(批判的哲学)。"[21]

马克思当时认为,无产阶级不需要任何意识形态,"对于人民大众即无产阶级来说,这些理论观念并不存在,因而也不用去消灭它们"[22]。换句话说,无产阶级生存状况本身揭露了一切意识形态的虚假性,所以只要指明无产阶级本身的生存状况,就是表达了无产阶级的感性意识。马克思的政治经济学批判所要做的就是这件事,通过政治经济学批判对基础领域清理而达到的新科学,直接表达了无产阶级的感性意识,进而就会引致这个世界根本的变革。但是,历史发展到今天,随着全球化时代的到来,发达资本主义的意识形态全面服务于对现代性的物质生产的巩固与再生产,使得现代性物质生产与意识形态本质同构了,从而使得现代的意识形态与以往的意识形态相比更具有隐蔽性,在这种情况下,无产阶级不仅无法辨别这些意识形态,而且全面地受到资产阶级意识形态的侵蚀,甚至被同化到资产阶级内部。关于这一点,法兰克福学派的理论家都有所论述,霍克海默说:"在今天,每个社会阶层的意识都有可能受到意识形态的限制和侵蚀,不管它在自身所处的环境里可能多么地专注于真理"[23]。阿多诺指出,"和社会一起,意识形态有了如此的进步,以致它不再形成社会所要求的外观而成为一种总是脆弱的独立形式"[24]。也就是说,现代的意识形态与传统的意识形态相比,已经不再具有独立性的外观,而是已经渗透到生活世界本身之中。马尔库塞也同意这一点,所以他引用阿多诺在《三棱镜:文化批判和社会》中的观点:"把思想意识吸收到现实之中,并不表明'思想意识的终结'。相反,在特定意义上,发达工业社会较之它的前身是更为意识形态性的,因为今天的意识形态就包含在生产过程本身之中"[25]。哈贝马斯用"生活世界的殖民化"很好地概括了上述变化。因此，马克思当时所预言的无产阶级这一革命的、批判的力量已经不复存在了，推翻资本主义的无产阶级革命也没有发生过。在这种情况下，我们不得不承认，无产阶级如果要上升为一个自觉的阶级，它仍然需要进行意识形态批判以祛除意识形态遮蔽的障碍，法兰克福学派的"社会批判理论"就是在这里起步的，它以清除当下时代的意识形态遮蔽，并试图探索突破和超越发达资本主义社会的新的感性意识为己任。也正因为如此，本书作者把法兰克福学派社会批判理论的基本性质界定为"意识形态批判"。

当然，作为西方马克思主义中最重要的流派之一的法兰克福学派，西方马克思主义创始人的意识形态理论无疑是给予法兰克福学派以重大启示的。西方马克思主义创始人出于探索俄国十月革命后中西欧无产阶级革命失败原因的要求，得出了在革命中与资产阶级争夺意识形态上的领导权、使广大人民群众树立无产阶级阶级意识的重要性，这一思想启发了法兰克福学派的理论家们关注在马克思那里曾被认为会随着资本本身的辩证法自然而然呈现的无产阶级感性意识领域，从而在新的时代丰富和发展了马克思的思想。

但是，法兰克福学派的意识形态批判在根本性质上是不同于西方马克思主义创始人的意识形态理论的。本书作者把法兰克福学派的"社会批判理论"主要定位为"意识形态批判"，而称西方马克思主义创始人的理论为"意识形态理论"，其间的差别不仅仅是字面意义上的，而是关乎存在论根基的。也就是说，在存在论根基处，法兰克福学派的意识形态批判已经不再仅仅是西方马克思主义创始人那样从属于青年黑格尔派了，即不再仅仅是站在自我意识的立场上用理性来责成现实世界，而是从感性原则出发的社会批判，换句话说，由于意识形态渗透到生活世界之中，因此对意识形态的批判，其目的仍然是对基础领域的关注。可以说，这种批判是遵循马克思的实践批判原则的，这可以从法兰克福学派创始人霍克海默对批判理论的论述中得到清晰的证明，其中尤其讲到批判理论的主体是处在现实历史运动和真实生活实践关系中的主体，而非如传统理论中脱离历史、脱离生活世界的纯粹意识主体，这样的主体是当下生活中的感性意识的自觉表达者，而批判理论的批判要求也由此是从生活本身当中提取的。由此，霍克海默规定了批判理论的功能，"用思想去合法地规定实践目标的尝试注定是要失败的。……思想的力量从未在社会现实里控制自己，它一直是作为劳动过程中非独立的环节而起作用，但劳动过程有着自己的取向。……社会劳动过程选择的道路——它在不借助于任何确定的理论的情况下，是各种不同力量相互作用的结果，是在重大转折关头通过作为决定因素起作用的群众的绝望而选择的道路。思想并未真正捏造这种可能性，这是思想本身的真正功能"[26]。即真正的批判力量在生活世界本身之中，在广大群众的感性意识中，批判理论只不过是"从世界的原理中为世界阐发新原理"，是对生活世界自我批判向度的一种自觉表达。这就是马克思在《关于费尔巴哈的提纲》第八条的基本思想，马克思说："全部社会生活在本质上是实践的。凡是把理论引向神秘主义的神秘东西，都能在人的实践中以及对这个实践的理解中得到合理的解决"[27]。所谓"社会生活在本质上是实践的"，指的就是社会生活是自我批判的，所谓"对这个实践的理解"，就是对描述社会生活自我批判的理论，这就是批判理论的基本含义。[28]

因此，法兰克福学派的社会批判理论是在新的时代背景下对马克思的政治经济学批判的补充，是实践批判原则在意识形态批判中的运用，正是在这里，我们看到了法兰克福学派"社会批判理论"在今天仍然具有的活力，而不是把它当作某种向青年黑格尔派的简单回复而轻易地打发掉。在汪洋大海般的资产阶级意识形态充斥各个角落的今天，法兰克福学派通过意识形态批判探求新的感性意识的努力,无疑是我们必须加以高度重视的,本书正是朝着这一方向努力的。

目前国内外对法兰克福学派的研究可以说已经相当充分了,无论从整体的角度,还是专题的角度,都有人进行研究。概括起来讲,主要有以下几个方面:(1)从总体上对法兰克福学派进行研究,这种研究有从哲学角度入手的,有从史学角度入手的,也有从文艺学角度入手的,还有就是用一个主题把整个法兰克福学派的研究串起来,比如以文明论作为切入点考察法兰克福学派;(2)从专题的角度对法兰克福学派进行研究,比如法兰克福学派的科学技术哲学研究,法兰克福学派当代资本主义理论研究,法兰克福学派大众文化批判理论研究,等等;(3)从代表人物的思想入手对法兰克福学派进行研究,包括霍克海默社会批判理论研究,阿多诺否定辩证法的研究、马尔库塞关于人的解放的研究,哈贝马斯交往合理性的研究,等等。这些研究都取得了很多有价值的研究成果,尤其是在资料的收集上十分丰富,为本书的写作提供了重要的参考价值。但是,上述研究在对法兰克福学派社会批判理论的基本性质的判定方面或者没有进行,或者认为此一理论仍然从属于青年黑格尔派的理性批判,这种对理论的基本性质判定的缺失或者降低都不利于真实地展示法兰克福学派的理论意义。因此,本书在吸收前人研究成果的基础上,具有以下特点:(1)本书把法兰克福学派的"社会批判理论"主要定位为对晚近资本主义社会的意识形态批判,突破以往把"意识形态批判"仅仅看作是法兰克福学派整体理论的一部分的看法,用"意识形态批判"大致涵盖法兰克福学派的整体理论,以此突出法兰克福学派的理论是对马克思政治经济学批判的补充;(2)本书强调法兰克福学派的"意识形态批判"不仅仅是一种观念的批判,更是实践批判原则在当代的体现,以此与西方马克思主义的意识形态理论相区别,从而凸显法兰克福学派在当代哲学中的重要地位;(3)本书通过把法兰克福学派的意识形态批判理论与马克思的历史唯物主义所达到的存在论境域进行比较,考察其自身的存在论视域,从中体会法兰克福学派意识形态批判的得与失。

为了达到上述目的,本书分成三大部分。第一、二章为第一部分,论述法兰克福学派意识形态批判的理论语境。第一章通过对马克思意识形态批判基本内容的阐述,表明马克思的意识形态批判与消除人的异化的关系以及意识形态批判所包含的革命性,指出了马克思意识形态批判最终落实到政治经济学批判,以及这一批判的成果与界限,在此基础上引出法兰克福学派对马克思意识形态批判的继承与发挥。第二章首先论述了20世纪的哲学背景与主题:在"上帝死了"以后,对全部异化当中最核心的、也是最严重的异化——意识本身异化的揭示,这一主题与背景不仅构成了西方马克思主义的理论语境,同时也是法兰克福学派的理论语境。在此基础上,通过回顾卢卡奇对无产阶级阶级意识的探求、柯尔施关于意识形态现实的论述以及葛兰西对于意识形态领导权的阐述,勾勒出西方马克思主义创始人的意识形态理论的基本面貌,并指明这一理论的局限性以及法兰克福学派对它的继承和发展。

第三、四、五、六章为第二部分,论述了法兰克福学派意识形态批判的主要内容。其具体内容为实证主义意识形态之批判、启蒙精神意识形态之批判、科学技术意识形态之批判以及大众文化意识形态之批判,上述四个方面是对晚近资本主义时代意识形态的概括,法兰克福学派的理论家通过对这些意识形态的批判,指明了这些意识形态都是人的自我异化的表现,因而要消除人的自我异化,首要之点就是祛除意识形态的遮蔽,探求自我异化产生的根源。

因此,由第七、八、九三章组成的第三部分,分别论述了法兰克福学派内部三种代表性的对人的自我异化根源的探求以及相应的克服异化的道路。那就是:以阿多诺为代表的认为人的异化的根源在于同一性对非同一性的压制,由此提出"否定的辩证法"恢复非同一性的优先地位以克服人的自我异化;以马尔库塞和弗洛姆为代表的认为人的异化的根源在于本能的压抑,由此提出爱欲解放论和心理革命理论,通过重新赋予本能、感性相对于理性的先在性以消除人的自我异化;以哈贝马斯为代表的认为人的异化的根源在于劳动这一目的合理性活动对生活世界的殖民化,由此提出交往合理性以对抗目的合理性,并在交往合理性的领域里消除人的自我异化。在论述这些思想的过程中,穿插马克思发动存在论革命后形成的历史唯物主义思想对法兰克福学派的上述思想进行考察,以此透露出法兰克福学派意识形态批判的存在论视域,并在此基础上论述法兰克福学派意识形态批判的成败得失。

注 释

[1]《马克思恩格斯全集》第 3 卷,人民出版社 2002 年版,第 273 页。

[2]同上书,第 273 页。

[3]《马克思恩格斯选集》第 1 卷,人民出版社 1995 年版,第 72 页。

[4]同上书,第 82 页。

[5]《马克思恩格斯全集》第 3 卷,第 316、328 页。

[6]《马克思恩格斯选集》第 1 卷,第 72 页。

[7]同上书,第 73 页。

[8]《马克思恩格斯全集》第 3 卷,第 200 页。

[9]《马克思恩格斯全集》第 47 卷,人民出版社 2002 年版,第 65 页。

[10]《马克思恩格斯全集》第 3 卷,第 219 页。

[11]《马克思恩格斯选集》第 2 卷,人民出版社 1995 年版,第 32 页。

[12]《马克思恩格斯全集》第 3 卷,第 266 页。

[13]同上书,第 277 页。

[14]同上书,第 207 页。

[15]《马克思恩格斯全集》第 47 卷,第 66 页。

[16]孙周兴编:《海德格尔选集》(上卷),上海三联书店 1996 年版,第 358 页。

[17] 此处的"客观条件"和"主观条件"不是在传统哲学主客对立的意义上说的,"客观条件"指的是"物质生产方式的形成与演变","主观条件"指的是"感性意识的形成与演变"。参见王德峰:《论法兰克福学派的现代性批判的马克思主义方向》,《求是学刊》2004 年第 7 期。但它们实际上是不分的,因为它们是由人类的感性活动创造出来的同一些条件的两种不同的形式。正因为如此,在马克思认为无产阶级阶级意识没有受到资产阶级意识形态侵蚀的情况下,通过政治经济学批判所揭露出物质生产方式的形成与演变即资本扬弃自身的辩证法才是至关重要的,随着这一批判的展开,无产阶级的感性意识也就自然得以呈现。但是,当历史进入晚近资本主义时代,无产阶级的感性意识产生的可能性时时受着资产阶级意识形态遮蔽的威胁,在这种情况下,祛除意识形态遮蔽,探讨无产阶级感性意识的形成与演变问题就成了当务之急,这就是法兰克福学派意识形态批判所要做的工作。所以,马克思和法兰克福学派所做的工作都是实践批判原则的体现,即揭示出感性活动本身所包含的自我批判维度。只是在不同的时期,前者注重揭示"客观条件",即"物质生产方式的形成与演变",后者注重揭示"主观条件",即"感性意识的形成与演变"。

[18]《马克思恩格斯全集》第 47 卷,第 66 页。

[19]《晚期海德格尔的三天讨论班纪要》,丁耘摘译,载于《哲学译丛》2001 年第 3 期,第 53 页注③。

[20]《马克思恩格斯全集》第 47 卷,第 66 页。

[21] 同上书,第 67 页。

[22]《马克思恩格斯选集》第 1 卷,第 95 页。

[23]《霍克海默集》,曹卫东译,上海远东出版社 2004 年版,第 210 页。

[24] 阿多诺:《否定的辩证法》,张峰译,重庆出版社 1993 年版,第 348 页。

[25] 转引自马尔库塞:《单向度的人》,刘继译,上海译文出版社 1989 年版,第 12 页。

[26]《霍克海默集》,第 186 页。

[27]《马克思恩格斯选集》第 1 卷,第 56 页。

[28] 当然,法兰克福学派最终没有彻底贯彻马克思的实践批判原则,这一点,通过对法兰克福学派整个意识形态批判理论的考察可以看到,但是,至少他们在理论创立之初确实提出了实践批判原则,并且试图用这一原则展开意识形态批判,这种努力的意图是不可抹杀的,而且他们的失足能引发我们思考如何在新的时代条件下更好地贯彻实践批判原则。

目　录

第一章
马克思的意识形态批判及其遗产

正如前言中所说,本书把法兰克福学派"社会批判理论"的基本性质判定为对当代发达资本主义社会的意识形态批判,一提到意识形态批判,往往就使人想到观念的批判,即那种站在青年黑格尔主义的立场上所进行的理性的批判。但是,法兰克福学派的意识形态批判在基本定向上是超出青年黑格尔主义的,而超出的原因在于他们对马克思的意识形态批判理论有相当深刻的领会,换句话说,马克思的意识形态批判是法兰克福学派理论的一个十分重要的背景。因此,在正式阐述法兰克福学派的意识形态批判理论之前,叙述马克思的意识形态批判理论以及指明这一理论留给法兰克福学派的遗产,就显得非常必要。这种必要性不仅在于它是法兰克福学派意识形态批判的理论来源,而且在于这一来源对于判定法兰克福学派意识形态批判的基本性质至关重要。

一、马克思的意识形态批判及其革命性

(一)人的异化与意识形态批判

马克思在中学毕业考试时写的《青年在选择职业时的考虑》一文中

就指出，"在选择职业时，我们应该遵循的主要指针是人类的幸福和我们自身的完美"，因为"人只有为同时代人的完美、为他们的幸福而工作，自己才能达到完美"。因此，"如果我们选择了最能为人类而工作的职业，那么，重担就不能把我们压倒，因为这是为大家作出的牺牲；那时我们所享受的就不是可怜的、有限的、自私的乐趣，我们的幸福将属于千百万人，我们的事业将悄无声息地存在下去，但是它会永远发挥作用，而面对我们的骨灰，高尚的人们将洒下热泪"[1]。尽管在他老师看来，马克思的这篇文章"过分追求形象化的表达"，但是在这种表达的背后我们已经感受到了马克思毕生追求的旨趣所在：为人类的幸福而工作。可以说，马克思的一生都在践行着这个理想，直到他生命的最后一刻，因而在那篇文章中看来还仅仅是一种良好的愿望和崇高的理想的东西便具有了充实而丰富的内容。

然而，现实生活中的世界却是"庸人的世界"，它"轻视人、蔑视人、使人非人化"[2]；现实生活中的人是"庸人"，他是"头垂向地、只顾着肚子的默默无声的牲口"[3]。这样的世界就是异化的世界，这样的人就是异化的人，人类要幸福，就必须消除世界的异化、消除人的异化，"任何解放都是使人的世界和人的关系回归于人自身"[4]。因此，关注人的异化，寻求克服异化的道路，构成了贯穿马克思思想的一条红线。下面就来看看马克思在不同的时期对这个问题的探索。

首先是在博士论文时期，马克思在其博士论文《德谟克利特的自然哲学和伊壁鸠鲁的自然哲学的差别》中，通过对德谟克利特和伊壁鸠鲁在原子论上的差别的比较，发现伊壁鸠鲁的原子论比德谟克利特的原子论多了一个偏斜运动，正是这一偏斜运动证明了作为主体的自我意识本身，从而改变了德谟克利特机械决定论的自然哲学。一般而言，此时马克思的观点从属于青年黑格尔派，即主张自我意识的纯粹自发性、活动性。马克思认为，在这个"反对精神和真理的时代"，哲学要的就是这种"勇敢的自由的精神",换句话说,这个时期的马克思通过对伊壁鸠鲁原子论的重新解释,赋予了个体的自我意识以最高的地位,并从中发掘出了斗争和对抗精神,以期消除人的自我异化。但与此同时,马克思也意识到了伊壁鸠鲁哲学的缺陷,那就是:"抽象的个别性是脱离定在的自由,而不是定在中的自由。它不能在定在之光中发亮。定在是使得它失掉自己的性质而成为物质的东西的一个元素。因此,原子不会在现象领域显现出来,或者在进入现象领域时会下降为物质的基础。原子作为原子只存在于虚空之中。"[5]也就是说,伊壁鸠鲁的原子,即抽象个别的自我意识只是唯灵论的存在,它只能把自身当对象,而进入不了定在,因此所实现的自由也仅仅是抽象的自由,与定在脱离的自由。而马克思却要求使自由成为现实世界的原理,即"定在中的自由",这一要求表明了马克思超出青年黑格尔派的愿望,也是驱使着他的理论进一步前进的动力。

马克思在博士论文期间所发现的伊壁鸠鲁自我意识哲学对"定在中的自由"的无能为力,即抽象的个别自我意识与定在的自由之间的矛盾,在莱茵报时期得到了进一步明朗化。其原因在于马克思遇到了令人困惑的物质利益问题,物质利益问题使得博士论文时期留下来的问题具体化为"在理性的范围内无法说明现实世界的矛盾"这样一个问题,从中隐含了马克思对通过自我意识的批判消除人的异化的怀疑,由此,马克思的理论路向发生了转移,关于这一段思想历程,马克思在《〈政治经济学批判〉序言》中讲得很清楚,马克思说:"1842—1843年间,我作为《莱茵报》的编辑,第一次遇到要对所谓物质利益发表意见的难事。……为了解决使我苦恼的疑问,我写的第一部著作是对黑格尔的法哲学的批判性的分析,这部著作的导言曾发表在1844年巴黎出版的《德法年鉴》上。"[6]马克思的思想由此从莱茵报时期进入了德法年鉴时期,这也是马克思摆脱黑格尔的依傍进入受费尔巴哈思想影响的时期,即对黑格尔哲学进行批判的时期。

这一时期最重要的理论事件是对黑格尔法哲学的批判,批判所运用的武器就是费尔巴哈的哲学。费尔巴哈所针对的是黑格尔的宗教学,马克思认为,费尔巴哈"反宗教的批判的根据是:人创造了宗教,而不是宗教创造人。就是说,宗教是还没有获得自身或已经再度丧失自身的人的自我意识和自我感觉"[7]。这意味着,费尔巴哈通过对宗教的批判,否定了宗教的真理,确立了用"现实的人"来对抗"自我意识"的原则,对于这一点,马克思是接受的。但是马克思的接受是有保留的,马克思在1843年3月13日致卢格的信中说:"费尔巴哈的警句只有一点不能使我满意,这就是:他强调自然过多而强调政治过少。"[8]这里与"自然"对讲的"政治"主要指现实的社会关系,所以在马克思这句看似轻轻道来的话中隐含着对费尔巴哈哲学忽略现实的社会关系的缺点的察觉,而这一点在下面这段话中得到了更明白的表达:"真理的彼岸世界消逝以后,历史的任务就是确立此岸世界的真理。人的自我异化的神圣形象被揭穿以后,揭露具有非神圣形象的自我异化,就成了为历史服务的哲学的迫切任务。于是,对天国的批判变成了对尘世的批判,对宗教的批判变成了对法的批判,对神学的批判变成了对政治的批判。"[9]也就是说,在马克思看来,费尔巴哈通过对宗教的批判,使得宗教的真理消失了,但是,宗教的异化根源在于人在政治生活中的异化,因此,当费尔巴哈完成对宗教的批判以后,接下来的就是对宗教赖以存在的政治生活的批判,基于这种见解,以政治国家和市民社会的关系为主题的法哲学,成了马克思批判的目标。在马克思看来,"正如宗教是人类的理论斗争的目录一样,政治国家是人类的实际斗争的目录"[10]。因此,批判以政治国家和市民社会为主题的法哲学,就能够揭露人在政治生活中的异化,从而为异化的扬弃找到一条道路。

马克思对黑格尔法哲学的批判过程不是这里论述的重点,我们所关心的是这一批判性分析所得出的结果:"法的关系正像国家的形式一样,既不能从它们本身来理解,也不能从所谓的人类精神的一般发展来理解,相反,它们根源于物质的生活关系,这种物质的生活关系的总和,黑格尔按照18世纪的英国人和法国人的先例,概括为'市民社会',而对市民社会的解剖应该到政治经济学中去寻求。"[11]至此,马克思对人的自我异化的根源的探求基本上定型,那就是从物质的生活关系入手去寻找人的自我异化的根源。马克思对人的自我异化以及异化的扬弃,从博士论文时期通过伊壁鸠鲁的原子论诉诸抽象的自我意识,到德法年鉴时期通过费尔巴哈诉诸"现实的人",到最后通过政治经济学批判诉诸物质生活关系的变革,这一路走来,是马克思超越黑格尔和费尔巴哈,创立历史唯物主义的见证。

异化在现实生活中的表现就是人与人之间的统治与被统治的关系,而且这种统治与被统治的关系被意识形态美化为一种合理的关系,所以马克思认为,要消除异化,首要的一步就是要进行意识形态批判,马克思对黑格尔法哲学的批判就是一种意识形态批判,因为法哲学是论证资本主义合理性的哲学,通过法哲学批判,马克思又得出了对法这样的意识形态的批判应该从物质的生活关系入手的结论,这个结论具体体现在马克思的《德意志意识形态》中对意识形态的起源所进行的阐述。这也是马克思意识形态批判最有原则高度的思想,下面就来详细阐述这一思想。

(二)意识形态批判及其革命性

"意识形态"是近代西方哲学发展中形成的一个重要的哲学概念,它最早由法国的启蒙学者托拉西(Destutt de Tracy)正式提出来,后来又在德国古典哲学中得到了进一步发展。尽管以托拉西为代表的法国启蒙学者和以黑格尔为代表的德国古典哲学关于意识形态的观点不尽相同,但是有一点却是相同的,那就是他们都不再追问意识形态的起源,恩格斯有一段话很好地说明了这一点:"意识形态是由所谓的思想家通过意识、但是通过虚假的意识完成的过程。推动他的真正动力始终是他不知道的,否则这就不是意识形态的过程。因此,他想象出虚假的或表面的动力。因为这是思维过程,所以它的内容和形式都是从他纯粹的思维中——不是从他自己的思维中,就是从他的先辈的思维中引出的。他只和思想材料打交道,他毫不迟疑地认为这种材料是由思维产生的,而不去进一步研究这些材料的较远的、不从属于思维的根源。而且他认为这是不言而喻的,因为在他看来,一切行动既然都以思维为中介,最终似乎都以思维为基础。"[12]所以说,上述哲学家的理论可以称为"意识形态理论",而不能称为"意识形态批判",因为他们的理论本身就是意识形态,他们从来不追问这些意识形态的根源。但是,对于马克思来说,却没有"意识形态理论",只有"意识形态批判",就像在马克思那里没有政治经济学,只有政治经济学批判一样。因为马克思要追问意识形态的起源,从而证明意识形态并没有自足的历史,也就是说,意识形态没有真理性,它只是一种假象。为了说明这一点,马克思对意识形态之所以能取得独立性外观的原因作了考察。

马克思认为,意识形态能取得独立性的外观在于"真正的分工"的出现。分工最初只是自发的分工,即由于性别、天赋、需要等方面的差异而形成的分工,其出现的原因在于提高劳动生产率以应对人口的增长。分工的进一步发展就是"真正的分工"的出现,所谓"真正的分工"就是物质劳动和精神劳动的分离,马克思说:"从这时起意识才能现实地想象:它是和现存实践的意识不同的某种东西;它不用想象某种现实的东西就能现实地想象某种东西。从这时起,意识才能摆脱世界而去构造'纯粹的'理论、神学、哲学、道德等等。"[13]所谓"纯粹的"理论、神学、哲学、道德等就是各种具体的意识形态,它们是由不同于"实践的意识"的抽象意识构造出来的,所以,所谓"真正的分工"实际上是产生意识形态的分工。随着这种分工的出现,一批意识形态的生产者也产生了,"与此相适应的是玄想家、僧侣的最初形式"[14]。这些玄想家、僧侣的最初形式是巫师或祭司,也就是掌管和安排原始社会共同体的图腾崇拜、巫术礼仪的人,这些人成了原始共同体的精神代言人。而个体的劳动者则下降为这个原始共同体的一种功能、一个器官,劳动的产品也就成了对神的奉献,异化的最初形式就出现了,即由劳动所生产出来的类意义和类财富却脱离劳动,上升为一种精神形态,并按照这种精神形态来安排个人的社会角色、来安排分工,来规范每一个人的活动,从而使得这种精神形态变成了这个社会共同体的存在基础。可见,意识形态的产生就意味着人的异化的产生,所以说,"在马克思的意识形态批判(特别是早期著作)中,异化概念是一个基本概念"[15]。

上面描述了意识形态的产生过程,意识形态产生之后就获得了独立性的外观,并成为支配个人的力量,即权力。相应的,掌握意识形态的人就获得了支配他人的权力,这意味着人与人之间统治与被统治关系的确立。可见,意识形态的本质就是人与人之间的一种统治与被统治的关系,它的职能就是遮蔽这种统治的真相。它通过道德、宗教、形而上学等具体的意识形态,巩固各个领域的统治关系,使得统治作为一种合理的形式而出现。但是,由于意识形态在其起源上是随着"真正的分工"而出现的,也就是说,它是建基于人的感性活动基础之上的,即人的物质生产活动之上的,所以,马克思说:"思想、观念、意识的生产最初是直接与人们的物质活动,与人们的物质交往,与现实生活的语言交织在一起的。人们的想象、思维、精神交往在这里还是人们物质行为的直接产物。表现在某一民族的政治、法律、道德、宗教、形而上学等的语言中的精神生产也是这样。"[16]这一方面说明了意识形态的虚假性,即它只是物质生产活动的颠倒反映,但是,另一方面也说明了意识形态存在的必然性,即它并不是统治阶级故意编造谎言来欺瞒大众,而是由于统治阶级代表了主导性的社会生存条件,所以统治阶级的思想就必须表达这种主导性的社会生存条件。正是在这个意义上,马克思说:"支配着物质生产资料的阶级,同时也支配着精神生产资料……占统治地位的思想不过是占统治地位的物质关系在观念上的表现,不过是以思想的形式表现出来的占统治地位的物质关系。"[17]因此,马克思反对"把统治阶级的思想和统治阶级本身分割开来,使这些思想独立化",反对"不顾生产这些思想的条件和它们的生产者而硬说该时代占统治地位的是这些或那些思想",即反对"完全不考虑这些思想的基础——个人和历史环境",[18]总之,在马克思看来,统治阶级的思想,即意识形态的根源在于物质生产活动,在于在物质生产活动中占统治地位的物质关系,因此,要消除人的异化,就必须深入到物质生产活动领域,而不能停留在意识形态领域。马克思由此批评德国的哲学家,说"这些哲学家没有一个想到要提出关于德国哲学和德国现实之间的联系问题,关于他们所作的批判和他们自身的物质环境之间的联系问题"[19]。换句话说,这些所谓的德国思想家只是同"意识形态"作斗争,只是用词句来反对词句,这无异于堂吉诃德同风车作斗争,根本无助于现存世界的变革,也就不可能真正消除人的异化。从这里我们就可以看出,马克思的批判与浪漫主义道德批判的差别之所在,这种差别并不是无关紧要的,而是具有原则高度的,这种高度是马克思意识形态批判非常深刻的地方。

马克思通过把意识形态根源追溯到物质生产活动,并由此展开意识形态批判,这一思想是具有革命性的。就像我们前面说的,尽管"意识形态"理论由来已久,但"意识形态批判"却始于马克思。换句话说,马克思提出意识形态批判这个要求,本身就包含了革命性。因为在此之前,根本就不存在意识形态批判,就连西方近代哲学的集大成者黑格尔,也只是在意识形态内部发展哲学,因为他相信意识形态是真理,宗教、哲学、艺术这些意识形态,被黑格尔看成是理念的最高形式,是真理的表达式。"精神现象学也就是意识形态学",[20]也就是说,它是在承认意识形态是真理的前提下,使前一个意识形态成为后一个意识形态发展的环节,从而使得后一个意识形态在容纳前一个意识形态的基础上得到更丰富的发展,直至最后发展成为绝对理念。在近代哲学的范围内,黑格尔的哲学当然是达到了最高成就的,因为他通过把前一个意识形态作为环节包含在后一个意识形态中的方式,保存了人类文明的发展成果,并"为历史的运动找到抽象的、逻辑的、思辨的表达"[21]。但马克思通过意识形态批判所揭示的意识形态的根源,使得"道德、宗教、形而上学和其他意识形态,以及与它们相适应的意识形态便不再保留独立性的外观了。它们没有历史,没有发展,而发展着自己的物质生产和物质交往的人们,在改变自己的这个现实性的同时也改变着自己的思维和思维的产物。不是意识决定生活,而是生活决定意识"[22]。也就是说,意识形态没有自足的历史,所谓的意识形态的历史性只是逻辑的历史性而已。因此,马克思所要做的并不是对意识形态的修修补补工作,而是要对整个意识形态的虚假性加以颠覆,即意识形态批判,这是马克思的一个功劳,在马克思之前没人做过这件事情。

因此,要消除人与人之间的统治与被统治的关系,消除意识形态的遮蔽,仅仅通过精神的批判是不够的,"意识的一切形式和产物不是可以通过精神的批判来消灭的,不是可以通过把它们消融在'自我意识'中或化为'幽灵'、'怪影'、'怪想'等等来消灭的,而只有通过实际地推翻这一切唯心主义谬论所由产生的现实的社会关系,才能把它们消灭;历史的动力以及宗教、哲学和任何其他理论的动力是革命,而不是批判"[23]。黑格尔的精神现象学就是对意识形态的一种精神批判,而在马克思看来,真正具有根本重要性的事情是消灭意识形态由以产生的现实的社会关系。

既然找到了意识形态产生的根源，马克思认为最关紧要的事情就是对政治经济学的考察，因为政治经济学作为市民社会的科学，是以资本主义的物质生活关系为研究对象的，马克思希望通过对政治经济学的批判研究，能够"解剖市民社会"，从而找到变革资本主义物质生活关系的道路。但是，马克思研究的结果却发现，政治经济学其实也是一种意识形态，因为它把异化当作一个天然的事实接受了下来，因此要真正找到变革资本主义社会的道路，首要的任务就是对作为市民社会科学的政治经济学的批判，即澄清政治经济学的前提，划定政治经济学的界限。由此，马克思的意识形态批判就归结到了政治经济学批判。自从德法年鉴时期以后，马克思所做的主要工作就是政治经济学批判，《1844 年经济学哲学手稿》、《1857—1858 年经济学手稿》、《政治经济学批判》、《资本论》都是政治经济学批判的成果。正因为如此，有学者认为，"马克思的生活和工作是政治经济学的辩证的批判"，而"马克思的批判从头到尾都是意识形态批判"就显得很有道理。[24]因为，在马克思那里，政治经济学的批判就是意识形态的批判。下面，就来看看马克思是如何批判作为意识形态的政治经济学，以及这种批判的局限性之所在的。

二、马克思意识形态批判及其遗产

（一）政治经济学批判的成果与界限

马克思认为政治经济学的意识形态性质在于："从私有财产的事实出发，它没有给我们说明这个事实。它把私有财产在现实中所经历的物质过程，放进一般的、抽象的公式，然后把这些公式当作规律。"[25]所以，当国民经济学家"想说明什么的时候，总是置身于一种虚构的原始状态"[26]。也就是说,政治经济学不追究自己由以成立的前提,它没有历史的维度,只是描述资本主义异化的事实,并将此视为既成的、给予的、永恒的事实,而无视经济关系与个人生存的联系,它也从不思索自己本身的前提的历史性,即这种异化得以可能的来源。因此,名为市民社会科学的政治经济学只不过是对于资本主义物质生产过程中具有支配力的生产关系的性质的理论抽象,所谓的经济规律,只不过是运用知性科学的思维来发现经济生活中的普遍定律,总之一句话,政治经济学是论证资本主义社会永恒性的意识形态,从这个意义上说,政治经济学批判就是一种意识形态批判。

马克思对政治经济学的批判是从考察政治经济学的理论前提——一般劳动入手的。马克思首先站在国民经济学家的立场上,把工人的理论要求和实践要求进行比较,结果发现国民经济学理论上的自足性与现实状况的支离破碎性之间的尖锐对立:理论上要求劳动的全部产品应当属于工人,实践上劳动者只得到维持自身再生产的部分;理论上一切东西都应当用劳动来购买,实践上劳动者必须出卖自己人的资格;理论上劳动是人的能动的财产,实践上劳动者受不劳动者支配;理论上劳动是物的不变价值,实践上劳动者的价格剧烈变动;理论上劳动是社会的利益所在,实践上劳动者的利益总是被社会排斥。这一系列的对立,只能说明国民经济学以之作为前提的劳动本身"不仅在目前的条件下,而且就其一般目的在于增加财富而言,在我看来是有害的、招致灾难的"[27]。这种"有害的、招致灾难的"劳动,马克思称之为异化劳动。

从国民经济学家的立场出发,得出国民经济学以之作为理论前提的所谓一般劳动实际上是一种异化劳动,马克思接下来"从当前的经济事实出发"来分析这种异化劳动。异化劳动的第一个规定是人同自己劳动产品的异化,"工人生产的财富越多,他的产品的力量和数量越大,他就越贫穷"[28]。这是一个看得见的经济事实,无需多加描述。而产品不过是活动、生产的结果，因此，"在劳动对象的异化中不过总结了劳动活动本身的异化、外化"[29]。这就是异化劳动的第二个规定：人同自己的活动相异化。这种异化最明显表现就是："只要肉体的强制或其他强制一停止，人们会像逃避瘟疫那样逃避劳动。"[30]而对于以"自由自觉的活动"为自己的类特性的人来说，对活动的逃避就是对自己的类特性的逃避，由此推出异化劳动的第三个规定：人同自己的类本质相异化。人的类本质并非在人之外的抽象物，而是与个人生活相统一的，因此，"人的类本质同人相异化这一命题，说的是一个人同他人相异化，以及他们中的每一个人都同人的本质相异化"[31]。这就是异化劳动的第四个规定：人与人相异化，即社会关系的异化。由此，虽然马克思分析的出发点是"国民经济学得到作为私有财产之结果的外化劳动（外化的生命）这一概念。但是，对这一概念的分析表明，尽管私有财产表现为外化劳动的根据和原因，但确切地说，它是外化劳动的后果，正像神原先不是人类理智迷误的原因，而是人类理智迷误的结果一样"[32]。也就说，私有财产并不是天然的、永恒的东西，而是异化劳动的结果。而国民经济学却把这一结果当作不言自明的前提，其意识形态特性显露无遗。

异化劳动是资本主义社会唯一的原则，正是在异化劳动中，劳动自身分解为抽象劳动与资本的对立，也即工人与资本家的对立，而"劳动和资本的这种对立一达到极端，就必然是整个关系的顶点、最高阶段和灭亡"[33]，即私有财产关系的灭亡。而且马克思认为，只要私有财产关系灭亡了，整个人类的解放也就随之到来了，"因为整个的人类奴役制就包含在工人对生产的关系中，而一切奴役关系只不过是这种关系的变形和后果罢了"[34]。所以，只要这种最基本的奴役关系结束了，其他一切奴役关系自然也土崩瓦解了。在达到了这样的基本见解之后，马克思后来的理论工作就指向对以承认私有财产关系为出发点

法兰克福学派的意识形态批判及其存在论视域

的政治经济学的批判研究,并通过这种研究找到了扬弃资本的方式,那就是资本自己否定自己的辩证法,即"自我异化的扬弃同自我异化走的是一条道路"[35]。

马克思当然知道资本辩证法的展开有赖于新的无产阶级感性意识的形成,为此,他还专门考察了封建社会中第三等级感性意识的形成过程。资本主义社会是由封建社会转变而来,而在这个转变过程中,第三等级新的感性意识起了关键的作用。第三等级的感性意识在封建社会中是被异化在一种政治意识当中的,即个体的劳动是政治等级体系中的一个功能,这就是封建社会的意识形态对第三等级的感性意识的遮蔽。但是随着手工艺劳动者本人手中的动产的积累,他在自己的劳动中体会到了一种新的自由劳动的可能性,并逐渐发现自己就是这个世界的主人和基础,也因此逐渐看清楚了自己的劳动与社会的新关系。换句话说,在自己劳动产品的积累和劳动手艺的提高当中,他发现人与人之间的关系的一种新的社会原则,在这一新的社会原则中,劳动不应该是强制的,而应该是自由的,劳动的成果不应该被按照政治等级的方式所剥夺,而应该是平等交换的,这样一种新的社会原则的发现就是第三等级的新的感性意识,这样一种新的感性意识通过政治革命得到体现,并直接导致了资本主义社会的产生。

马克思把无产阶级想象成类似于封建社会末期的第三等级,把克服资本主义异化的希望寄托在无产阶级身上。马克思认为,第三等级在资本原则当中一分为二了,一部分变成资产阶级,一部分变成雇佣劳动者阶级。雇佣劳动者阶级仍然怀抱着一个理想,即个人自由劳动。但是这一理想在资产阶级与它的关系当中却发生了异化,这一异化的结果就是,雇佣劳动者必须出卖自己的劳动力才能与生产资料相结合,才能获得维持自身和后代生存所需要的生活资料。马克思认为雇佣劳动者这样一种处境,会产生出要求恢复一种社会力量与自己结合这样一种社会主义的感受,这就是无产阶级的新的感性意识。在马克思看来,这种感受会是很真切的,因为无产阶级的劳动就是和大机器生产联系在一起,而且尽管无产阶级在异化劳动中变成了机器的一个零件,但是无产阶级却又始终支配着这样一个庞大的一般社会力量,这就使得新的感性意识的出现具有可能性,这一新的感性意识就是要求摆脱资本的私人占有性质,而使之成为和每一个个体结合的普遍社会力量。马克思进一步指出,异化发生得越厉害,扬弃这种异化的可能性也就越大。而无产阶级作为"一个被戴上了彻底的锁链的阶级","一个并非市民社会阶级的市民社会阶级","它表明了人的完全丧失,并因而只有通过人的完全回复才能回复自己本身"。[36]因此,就如第三等级能成为突破封建社会的新的感性意识的代表一样,无产阶级的非人状况也使得他能成为资本主义的掘墓人。马克思这样一种思路,既有别于黑格尔主义者,认为社会的进步在于"自我意识"的进一步觉醒,也不同于后来所谓的经济决定论者,认为只要经济发展了,社会就会自然而然地进步。而是运用历史唯物主义对资本扬弃前景的一种全新展望,这种展望是一种实践批判原则的运用,那就是从现实世界的本身中,从现实世界的个人争取自身自由和解放的必然要求中去发现革命的动力。

但是,对于无产阶级的新的感性意识如何形成的问题,马克思却没有加以展开讨论,他认为无产阶级本身的生存状况就揭露了一切意识形态的虚假性,就蕴涵了新的感性意识出现的可能性,因此他所要做的工作就是通过"政治经济学批判"揭示出资本主义生产自我否定的辩证法,即资本的逻辑如何走向它的反面,从而使无产阶级的新的感性意识达到自觉。关于这一点,马克思在《1857—1858年经济学手稿》中写得很明白:"随着活劳动的直接性质被扬弃,即作为单纯单个劳动或者作为单纯内部的一般劳动或单纯外部的一般劳动的性质被扬弃,随着个人的活动被确立为直接的一般活动或社会活动,生产的物的要素也就

法兰克福学派的意识形态批判及其存在论视域

摆脱这种异化形式;这样一来,这些物的要素就被确立为这样的财产,确立为这样的有机社会躯体,在其中个人作为单个的人,然而是作为社会的单个的人再生产出来。使个人在他们的生活的再生产中,在他们的生产的生活过程中处于上述状况的那些条件,只有通过历史的经济过程本身才能创造出来;这些条件既有客观的条件,也有主观的条件,它们只不过是同一些条件的两种不同的形式。[37]上述引文表明了马克思认为扬弃资本的主观条件,即无产阶级的感性意识的形成,并不是具有本质重要性的问题,因为它同样是基础领域的东西,因而它的形成与资本自己扬弃自己是同一个过程,即它们都是由人类的感性活动创造出来的“同一些条件的两种不同的形式”。这一思想,从原则上来说是正确的,但是,随着历史发展到一个新的阶段,它的界限也就逐渐体现出来。

仅仅由“政治经济学批判”所发现的无产阶级,并不构成对资本主义进行实践批判的真正动力,马克思对那个年代无产阶级的非人生存状况的描述,只是揭示了资本主义生产方式是建立在社会对抗的基础之上的,只是暴露了资本主义生产方式的内在矛盾。但是这并不能表明无产阶级本身就代表了突破资本主义制度的新的感性意识。历史的发展证明了这一点。无产阶级并没有如马克思所预料的那样爆发推翻资产阶级的革命,相反地,随着科学技术在资本主义社会中的不断运用,无产阶级在资本主义的生产关系中根本不再是主导力量,而仅仅处于从属的地位,甚至只是技术化生产力的一个附属器官。卓别林主演的《摩登时代》以电影艺术的形式形象地表明了这一点。另一方面,随着资产阶级的不断成熟以及生产力的不断提高,使得资本主义生产组织逐渐合理化,工人生活资料的价格逐渐下降,从而无产阶级绝对贫困化的趋势也逐渐消失,再加上资本主义高度发达的“大众文化”对无产阶级生活无孔不入的渗透,使得马克思认为的在资本主义生产过程中必定要产生出来的无产阶级的感性意识,无时无刻不受着资本主义意识形态的遮蔽和侵蚀的威胁,无产阶级已经不能体会自己的非人状况而同化到资本主义社会中去了。

因此,当代思想如果是真正继承马克思的历史唯物主义传统,就不能不把当代人类感性意识的异化看作自己批判的对象。从这个意义上说,20世纪的哲学主题是承接着马克思而来的,它通过对意识本身的异化,即意识形态的批判,揭露出意识形态的前提和界限,从而为探讨当今时代的新的感性意识作准备。法兰克福学派也就是这样的一个学派,它以清除当下时代的意识形态的遮蔽,并从中寻找突破和超出发达资本主义社会的新的感性意识为己任。有学者认为法兰克福学派的社会批判理论缺少经济学批判的维度,并由此把法兰克福学派的意识形态批判打发到青年黑格尔派的行列,这种观点是有失公允的。因为在法兰克福学派那里,对意识形态的批判最终是落实到对人的异化的批判,而对人的异化的批判并非简单地回复到自我意识的立场上,尽管法兰克福学派不同的思想家具体观点不尽相同,但都是从感性的立场出发批判人的自我异化并扬弃人的自我异化,从总体上来说,这是对马克思思想的继承,因为物质生活关系的领域就是感性的领域。但是,这一继承也是有界限的,这是因为他们没有从存在论的根基处领会马克思的思想。关于这些,都是我们在对法兰克福学派的意识形态批判理论进行具体叙述和评说时要加以说明的。现在先从总体上来看看法兰克福学派对马克思意识形态批判的发展。

(二)法兰克福学派对马克思意识形态批判的继承和发挥

前面已经论述了,马克思的政治经济学批判本质上是一种意识形态批判,马克思本来也打算对法、道德、政治等具体意识形态进行批判的,"我打算用不同的、独立的小册子来相继批判法、道德、政治等等,最后再以一本专门的著作来说明整体的联系、各部分的关系以及对这一切材料的思辨加工进行批判"[38]。并且已经进行了对黑格尔法哲学的批判,通过法哲学的批判马克思得出法的关系根源于物质生活关系的总和,即根源于市民社会,"而对市民社会的解剖应该到政治经济学中去寻找",这一认识使得马克思暂时地搁下了对其他意识形态的批判,而先潜入到了政治经济学的研究当中,马克思对政治经济学的研究是把政治经济学当作一种意识形态进行批判,即澄清政治经济学的前提,划定政治经济学的界限以及揭示其运动的必然过程。这一批判性的工作占据了他一生中的大部分时间,使得他没有按照预想的计划再对其他具体的意识形态进行批判。可以说,这是马克思思想很自然的发展过程,毕竟每个人精力有限,他所做的事总是他认为最重要的事。当时马克思就认为最重要的事就是通过政治经济学批判发现资本的辩证法,从而找到扬弃资本主义的客观条件,而对于资本扬弃的主观条件,即无产阶级的感性意识如何形成,在马克思看来并非重要之事,它是随着资本辩证法的展开自然而然会形成的,这一思想,当然建基于马克思所处的时代境况以及由此境况出发马克思所作出的判断。

具体说来,在马克思当时的年代,意识形态的力量远没有当今时代如此强大,因此,马克思在谈到"德意志意识形态"时,认为"必须同它们进行斗争,但这是具有地域性意义的斗争"[39]。马克思之所以这样说,是基于德国人的特征,在马克思看来,"我们德国人在思想中、在哲学中经历了自己的未来的历史。……因此,当我们不去批判我们现实历史的未完成的著作,而来批判我们观念历史的遗著——哲学的时候,我们的批判恰恰接触到了当代所谓的问题之所在的那些问题的中心。……因此,德国人民……不仅批判这种现存制度,而且同时还要批判这种制度的抽象继续"[40]。"这种制度的抽象继续"就是指为现存制度作辩护的哲学等意识形态,所以马克思认为,对于德国的批判而言,既不是像实践派那样只是对现存哲学的简单否定,也不是如理论政治派那样对现存哲学的一味坚执,而是既要批判这种哲学意识形态,又要批判这种意识形态的现实基础。而对于"现实生活胚芽一向都只是在他们的脑壳里萌生的"德国人而言,意识形态的批判更是首要的任务,只有首先祛除了意识形态的遮蔽,对现实生活的批判任务才可能展露出来。但是,在上述引文中尽管马克思所说的是"我们德国人"、"德国人民",其实际所指却是那些所谓的"德国哲学家"和"德国社会主义者",诚如他在《德意志意识形态》的标题中所注明的那样。他认为当时的无产阶级并未受到意识形态的侵蚀,"对于人民大众即无产阶级来说,这些理论观念并不存在,因而也不用去消灭它们"[41]。也就是说,无产阶级本身的生存状况就表明了资产阶级意识形态的虚假性,并表明了新的无产阶级感性意识产生的可能性,因此,马克思认为只要阐明了资本自己扬弃自己的逻辑,也就是帮助无产阶级认清了自己的感性意识以及未来的道路趋向,无产阶级革命也就指日可待了。

毫无疑义,在当时的年代,马克思的上述想法是很有道理的。但是,当资本主义的发展进入了一个新的阶段,意识形态的发展也出现了新的情况。关于这样一个新的阶段的特征,法兰克福学派的理论家都作过各种描述,哈贝马斯的下述这段话具有一定的代表性,他说:"在'统治阶级'那里,一种以管理为目的的经济学,提出了对付和预防危机的、差异十分悬殊的种种方法和技术,在经济和政治上得到了有效的使用。……危机理论的预测,不仅能够决定无产者决心进行革命,而且也能决定资本家决心防止革命,这就是说,危机理论的预测使得资本家不断地用意志和意识去驾驭经济过程,并且,为了维护自身的存在也把合理化的要素引入资本主义自身中……。在'被统治阶级'那里,阶级理论的表述,同样也产生一种未曾预料到的结果:(在为工资而进行的斗争中)代表个体工人直接利益的工会组织,证明自己比(在阶级斗争中)

法兰克福学派的意识形态批判及其存在论视域

实现作为阶级的工人的客观利益的政治组织更有效。"[42]这段引文说明，资本主义发展到今天，马克思当时所预言的无产阶级这一革命的、批判的力量已经不存在了，因此推翻资本主义的无产阶级革命也没有发生过。由此，法兰克福学派很自然地把"注意力指向了如何理解世界中的否定的、批判的力量消失的问题上"，马丁·杰伊(Martin Jay)很正确地指出了这一点，这一理解的首要之点是现代意识形态对世界中否定的、批判的力量的遮蔽，因此，法兰克福学派最终"把精力集中到被传统马克思主义贬黜到第二位的现代社会中的文化上层建筑方面"[43]，即意识形态批判。用哈贝马斯的话说就是："随着异化形式的多样化，意识形态批判赢得了迫切性。"[44]

晚近资本主义意识形态的新变化主要可以从两个方面来说：第一，从广度上来说，意识形态已经侵蚀到了社会生活的方方面面，换句话说，意识形态已经不是仅仅表现为道德、宗教、形而上学等这些上层建筑领域，而是已经渗透到了生活世界本身之中了，渗透到日常生活实践的本身之中了，因此，已经没有像马克思当初所描述的没有被意识形态沾染过的经济基础层面，即具有源初性的物质生活世界，这个生活状况本身已经具有意识形态性质，这就是马尔库塞在《单向度的人》一书中引用阿多诺在《三棱镜：文化批判和社会》中的观点："把思想意识吸收到现实之中，并不标明'思想意识的终结'。相反，在特定意义上，发达工业社会较之它的前身是更为意识形态性的，因为今天的意识形态就包含在生产过程本身之中。"[45]第二，从深度上来说，意识形态已经渗透到了无产阶级的感性意识的层面，马克思当时认为没有沾染过资产阶级意识形态的无产阶级感性意识已经不存在了，而是从它一出生就已经被资产阶级意识形态所包围了，霍克海默明确地指出了这一点，他说："在今天，每个社会阶层的意识都有可能受到意识形态的限制和侵蚀，不管它在自身所处的环境里可能多么地专注于真理。"[46]上述两个方面的新变化实际上是紧紧联系在一起的,正因为生活世界被意识形态"殖民化",才使得无产阶级的新的感性意识受到遮蔽,反过来正因为无产阶级感性意识被资产阶级意识形态全面侵蚀,才使得基础领域的生活世界得不到呈现,它们只不过是同一些条件下的两种不同表现形式而已。正是基于以上的新特点,法兰克福学派在继承马克思意识形态批判的基础上,对意识形态批判更加进了一层,那就是对意识形态的批判已经不仅仅表现为对那些理论形态,或者宗教形态等意识形态本身来进行批判,而是对渗透在生活世界中的,让我们的生活世界失去了原先的那种实践力量的意识形态进行批判,从这个意义上说,法兰克福学派的理论就是对资本主义社会生活状况本身的意识形态性质进行批判,通过对生活世界本身的意识形态的遮蔽的清除、去蔽,来探索新的感性意识出现的可能性。因此,本书研究"法兰克福学派的意识形态批判",其实就是从法兰克福学派理论性质是对渗透到源初的物质生活领域,或者说感性意识领域的意识形态进行全面批判这样一个角度,切入对法兰克福学派整个理论的研究的。

注　释

［1］《马克思恩格斯全集》第1卷,人民出版社2002年版,第459—460页。

［2］《马克思恩格斯全集》第47卷,人民出版社2002年版,第59页。

［3］同上书,第62页。

［4］《马克思恩格斯全集》第3卷,人民出版社2002年版,第189页。

［5］《马克思恩格斯全集》第1卷,第50页。

［6］《马克思恩格斯选集》第2卷,人民出版社1995年版,第31、32页。

［7］《马克思恩格斯全集》第3卷,第199页。

［8］《马克思恩格斯全集》第47卷,第53页。

［9］《马克思恩格斯全集》第3卷,第200页。

［10］《马克思恩格斯全集》第47卷,第65页。

法兰克福学派的意识形态批判及其存在论视域

［11］《马克思恩格斯选集》第2卷,第32页。

［12］《马克思恩格斯选集》第4卷,人民出版社1995年版,第726页。

［13］《马克思恩格斯选集》第1卷,人民出版社1995年版,第82页。

［14］同上书,第82页注②。

［15］K.兰克:《知识社会学中的马克思主义》,转引自俞吾金:《意识形态论》,上海人民出版社1993年版,第46页。

［16］《马克思恩格斯选集》第1卷,第72页。

［17］同上书,第98页。

［18］同上书,第99页。

［19］同上书,第66页。

［20］俞吾金:《意识形态论》,第28页。

［21］《马克思恩格斯全集》第3卷,第316页。

［22］《马克思恩格斯选集》第1卷,第73页。

［23］同上书,第92页。

［24］参见 Phil Slater, *Origin and significance of the Frankfurt School—A Marxist Perspective*, Routledge ＆ K. Paul, 1977, p. 43。

［25］《马克思恩格斯全集》第3卷,第266页。

［26］同上书,第277页。

［27］同上书,第231页。

［28］同上书,第267页。

［29］同上书,第270页。

［30］同上书,第270—271页。

［31］同上书,第275页。

［32］同上书,第277页。

［33］同上书,第283页。

［34］同上书,第278页。

［35］同上书,第294页。

［36］同上书,第213页。

［37］《马克思恩格斯全集》第31卷,人民出版社2002年版,第244—245页。

［38］《马克思恩格斯全集》第3卷,第219页。

［39］《马克思恩格斯选集》第1卷,第75页。

［40］同上书,第7页。

［41］同上书,第95页。

［42］哈贝马斯:《理论与实践》,郭官义等译,社会科学文献出版社 2004 年版,第 486—
487 页。

［43］马丁·杰伊:《法兰克福学派史》,单世联译,广东人民出版社 1996 年版,第 100 页。

［44］哈贝马斯:《理论与实践》,第 248 页。

［45］马尔库塞:《单向度的人》,刘继译,上海译文出版社 1989 年版,第 12 页。

［46］《霍克海默集》,曹卫东译,上海远东出版社 2004 年版,第 210 页。

第二章
西方马克思主义创始人的意识形态理论及其对法兰克福学派的启示

    法兰克福学派作为西方马克思主义中最有影响力的一支,它的理论语境自然与西方马克思主义所开创的传统密切相关。而 20 世纪产生的西方马克思主义对马克思主义的发展就如佩里·安德森(Perry Anderson)所认为的,它导致了马克思主义"主题的创新",即"渐渐地不再从理论上正视重大的经济的或政治问题了",而"自始至终地主要关注文化和意识形态问题"。[1] 安德森的论断指出了西方马克思主义重视意识形态问题这一实际趋势。这一趋势也正如国内学者所言:"西方马克思主义的理论旨趣应该是极为清晰的——发达资本主义以及资产阶级意识形态批判。"[2] 法兰克福学派的理论无疑是沿着这一趋势发展的。所以,这一章的主要内容就是对西方马克思主义的创始人卢卡奇、葛兰西、柯尔施的意识形态理论进行论述,并通过此来指认出法兰克福学派对西方马克思主义创始人理论的继承和发展。当然,在论述西方马克思主义创始人的理论之前,先要来介绍一下 20 世纪的哲学背景与主题,以便更好地理解西方马克思主义以及法兰克福学派理论在当代世界中的地位和作用。

一、20 世纪的哲学背景与主题

（一）20 世纪的哲学背景

所谓 20 世纪的哲学，不仅仅只是从年代顺序上得到定位的，更是由其自身的性质得到规定的，20 世纪的哲学与近代哲学在自身性质上具有明显的区别，因而它通常又被称为当代哲学，即"后黑格尔的哲学"，如果说黑格尔哲学是西方哲学形而上学传统的完成，那么，"后黑格尔"的 20 世纪哲学就意味着对这一形而上学传统的批判，换言之，20世纪的哲学运动都是以批判黑格尔哲学为起点的。

哲学作为"时代精神的精华"，是对一个时代的现实社会生活的最纯粹的表达，因而一个时代的历史特征就构成了哲学的背景。伽达默尔说："19世纪事实上是以歌德和黑格尔的去世为起点而以第一次世界大战的爆发为终点，20世纪则是作为世界大战的时代而开始的。"[3]因而，世界大战是 20 世纪最为引人关注的事件。但是，作为一个世界性的灾难事件，它所暴露出来的不仅仅是军事冲突，也不仅仅是政治冲突和经济冲突，而是早已存在的虚无主义的总爆发。这一虚无主义产生的缘由用尼采的话来说就是"上帝死了"！因此，对 20 世纪哲学背景的阐明还得从尼采开始。

尼采在一百多年前大声疾呼："'上帝死了'，基督教的上帝不可信了，此乃是最近发生的最大事件。这事件开始将其最初的阴影投射在欧洲的大地上。"[4]尼采的"上帝之死"明确地指出是基督教上帝之死，而按照基督教思想，这个上帝就是表示超感性的世界，是表示理念、理想领域的名称，自柏拉图以来，这一超感性领域就被当作真实的和真正现实的世界——形而上学世界。因此，"上帝死了"意味着整个超感性世界的崩塌和腐烂，意味着形而上学的终结，海德格尔认为，尼采的这句话并非是"个人发表的意见",而是"二千年来的西方历史的命运",这一命运"被理解为柏拉图主义的西方哲学终结了"。[5]

柏拉图主义的西方哲学的完成者是黑格尔,因此,尼采说"上帝死了",就意味着黑格尔的绝对精神哲学变得虚假了,因为黑格尔的哲学是一种神正论,他的绝对精神其实是上帝的最后一根理性的支柱,既然上帝死了,建立在绝对精神之上的统一也就不可能了,从而使得"一切固定的僵化的关系以及与之相适应的素被尊崇的观念和见解都被消除了,一切新形成的关系等不到固定下来就陈旧了。一切等级的和固定的东西都烟消云散了,一切神圣的东西都被亵渎了"[6]。也即整个超感性世界崩塌了,虚无主义由此蔓延。这一虚无主义在 19 世纪还仅仅是由马克思和尼采等这样敏锐的思想家说出来,到了 20 世纪,随着第一次世界大战的爆发而造成的世界性的灾难的出现,它变成了一种普遍的状态,它使得当时的人们"存在着一种普遍的信念,认为人的行动是毫无结果的,一切都成为可疑的,人的生活中没有任何可靠的东西,生存无非是一个意识形态造成的欺骗与自我欺骗不断交替的大漩涡。这样,时代意识就同存在分离了"[7]。也就是说,在 19 世纪只是由少数几个敏锐的思想家感受到的虚无主义,到了 20 世纪成了所有人都不得不面对的事实,20 世纪的哲学就在这样的背景之下产生。

在这样的背景下,追问当代世界由以确立自身的根本原则成了 20 世纪哲学家的使命。在他们看来,这一原则根源于西方文化的源头之中,这一源头就是西方的理性形而上学传统。而黑格尔哲学通过把理性形而上学传统与近代哲学的自我意识原则相统一,完成了自柏拉图以来的西方传统哲学,因而黑格尔哲学不仅代表形而上学之一种,而且代表形而上学之一切。对黑格尔哲学的批判,就代表着对西方理性形而上学的批判。20 世纪哲学就是从批判黑格尔哲学开始的,正是在这个意义上,M. 怀特海说:"几乎二十世纪的每一种重要的哲学运动都是以攻击那位思想庞杂而声名赫赫的十九世纪的德国教授的观点开始的……在这一时期或那一时期都是黑格尔思想的密切的研究者,他们的一些最杰出的学说都显露出从前曾同那位奇特的天才有过接触或斗争的痕迹或伤痕"[8]。换言之,对于20世纪的哲学或者说当代哲学而言,黑格尔哲学始终是一个绕不过去的弯。而黑格尔哲学,乃至整个近代哲学的基本立场是"意识和自我意识",它被当成一个当然的前提不被追问。因此,20世纪哲学对黑格尔哲学的批判最终落实到对意识本身的异化进行批判,即剥去笼罩在意识身上的神秘面纱,"回到事情本身"。弗洛伊德的精神分析学,由胡塞尔、舍勒和胡塞尔为代表的现象学运动,海德格尔的基础存在论等,都反映了这样一个主题,他们努力的宗旨就是"超越主观意识所指的东西,并对其作出解释"[9]。下面,我们就来具体谈一谈20世纪哲学的主题。

(二)20世纪的哲学主题

伽达默尔把20世纪的哲学主题概括为:"对最终最彻底的异化——意识本身的异化"的批判,而且他认为,要理解这一主题,首先还是要从黑格尔的哲学谈起。伽达默尔着重讲了黑格尔对康德的主观精神的批判。所谓"主观精神"是康德反思哲学的主要特征,它表现在理论理性中,就是把一般内容运用到任何内容之上的抽象推理,在实践理性中,则是把道德哲学建筑在绝对命令之上。黑格尔称这种反思哲学为"浪漫主义思想及其虚弱本质的病态表现"[10],因为这种反思精神只是一种外在的联系,并不能真正进入到客观现实当中去。而黑格尔的目标是"思想应该使自己完全进入事物的客观内容并抛弃自己的所有幻想"[11],为此,黑格尔通过"实体即主体"的原则,使得思想流动起来,从主观反思到客观精神最后达到绝对精神,在绝对精神的三种样式:艺术、宗教和哲学中,"具有一种最终的和适当的模式,使得精神认识自己是精神,使得主观意识和供养我们的客观现实互相渗透"[12]。这意味着思想进入了事物的客观内容本身之中,也意味着人类现实理解了自身。由此,伽达默尔认为,"黑格尔哲学通过对主观意识观点进行清晰的批判,开辟了一条理解人类社会现实的道路,而我们今天仍然生活在这样的社会现实中"[13]。正因为如此,20世纪的哲学主题就仍然是对主观精神的批判,这是20世纪的哲学思想对黑格尔哲学的继承。

但是,20世纪对主观精神的批判是与黑格尔不同的,因为20世纪的哲学已经揭露了德国唯心主义的天真的假设,即"(1)断言的天真;(2)反思的天真;(3)概念的天真"[14]。一句话,20世纪的哲学揭示出黑格尔对主观精神的批判只是在意识的内在性当中对主观意识和客观现实的调和,这也就是马克思在《神圣家族》中所说的,黑格尔的体系用绝对精神统一了斯宾诺莎的实体和费希特的自我意识,但是这种统一还是在形而上学之内的。

上述这种天真性的发现是由尼采对"意识本身的异化"的批判彰显出来的。"尼采的批判目标是从我们之外降临到我们身上的最终最彻底的异化——意识本身的异化。意识和自我意识并不会作出清楚的证明说,它们所思维所意指的也许不是对真正处于意识和自我意识之中的东西的伪装和歪曲。尼采把这个观点牢牢装进现代思想之中,因而我们现在到处可以认识到它,不仅仅认识到它过度、自我破坏的,使幻想破灭的方式,用这种方式尼采本人从自我身上剥下一张又一张的伪装——因此也就不再有自我。我们不仅思考由伪装之神狄奥尼修斯神秘地表现出的伪装的多元性,而且同样思考意识形态的批判,这种批判自马克思以来被越来越频繁地运用到宗教、哲学和世界观等被人无条件地接受的信念之上。此外,我们还可以想到弗洛伊德的无意识心理学。支配着他对心理现象进行解释的观点是,在人类精神生活中可能存在着有意识的意向和无意识的欲望以及存在之间的巨大矛盾。无论如何,我们相信自己正在做的事与事实上发生于人类之中的根本不是一回事。"[15]这一大段引文所要说明的是,尼采的批判所针对的是德国古典哲学甚至是整个西方传统哲学由以出发的前提——意识本身,这件事情从根本上改变了20世纪批判主观精神的任务,即对意识本身的异化的批判。在这里需要指出的是,伽达默尔把马克思的意识形态批判仅仅看成是尼采哲学的一个特例,这是对马克思意识形态批判的革命性意义的低估,关于这一点在第一章中已有相关论述,这里就不再赘述。应该说,马克思对意识的异化的批判要比尼采更深入一层,因为尼采仅仅是指出了意识本身的异化,并指出了人的真相在于权力意志,这确实是对意识形态的一种颠覆,但是用海德格尔的思想来说,还是用一种存在者取代另一种存在者。马克思的意识形态批判却不仅止于此,他还指出了意识形态本身的根源,在此基础上表明要消除异化就要消除意识形态赖以存在的根源,从这个意义上说,马克思的哲学是当之无愧的当代哲学。

而由尼采所开启的20世纪对主观精神的批判之所以能与黑格尔对主观精神的批判不同,在于解释概念的新运用,尼采提出的"根本没有道德现象,只有对现象的道德解释"正是指明了"解释以它合法的认知目的和解释目的第一次掌握了超越一切主观意义的现实。"所以,解释的目的"在于期望能超越意义活动的主观性","学会识破表面所指的东西"。[16]这样的解释概念也就是现象学的方法,海德格尔说:"现象学描述的方法论意义就是解释。"[17]由此,像胡塞尔、舍勒等都参与到了由尼采所开启的20世纪超越主观精神的运动;也正因为尼采,使得新康德主义、狄尔泰、席美尔、克尔凯郭尔等人的批判获得了意义而不再被看成是重复浪漫主义的批判。因此,伽达默尔说:"尼采是一个伟大的、预言性的人物,他从根本上改变了本世纪批判主观精神的任务。"[18]

通过以上的论述,我们可以说,20世纪的哲学主题是:通过继承19

法兰克福学派的意识形态批判及其存在论视域

世纪黑格尔对主观精神的批判而对全部异化当中最核心的、也是最严重的异化——意识本身异化的揭示,20 世纪的人本主义哲学家在这一问题上都有过重要论述。而其中最典型也最深入的是海德格尔对"意识的内在性的贯穿"。为了更好地理解 20 世纪的哲学主题,就介绍一下海德格尔的这一思想。

在海德格尔看来,"无家可归状态变成了世界命运"[19],这是人的异化在新时代的表现,而"这种无家可归状态是从存在的天命中在形而上学的形态中产生,靠形而上学巩固起来,同时又被形而上学作为无家可归状态掩盖起来"[20]。因此,要消除人的异化,让人重新有个家,就需要脱离整个形而上学的主导原则及其基本建制——在意识的内在性之中思维和存在的统一,而这个脱离的可能性在于因意识的内在性的贯穿,唯有如此,才能在形而上学之外开启一个全新的地平线。

海德格尔说:"意识之存在特性,是通过主体性(Subjektivitaet)被规定的。但是这个主体性并未就其存在得到询问;自笛卡尔以来,它就是 fandamentum inconcussum(禁地)。"[21]正因为这个主体性原则,使得主体永远处于"对内容的渴望"当中,因为真实的内容不可能在主体性原则之内被给予主体。到了胡塞尔,这种情形依旧没有根本的改变。因为尽管胡塞尔通过"意识的意向性"原则使得对象取回其本己的存有特性(Bestandhaftigkeit),并从而挽救了对象,但由于他的哲学的起点乃在于确认一个纯粹意识的存在区域,因而他只是"把对象嵌入意识的内在性之中"[22],而没有贯穿意识的内在性。由此,海德格尔指出,"只要人们从 Ego cogito(我思)出发,便根本无法再来贯穿对象领域;因为根据我思的基本建制(正如根据莱布尼茨的单子之基本建制),它根本没有某物得以进出的窗户。就此而言,我思是一个封闭的区域。'从'该封闭的区域'出来'这一想法是自相矛盾的"[23]。换句话说,要贯穿对象领域,就只有贯穿意识的内在性,否则的话,思维和存在即意识和对象就会永远处于二元对立当中，关于这一点，海德格尔早在《存在与时间》中就通过疑问的方式提出来了，他说："这个正在进行认识的主体怎么从他的内在'范围'出来并进入'一个不同的外在的'范围？认识究竟怎么能有一个对象？必须怎样来设想这个对象才能使主体最终认识这个对象而且不必冒跃入另一个范围之险？"[24]这一困境，被康德称为是"哲学和一般人类理性的耻辱"，而胡塞尔则表达为"内在本身是无可怀疑的。内在如何能够被认识，是可理解的，恰如超越如何能够被认识，是不可理解的一样"[25]。

因此，上述困境的解除唯赖"意识内在性的贯穿"，那是一场存在论根基处的革命，海德格尔称之为思想居所的"移居"（Ortsverlegung），即从意识移居到此在。海德格尔说："在指向某某东西之际，在把捉之际，此在并非要从它早先被囚闭于其中的内在范围出去，相反倒是：按照它本来的存在方式，此在一向已经'在外'，一向滞留于属于已被揭示的世界的、前来照面的存在者。……此在的这种依寓于对象的'在外存在'就是真正意义上的'在内'。"[26]此在一向在外，也就是此在的"出离"特性，"此—在本质地就是出—离式的"[27]。正是由于此在的这一特性，使得此在得以贯穿意识的内在性，"与意识（Bewusstsein）的内在性相反——识—在（Bewusst-sein）中的那个'存在'就表达了这种内在性——此在中的'在'表达了在……之外存在（sein-ausserhalb-von…）"[28]。至此，海德格尔通过思想的移居，贯穿了意识的内在性，从而击破了伽达默尔在《20世纪的哲学基础》中所说的由尼采对意识本身的异化的批判所彰显出来的德国古典哲学的三重天真性。以上概要地论述了20世纪哲学的主题：对意识本身的异化的批判，并通过海德格尔对"意识内在性的贯穿"阐述，以便更好地理解这一主题。

西方马克思主义就是在这样一个大背景之下出现的，作为20世纪西方哲学的一个流派，它感受到了20世纪哲学的基本主题，因而西方马克思主义创始人卢卡奇、柯尔施和葛兰西都不约而同地把关注的目光集中到了阶级意识和意识形态的问题,以自己的方式阐释着20世纪哲学的基本主题。同时,作为20世纪的马克思主义者,他们的理论又必须应对马克思哲学在新时代出现的新情况。众所周知,第一次世界大战对欧洲各国的政治、经济和文化等各方面都造成了灾难性的后果,从而使得资本主义社会的矛盾空前深刻和尖锐起来,这一矛盾激发了这些国家的无产阶级摆脱剥削和压迫的强烈愿望。这一强烈愿望在俄国十月革命胜利的鼓舞下,爆发成一次次的起义和革命。从1918年至1923年间,在德国、意大利、匈牙利、奥地利、芬兰等国家相继爆发了起义和革命,有些国家还一度建立起了苏维埃政权。但是,最终这些起义和革命都失败了。寻找失败的原因并为中西欧无产阶级革命找到一条合适的道路,成了当时的马克思主义者的共同任务,而当时占主导性的观点是第二国际的理论家所坚持的"经济决定论",即认为革命失败的主要原因在于经济条件尚未成熟,只要经济条件成熟了,无产阶级革命就会自发产生。但是,以卢卡奇、葛兰西、柯尔施为代表的西方马克思主义者却把革命的失败归因于无产阶级阶级意识这一主观因素的缺乏,由此制定了以意识革命和文化革命为先导的新的革命观,以便与资产阶级争夺意识形态上的领导权,使广大人民群众树立革命的无产阶级意识,并最终夺得无产阶级革命的胜利。可以说,西方马克思主义创始人的这样一条思路是在20世纪的哲学背景和主题下对马克思哲学的全新解释。下面就叙述一下西方马克思主义创始人的意识形态理论。

二、西方马克思主义创始人的意识形态理论

(一)卢卡奇对于无产阶级阶级意识的探求

卢卡奇的阶级意识的思想,主要表现在《历史与阶级意识》一书中。

在此书中,卢卡奇首先探讨了物化和物化意识。卢卡奇指出,随着商品形式普遍化过程的展开,人的劳动的抽象化过程也随之形成,从而造成主客体的分离,即劳动者和劳动产品的分离,物化现象也随之产生。因此,物化是随着资本主义商品经济的发展而产生的,它是资本主义社会特有的现象。在前资本主义时期尽管也有商品形式存在,但是由于这种商品形式只是个别现象,还没有占据统治地位,因此不存在以物的关系掩盖人的关系的现象,也就不会出现物化现象。但是到了资本主义社会,商品形式"渗透到社会生活的所有方面,并按照自己的形象来改造这些方面",从而使物的关系逐渐掩盖了人与人之间的关系并最终完全侵吞了人与人之间的关系,物化现象就成了资本主义社会的普遍现象。

随着资本主义的进一步发展,物化现象不仅仅遍及了社会生活的方方面面,更严重的是深入到人的意识之中。"商品关系变成一种具有'幽灵般的对象性'的物,这不会停止在满足需要的各种对象向商品的转化上。它在人的整个意识上留下它的印记。"[29] 而这一点,最突出的是表现在工人阶级身上,这一曾经被马克思称为"资本主义掘墓人"的阶级,如今却也被物化意识所统治,"随着对劳动过程的现代'心理'分析(泰罗制),这种合理的机械化一直推行到工人的'灵魂'里:甚至他的心理特性也同他的整个人格相对立地被客体化,以便能够被结合到合理的专门系统里去,并在这里归入计算的概念"[30]。可见,"在资本主义发展过程中,物化结构越来越深入地、注定地、决定性地沉浸入人的意识里"[31]。这是物化现象不断加剧的结果,随着工人阶级被物化意识统治的完成,这种物化意识成了整个资本社会所有人的共同命运,它产生的结果就是所有的人都无批判地认同资本主义社会,资本家的目的只是不停地创造利润,统治者运用现代官僚制度的统治把人纳入到合理计算的框架中,工人则只是生产过程中的一个零件,连那些思想家

法兰克福学派的意识形态批判及其存在论视域

"也始终停留在分析物化的直接性上面","使这些空洞的表现形式脱离它们的资本主义的自然基础,使它们作为一般人类关系诸种可能性中一种不受时间限制的类型独立出来,并使之永久化"[32]。卢卡奇在这里对物化意识的分析很明显是20世纪哲学基本主题的一种具体表现。而法兰克福学派对晚近资本主义社会中种种意识形态的批判,也是基于这些意识形态对人所造成的异化,对无产阶级感性意识所造成的遮蔽,这无疑是对卢卡奇思想的继承。从这个意义上说,以揭示物化和物化意识为基本主题的《历史与阶级意识》被奉为西方马克思主义的"圣经"是无可非议的。

那么,如何突破如此普遍的物化现象和如此深入的物化意识,依靠当时占统治地位的所谓正统的马克思主义能否扬弃这种物化? 带着对这些问题的思索,卢卡奇提出了辩证的总体观。所谓辩证的总体观是针对物化所导致的"纯直接性的态度",这种"纯直接性的态度"把资本主义看成是不可超越的"规律",从而使人的存在和社会的历史进程缺失了未来的维度和超越的维度而变得支离破碎。这种态度只关注"孤立的事实",并把这些孤立事实的反思联系看成是适合一切人类社会的客观规律,这就是资产阶级的思想,他们的"出发点和目标始终是(虽然并不是有意识地)为事物的现存秩序作辩护或至少是为这一秩序的不变性作证明"[33]。但是,马克思主义却要"把社会生活中的孤立事实作为历史发展的环节并把它们归结为一个总体",只有在这种关联中,那些表面上"孤立的事实"才获得其在人类发展中的意义。卢卡奇甚至认为,在马克思体系中,总体的观点应当高于经济原则,"不是经济动机在历史解释中的首要地位,而是总体的观点,使马克思主义同资产阶级科学有决定性的区别。……无产阶级科学的彻底革命性不仅仅在于它以革命的内容同资产阶级社会相对立,而且首先在于方法本身的革命本质。总体范畴的统治地位,是科学中的革命原则的支柱"[34]。很明显,

第二章 西方马克思主义创始人的意识形态理论及其对法兰克福学派的启示

卢卡奇这里针对的是所谓正统的马克思主义的第二国际理论家的"经济决定论",这一理论把社会历史发展看成是由经济因素起决定作用的自发形成的自然过程,历史进程因而完全排除了无产阶级阶级意识的作用而变成一种纯粹的宿命论。第二国际的理论由此也就堕落为资产阶级的意识形态而变成一种无批判的实证主义。

在此基础上,卢卡奇进一步指出,总体性是主客体统一的辩证法,也就是说,"总体的观点不仅规定对象,而且也规定认识的主体……只有当进行设定的主体本身是一个总体时,对象的总体才能加以设定;所以,为了进行自我思考,只有不得不把对象作为总体来思考时,才能设定对象的总体"[35]。正是基于这样的立场,卢卡奇批评了恩格斯的自然辩证法和列宁的反映论。卢卡奇这样做的意图是要把辩证法从与人无关的冷冰冰的客体中拯救出来,而赋予它以更多的主体的能动性。事实上,总体的观点与辩证法是同一个意思的不同表达,"辩证方法不管讨论什么主题,始终围绕着同一个问题转,即认识过程的总体"[36]。"总体的观点,把所有局部现象都看作是整体——被理解为思想和历史的统一的辩证过程——的因素。"[37]总体性强调的是把社会现实当成一个有机统一的总体来加以考察,不仅要把握它的各个组成部分,而且要把握各个部分之间的联系及其最终发展方向;而这种把握的方法就是辩证法,就是要把历史的总体的实现看作是一个过程,因此卢卡奇就提出了"辩证的总体观"这样的说法,认为辩证的总体观是描述一个历史事件的真正性质以及它在历史总体中的作用,懂得它是统一历史过程的一部分。

卢卡奇指出,总体辩证法的思想来源于黑格尔,"总体范畴,整体对各个部分的全面的、决定性的统治地位,是马克思取自黑格尔并独创性地改造成为一门全新科学的基础的方法的本质"[38]。"马克思采纳了黑格尔方法的进步方面,即作为认识现实的方法的辩证法。"[39]但是总体范畴在黑格尔那里实际上是绝对精神的别称,绝对精神是普遍的、完整的总体,它是世界万物的本质,又是世界万物本质的表现,辩证法则是绝对精神通过否定之否定回归自身的过程,历史过程也就是绝对精神外化自己的产物。因此,马克思说,黑格尔为历史运动找到了表达,但只是为历史运动找到了"抽象的、逻辑的、思辨的表达"。卢卡奇看到了这一点,他说:"黑格尔和马克思是在现实本身上分道扬镳的。黑格尔不能深入理解历史的真正动力。"[40]卢卡奇为了避免重新陷入黑格尔的唯心主义,他就不再把这一总体范畴或者说辩证法的现实承担者看成是"绝对精神",而是无产阶级,"把辩证的方法当作历史的方法则要靠那样一个阶级来完成,这个阶级有能力从自己的生活基础出发,在自己身上找到同一的主体—客体,行为的主体,创世的'我们'。这个阶级就是无产阶级"[41]。

无产阶级要真正成为主体—客体辩证统一的承担者,即扬弃资本主义物化的根本力量,有赖于无产阶级的阶级意识的觉醒和生成,"革命的过程——在历史的规模上——与无产阶级阶级意识的发展是等义的"[42],"无产阶级阶级意识的发展(也就是无产阶级革命的发展)",[43]可见,无产阶级的阶级意识是决定革命成败的关键。但是,无产阶级的阶级意识并不是与生俱来的。"就无产阶级的意识来说,发展是不会自行发挥作用的……客观的经济发展只能确立无产阶级在生产过程中的地位,这种地位决定了它的立场;客观的经济发展只能赋予无产阶级以改造社会的可能性和必要性。但是,这一改造本身却只能是无产阶级自身的自由的行动。"[44]也就是说,"无产阶级的阶级意识并不是和客观经济危机平行,在整个无产阶级中以同样的方式发展的。"[45]甚至有可能"无产阶级的意识形态落后于经济危机"[46]。在这种情况下,探求无产阶级阶级意识的问题就成为决定革命成败的关键性问题了。

第二章 西方马克思主义创始人的意识形态理论及其对法兰克福学派的启示

但是，无产阶级的阶级意识并不会自发产生，因为它面临着"无产阶级的意识形态危机"，这主要体现在两个方面，第一方面是第二国际所提出的经济决定论，他们把无产阶级革命的发生寄托在经济的发展上，因此，无产阶级阶级意识的重要性根本没有进入他们的视野，"庸俗马克思主义者总是无视意识在无产阶级阶级斗争中具有的这种独一无二的功能，并且用目光短浅的'现实政治'来代替归结为客观经济过程的决定性问题的重大的原则斗争"[47]。第二方面则体现在资产阶级意识形态对无产阶级的侵蚀，从而使得"资产阶级社会的客观上极端危险的处境在无产者的头脑中还具有它昔日的一切稳定性；无产阶级在许多方面还受到资本主义的思维和感觉方式的严重束缚"[48]。而且，资产阶级的这一意识形态还受到了孟什维克的强化，"无产阶级的资产阶级化在孟什维主义的工人党以及受这些党控制的工会领导中获得了自己的组织形式。……工会的职能是使运动原子化和非政治化，掩盖它和总体的关系，而孟什维主义的党的任务则是使无产阶级意识中的物化在意识形态上和组织上固定下来"[49]。也就是说，无产阶级阶级意识面临着双重的遮蔽，一方面，第二国际的理论家通过经济决定论使得无产阶级根本意识不到阶级意识的重要性；另一方面，它的敌人资产阶级用资产阶级意识形态掩盖资本主义必然灭亡的真相，并且通过孟什维克进一步巩固这种意识形态。因此，无产阶级只有从这种双重的意识形态遮蔽中挣脱出来，才有可能获得无产阶级阶级意识。

那么，如何扫除这种意识形态上的遮蔽，使得无产阶级的阶级意识觉醒呢？卢卡奇说："对无产阶级来说，这种意识的觉醒处处都表现为对真实状况（实际存在的历史联系）认识的结果，这正好是使无产阶级的阶级斗争在所有的阶级斗争中具有特殊地位的那种东西：无产阶级实际上从真正的科学中，从对现实的明确认识中获得自己最锐利的武器。"[50]所谓"真正的科学"就是指"历史唯物主义"，在卢卡奇看来，"历

法兰克福学派的意识形态批判及其存在论视域

史唯物主义"是战斗无产阶级的意识形态,"在这场为了意识,为了社会领导权的斗争中,最重要的武器就是历史唯物主义。因此,历史唯物主义像其他意识形态一样具有使资本主义社会发展和瓦解的功能"[51]。卢卡奇又指出,历史唯物主义"是按其真正的本质理解过去事件的一种科学方法。但是,同资产阶级的历史方法相反,它同时也使我们有能力从历史的角度(科学地)考察当代,不仅看到当代的表面现象,而且也看到实际推动事件的那些比较深层的历史动力"[52]。从这个定义中可以看出,历史唯物主义与卢卡奇提出的辩证的总体观在精神实质上是一致的,辩证的总体观是卢卡奇提出的用以突破物化意识,形成无产阶级阶级意识的原则,而历史唯物主义正是具体地体现了这一原则,它的作用就是穿透资产阶级意识形态的遮蔽,而使无产阶级的阶级意识能得以形成,"在无产阶级的阶级斗争中,历史唯物主义总是为以下目的而被加以运用:在资产阶级用各种意识形态成分来修饰和掩盖了真实情况即阶级斗争状况的一切场合,用科学的冷静之光来透视这些面纱,指出这些面纱多么虚伪、骗人,多么同真相不一致"[53]。

　　当然,形成无产阶级阶级意识的最终目的还是为了正确地行动,即为了无产阶级革命能取得成功。所以,作为无产阶级意识形态的历史唯物主义的功能也就不仅仅只是一种认识,更重要的是一种行动。"历史唯物主义的首要功能就肯定不会是纯粹的科学认识,而是行动。历史唯物主义不是目的本身,它的存在是为了使无产阶级自己看清形势,为了使它在这种明确认识到的形势中能够根据自己的阶级地位去正确地行动。"[54]而如果无产阶级"把历史唯物主义仅仅看作是一种认识工具",这无异于是一种自杀。卢卡奇在另一处说:"这种认识不能是留在头脑中的那种抽象的东西(许多"社会主义者"有这种认识),而必须是一种已溶化在血液中的认识,用马克思的话说,一种'实践批判活动'。"[55]这里,卢卡奇用头脑中的认识和血液中的认识对举的方法来形象地指出对历史唯物主义的认识导向是一种"实践批判活动",也就是无产阶级的革命活动。至此,卢卡奇写作《历史与阶级意识》一书的目的也就达到,即探讨中西欧无产阶级革命的道路。

(二)柯尔施关于意识形态现实的论述

卢卡奇对资本主义物化现象和物化意识分析的结果是:要突破这一物化结构,就需引入辩证的总体观,辩证总体观的现实承担者是无产阶级,而无产阶级的成长有赖于无产阶级阶级意识的形成和觉醒,因此,卢卡奇在马克思主义传统上首次指证了无产阶级阶级意识的重要性,从而开创了西方马克思主义这一崭新的路向。也许是时代状况本身提示了具有类似性质的主题,这一时期也有另一个思想家提出了关于意识形态现实性的问题,并以此来揭示和突出无产阶级革命的"主观前提",从而恢复马克思主义的革命性质和批判性质,这一思想家就是柯尔施。

柯尔施认为,要恢复马克思主义的革命性质和批判性质,首要的在于指明马克思主义和哲学的本质关联。因为无论是资产阶级的教授们,还是所谓的"正统马克思主义者"都几乎完全无视马克思主义和哲学的关系,他们或者把马克思主义当作"黑格尔主义的余波",当作"19世纪哲学史中一个相当不重要的分支"来对待,或者认为马克思主义已经"克服和取代全部哲学的形式和内容",因而其自身就不再是哲学。尽管两者出于完全不同的理由,但主观上都是轻视马克思主义的"哲学方面",把它"随便扔在了一边",包括梅林这样一位全面地研究过马克思主义哲学起源的理论家,也认为马克思和恩格斯不朽成就的前提是:"抛弃所有的哲学幻想"[56]。当然,也有一些研究哲学的社会主义者对于马克思主义的哲学方面予以了重视,但是他们的做法却是为马克思主义补充上流行的哲学概念以作为其哲学基础。在柯尔施看来,这种

"补充"只是一种外在的附加，根本改变不了事情的真相，"正是因为他们认为马克思主义体系需要哲学的补充，他们也就使人们明白了，在他们眼里，马克思主义本身是缺乏哲学内容的"[57]。可见，认为"马克思主义没有哲学内容"这样一种判断并不是一个孤立的现象，而是一个富有时代特征的现象。

但是马克思和恩格斯确实在很多场合提出过"废除哲学"或"消灭哲学"的要求，尤其是在19世纪40年代。如此看来，说"马克思主义没有哲学内容"似乎也不是无中生有。对于这种肤浅的和片面的看法，柯尔施给予了断然的批评，他认为这种看法仅仅是停留在"纯粹术语学的观点"上。"最近的马克思主义者已被几个众所周知的马克思的词句和恩格斯后来的词句所迷惑，把马克思主义废除哲学解释为用抽象的和非辩证的实证主义科学的体系去取代这种哲学。"[58]显然，柯尔施是反对这种看法的，在他看来，"废除哲学"并不意味着恢复所谓的实证主义科学体系。因此，关键的问题是弄清楚马克思之"废除哲学"与柯尔施的主要批判对象——庸俗马克思主义之"废除哲学"在内在精神上的区别。

柯尔施指出，"对于革命的辩证法家马克思和恩格斯来说，哲学的对立面所意谓的东西，根本不同于后来的庸俗马克思主义者所意谓的东西"[59]。对于马克思和恩格斯来说，"全部哲学等同于资产阶级哲学"[60]。因此，就像他们把国家和资产阶级国家等同起来，并从而宣布废除国家是共产主义的政治目标一样，当他们把哲学等同于资产阶级哲学，很自然就会把废除哲学看作他们另一个目标。而马克思和恩格斯之所以要废除"资产阶级哲学"，是因为在他们看来，资产阶级哲学只满足于解释和说明世界是什么，而不致力于现存世界的革命化和人的解放。《关于费尔巴哈的提纲》最后一条："哲学家们只是用不同的方式解释世界，而问题在于改变世界"就很好地说明了马克思对资产阶级哲学的态度。柯尔施总结说:"我们之所以可以谈论超越哲学的观点,理由有三条。首先,马克思在这里的理论观点,不是部分地反对全部现存德国哲学的结论,而是完全反对它的前提(对马克思和恩格斯两个人来说,这种哲学总是最充分地为黑格尔所代表的)。其次,马克思反对的恰恰不是仅仅作为现存世界的头脑或者观念上的补充的哲学,而是整个现存世界。再次,最重要的,这个反对不仅是在理论上的,而且也是实践上和行动上的。"[61]从这里可以看出,马克思之"废除哲学",其目的只是为了拯救被资产阶级哲学所遗忘了的哲学的批判性和革命性。所以,在柯尔施看来,"仅仅因为马克思的唯物主义理论具有不只是理论的,而且也是实践的和革命的目的,就说它不是哲学,这是不正确的"[62]。马克思的思想不仅是一种哲学,而且还是一种"彻头彻尾的哲学","它是一种革命的哲学,它的任务是以一个特殊的领域——哲学——里的战斗来参加在社会的一切领域里进行的反对整个现存秩序的革命斗争。最后,它目的在于把消灭哲学作为消灭整个资产阶级社会现实的一个部分,哲学是这个现实的观念上的构成部分"[63]。因此,柯尔施得出结论说:"哲学自身没有由于只是废除它的名称而被废除。"[64]

庸俗马克思主义之所以提出马克思主义没有哲学内容,是因为在他们的视野中,哲学就等于形而上学,承认马克思主义与哲学有关联,就等于承认马克思主义是一种形而上学,因此只有让马克思主义离开哲学"区域"。而这一离开最方便的做法就是用实证科学来取代哲学,因为在他们看来,实证科学是"中性的"、"客观的",因此也是最安全的。"最近的马克思主义者已被几个众所周知的马克思的词句和恩格斯后来的词句所迷惑,把马克思主义废除哲学解释为用抽象的和非辩证的实证主义科学的体系去取代这种哲学。"[65]在这样一种观念的影响下,马克思主义阵营内知性科学化的倾向越来越严重,以至于后来的马克思主义者把科学社会主义理解为"一些纯粹的科学观察",而与政治的或其他的阶级斗争实践没有任何直接的联系。这种对马克思主义知性科学化的处理,在柯尔施看来是"对马克思主义的革命学说的扭曲",是对"真正唯物主义的和革命的马克思主义原则的瓦解",其结果是"不再会导致实际的革命行动",从而使所谓正统的马克思主义蜕变为"纯粹庸俗的马克思主义"。柯尔施说:"把马克思主义废除哲学解释为用抽象的和非辩证的实证科学的体系去取代这种哲学。人们只能对这些马克思主义者的洞察力之低感到惊奇。"[66] 为了能摆脱对马克思主义的这种庸俗化的理解,柯尔施认为,首先就是要恢复哲学在马克思主义中的地位。而这一恢复的关键在于诉诸辩证法、诉诸黑格尔与马克思哲学的直接联系。这一诉诸的结果就是提出"精神或者意识形态现实"的观点。

在柯尔施看来,由于庸俗马克思主义采取实证科学的立场,他们就对国家、政治行动和意识形态具有一种"先验的蔑视","对于庸俗马克思主义来说,现实有三个等级:(1)经济,在最终意义上讲是唯一客观的和非观念的现实;(2)法和国家,已经由于带有观念形态的特征而稍微较不现实一些;(3)纯粹意识形态,全然是非客观的和不现实的(纯粹的无用之物)"[67]。也就是说,庸俗马克思主义只承认经济生活的现实性,认为后两者可以还原为"经济",以此来取消国家、政治行动和意识形态的现实性,对于无产阶级革命来说,这一"先验蔑视"所产生的必然的结果是认为只要经济条件成熟,革命就可自行发生,而无视精神现象或者说意识形态现象在无产阶级的革命中的意义。

柯尔施认为,庸俗马克思主义之所以对意识形态有一种"先验的蔑视",是由于他们犯了"抽象的和非辩证概念的错误",他们不懂得马克思主义是一种辩证法,而他们不懂的原因是由于割裂了马克思主义与德国古典哲学,尤其是与黑格尔哲学的联系,就像当初费尔巴哈把黑格尔哲学"随便扔在了一边"一样,"许多看上去最正统地依照导师指示行事的后来的马克思主义者,却以同样随便的方式去对待黑格尔哲学乃至全部哲学"[68]。鉴于此,柯尔施认为诉诸马克思主义与黑格尔哲学的直接衔接是至关重要的,在他看来,关于马克思和恩格斯的辩证法产生于黑格尔哲学这一点是毋庸置疑的,而马克思和恩格斯所做的工作是"如何改变黑格尔的辩证法,使它从一个表面上是唯心主义的,但潜在的是唯物主义的世界观方法,转换成为一个明显的唯物主义的历史与社会观点的指导性原则"[69]。柯尔施通过马克思的辩证法与黑格尔的辩证法的两个区别来阐明这种改变。第一个区别就是:"对于马克思主义来说,前科学的、超科学的和科学的意识,不再超越于和对立于自然的和(首先是)社会历史的世界而存在。如果它们也是作为世界的一个'观念的'组成部分的话,那么它们就作为世界的真实的和客观的组成部分而存在于这个世界之中。"[70]这第一个区别,柯尔施试图指证马克思和恩格斯的辩证法意味着意识和现实、哲学和世界的一致。第一个区别又密切地联系着第二个区别,那就是马克思的唯物辩证法是"唯一的理论——实践的和批判——革命的活动的指导原则",亦即那种"按其本质来说,是批判的和革命的"方法。

柯尔施认为,通过阐述这两个区别,黑格尔哲学就转变成了一种新的科学,那就是"科学社会主义"理论,这一理论就是无产阶级革命运动的指导思想。柯尔施之所以重新恢复马克思的辩证法,其意义在于要破除庸俗马克思主义对意识和现实的二元劈分,这种二元劈分的结果是把意识形态仅仅打发为"空洞的幻想",从而取消意识形态的现实性。"他们引证某些马克思特别是恩格斯的论述,就简单地把社会的精神的(意识形态的)结构当成一个仅仅存在于空想家头脑里的伪现实——当成缺乏真实对象的错误、想象和幻象,而消除掉了。"[71]鉴于此,柯尔施说:"用马克思主义的术语来说,庸俗社会主义的主要缺陷在于它相当

'不科学地'坚持着一种朴素的现实主义——在这种现实主义中,所谓的常识(即"最坏的形而上学")和资产阶级社会的标准的实证主义科学二者,都在意识和它的对象之间划了一条明显的分界线。两者都没有意识到,即使是对于批判哲学的先验观点来说,这种观点也已经不再是完全有效的了,并且在辩证法的哲学中已经被完全取消了。"[72]换句话说,在马克思的辩证法中,意识和现实是一致的,如果没有这种一致,政治经济学的批判就不可能成为社会革命的主要组成部分。基于这样的观点,当务之急自然是恢复精神现象或者说意识形态的现实性,柯尔施指出,马克思和恩格斯"总是把意识形态——包括哲学——当作具体的现实而不是空洞的幻想来对待的"。因此,"对现代辩证唯物主义来说,重要的是,在理论上要把哲学和其他意识形态体系当作现实来把握,并且在实践上这样对待它们"[73]。类似的论述在书中不少,其意就是批判庸俗马克思主义的"经济决定论",恢复被庸俗马克思主义所遗忘的意识形态的现实性,继而恢复马克思主义的批判性和革命性,从而为西欧无产阶级革命寻找到一条不同于苏联的革命道路。

(三)葛兰西对于意识形态领导权的阐述

作为意大利共产党的创始人和领导者之一的葛兰西,其理论的一个鲜明的特色就是始终不离革命斗争的形势。因此,社会主义革命在苏联获得成功,而在西欧却无一例外地遭遇失败的命运,成了葛兰西理论思考的出发点。与卢卡奇和柯尔施不同的是,葛兰西是从考察东西方社会的社会结构差异即市民社会的不同发展程度入手,来寻找东西方社会无产阶级革命的不同道路。

"市民社会"这一概念并不是葛兰西的发明,黑格尔和马克思也使用过这一概念,在他们那里,市民社会主要是指"物质的生活关系的总和",但葛兰西却赋予了市民社会以全新的含义,这是他独创的地方。葛兰西对市民社会概念的运用尽管不是很统一,但综观他的整体思想,他主要是在上层建筑的含义上使用市民社会的概念的。"我们目前可以确定两个上层建筑'阶层':一个可称作'市民社会',即通常称作'私人的'组织的总和,另一个是'政治社会'或'国家'。"[74]在这里,葛兰西明确提出了上层建筑包括两大部分:市民社会和政治社会或国家。

这两大部分分别行使不同的职能,市民社会主要通过一些民间的社会组织和文化组织,包括政党、工会、教会、学校、报社和其他各种学术团体的活动,实现"意识形态的领导权",这种领导权的主要特征是建立在"同意"的基础上,用葛兰西自己的话来概括就是:"在实行典范的议会制度的国度里,'正常'实现领导的特点是采取各种平衡形成的强力与同意的配合,而且避免强力过于明显地压倒同意;相反地,甚至企图达到表面上好像强力依靠大多数的同意,并且通过所谓舆论机关——报纸和社会团体表现出来。因此报纸和社会团体的数量在一定条件下人为地增加起来。"[75]而政治社会行使"政治上的领导权"则主要通过暴力和强权的手段,它通过法庭、监狱、军队、官僚机构等专政工具达到控制和支配人民群众的目的。总之,葛兰西认为,"一个社会集团的霸权地位表现在以下两个方面,即'统治'和'智识与道德的领导权'。一个社会集团统治着它往往会'清除'或者甚至以武力来制服的敌对集团,它领导着同类的和结盟的集团"[76]。这里,霸权地位中的"统治"方面即指政治上的领导权,它是政治社会的职能,而"智识与道德的领导权"就是意识形态领导权,它是市民社会的职能。

在葛兰西看来,东西方社会中市民社会的发展程度是不同的,"在俄国,国家就是一切,市民社会处于原始状态,尚未开化;在西方,国家和市民社会关系得当,国家一旦动摇,稳定的市民社会结构就会显露。

法兰克福学派的意识形态批判及其存在论视域

国家不过是外在的壕沟,其背后是强大的堡垒和工事;不用说,各个国家的数量有别——但是这恰好说明每个国家都需要进行准确的侦察"[77]。这也就是马克思晚年对亚细亚生产方式的研究所指出的,东方社会是农村公社、土地公有和专制国家的奇特结合体,而没有形成独立的、成熟的市民社会,因此在其上层建筑中就没有一个建立在"同意"基础上的"意识形态领导权",在这样的社会中夺取革命的领导权主要就是通过暴力手段打碎专制国家的国家机器;西方社会却不同了,由于它的形成是以发达的商品经济和独立的资产阶级为基础,因此形成了独立的、成熟的市民社会,在这种情况下,西方资本主义国家具有双重保护:政治上的领导权和意识形态的领导权,市民社会和政治社会"这两个阶层一方面相当于统治集团通过社会行使的'霸权'智能,另一方面相当于通过国家和'司法'政府行使的'直接统治'或管辖职能。这些职能都是有组织的、相互关联的"[78]。而且,"市民社会的上层建筑就像现代战争的堑壕配系。在战争中,猛烈的炮火有时看似可以破坏敌人的全部防御体系,其实不过损坏了他们的外部掩饰工事;而到进军和出击的时刻,才发觉自己面临仍然有效的防御工事"[79]。在这种复杂的情况下,西欧的无产阶级要像俄国无产阶级一样成为领导阶级,其任务就不仅仅是直接摧毁政治上的领导权,而首先是赢得意识形态的领导权。这样一来,夺取"意识形态的领导权"问题成了葛兰西理论思考的焦点。

在第二国际庸俗马克思主义所信奉的"经济决定论"中,意识形态向来只是被看作对经济基础的消极机械的反映,对历史的发展并不能产生实质性的影响。但葛兰西认为,"必须把历史上有机的意识形态,就是说,那些为一个既定的结构所必需的意识形态,同随意的、理性化的或'被强加意愿的'意识形态区别开来"[80]。前一种意识形态是"一个既定的结构所必需的",它们作为历史所必需的东西,具有组织人民群众的现实力量，它创造出"人们在其中进行活动并获得对其所处地位的意识从而进行斗争"这样的领域，所以葛兰西称其具有"物质性力量或某种那样的东西所具有的同样的能量"[81]。忽视这一意识形态的现实力量，只能导致革命失败的命运，因此，无产阶级为了争取这样一种具有现实力量的意识形态，就必须在市民社会的各个领域进行破坏资产阶级在意识形态领导权的斗争，以赢得无产阶级的"意识形态领导权"，在此基础上逐渐瓦解政治社会的强制性因素，最终使无产阶级上升为统治阶级。而且，即使它成为了统治阶级以后，仍然需要巩固"意识形态的领导权"，"一个社会集团能够也必须在赢得政权之前开始行使'领导权'（这就是赢得政权的首要条件之一）；当它行使政权的时候就最终成了统治者，但它即使是牢牢地掌握住了政权，也必须继续以往的'领导'"[82]。总之，夺取意识形态的领导权是无产阶级成为统治阶级的前提条件，无产阶级越是成功地掌握意识形态领导权，其政治上的领导权的摧毁也就越容易。

从上面的论述可以看出，葛兰西所说的"有机的意识形态"实际上就是无产阶级的阶级意识。葛兰西看到了人民群众在基础领域具有自发的革命的要求，但是在意识形态领域却受到资产阶级意识形态的渗透，这正如戴维·麦克莱伦（David McLellan）所言："葛兰西看清楚第二国际的破产，是由于工人阶级运动不能抵制资产阶级意识形态的渗透。"[83]正因为如此，无产阶级革命首先要解决的问题就是夺取无产阶级的意识形态领导权，形成与无产阶级革命的客观条件相适应的"有机的意识形态"。在葛兰西看来，这种"有机的意识形态"的形成，有赖于新知识分子或者有机的知识分子。

所谓新知识分子或有机的知识分子，是指来源于群众，但又能把群众中自发性的、无意识的、未加反思的"常识哲学"提升为自觉的无产阶级意识形态，使之成为一个融贯一致的统一体，使群众成为具有自觉革命意识的群体的知识分子。这样的知识分子不同于由文人、哲学家、艺术家等组成的传统知识分子,传统知识分子"自认为能够自治并独立于居统治地位的社会集团",因此他们极易与唯心主义哲学结合,通过侃侃而谈来发挥自己的影响。但是,"成为新知识分子的方式不再取决于侃侃而谈,那只是情感和激情外在和暂时的动力,要积极地参与实际生活不仅仅是做一个雄辩者,而是要作为建设者、组织者和'坚持不懈的劝说者'(同时超越抽象的数理精神);我们的观念从作为工作的技术提高到作为科学的技术,又上升到人道主义的历史观,没有这种历史观,我们就只是停留在'专家'的水平上,而不会成为'领导者'(专家和政治家)"[84]。一句话,这样的知识分子不仅仅是无产阶级意识形态的表达者,而且是无产阶级事业的建设者,他们要把群众"引导向更高的生活概念",并"建造一个能够在政治上使广大群众而不是知识分子小集团获得进步成为可能的智识—道德集团"[85]。

综上所述,葛兰西通过东西方社会中市民社会发展的不同程度得出了在西欧无产阶级革命中夺取意识形态领导权的重要性,并通过新知识分子或者有机的知识分子的论述,论证了夺取无产阶级的意识形态领导权的可能性。

三、西方马克思主义创始人的意识形态理论对法兰克福学派的启示

(一)西方马克思主义创始人意识形态理论的局限

从第二节的论述中,我们可以看出,尽管卢卡奇、柯尔施、葛兰西三者的理论入径不同,但都对无产阶级的阶级意识或者说无产阶级的意识形态问题给予了极大的关注。卢卡奇从物化和物化意识入手,论述了无产阶级阶级意识对于无产阶级革命胜利的重要性;柯尔施从马克

思主义与哲学的关系入手,指出了意识形态在无产阶级革命中的重要作用;葛兰西则从市民社会在东西方社会中的不同发展程度入手,论证了夺取意识形态领导权的对西欧无产阶级革命重要性。论述的角度不同,得出的结果却类似,都是强调了阶级意识这一主观条件对于无产阶级革命的重要性。

西方马克思主义创始人的意识形态理论所具有的共同性,一方面源于20世纪哲学主题的转变,即对意识本身的异化或者说意识形态的批判,另一方面源于马克思主义在20世纪的新的情形,即第二国际的经济决定论所产生的巨大而不良的影响。两方面的因素一汇合,使得他们一方面都批判资产阶级的意识形态对无产阶级的意识形态的遮蔽,从而指明树立无产阶级自己的意识形态的重要性,另一方面则提出在无产阶级革命中阶级意识这一主观条件的重要性,以对抗第二国际机械的经济决定论。可以说,西方马克思主义创始人的意识形态理论是20世纪马克思主义阵营中最富有时代特色的一支,也是最切中肯綮的。正因为如此,这一由卢卡奇、柯尔施、葛兰西所创立的理论经由法兰克福学派的发展,直到今天还具有深远的意义。

我们说西方马克思主义创始人的意识形态理论切中肯綮,只是说这一理论准确地抓住了时代问题,而且由于这一点,给予了他们的后继者很多的启发。但这并不能说这一理论就没有局限性,事实上,西方马克思主义创始人的意识形态理论在具有鲜明特色的同时,也是有局限性的,而且这一局限性是关乎存在论根基的,换言之,在存在论根基处他们是从属于黑格尔哲学的费希特因素,即都具有某种向青年黑格尔主义回复的倾向,重新抓住了意识的能动性来批判实践。关于这一点,卢卡奇在1967年《历史与阶级意识》的新版序言中有论述:"《历史与阶级意识》代表了当时想要通过更新和发展黑格尔的辩证法和方法论来恢复马克思理论的革命本质的也许是最激进的尝试",但是,"至于对这一问题的实际讨论方式,那么今天不难看出,它是用纯粹黑格尔的精神进行的"[86]。卢卡奇对自己的这一评价无疑是恰当的,而且这一评价同样是适用于柯尔施和葛兰西的,因为他们的理论同样是诉诸黑格尔哲学的。

事实上,不仅是卢卡奇,包括柯尔施和葛兰西,当时都已经意识到他们所提出的意识形态理论有陷入黑格尔哲学的危险。因此,卢卡奇在强调阶级意识的重要性的同时,提出了"辩证的总体观",即主客体统一的辩证法,"把总体既作为被设定的对象又作为进行设定的主体"[87],以此来消解对主观意识的过分强调,到了晚年,他还提出了建立一种关于社会存在的本体论的尝试,其目的也是为了从黑格尔哲学的费希特因素中走出来。柯尔施明确提出要诉诸黑格尔哲学以恢复马克思哲学的批判性和革命性,但是又提出"总体革命观",提出"把握了社会现实总体的科学社会主义应该对所有这些形式进行革命的社会批判。这些形式必须连同经济的、法律的和政治的社会结构一起并同时像这些东西一样在理论上被批判,在实践中被消灭"[88]。也就是说,革命所针对的目标包括经济基础和意识形态。而葛兰西更是在狱中极端艰苦的条件下,提出了"实践哲学"的思想。他既批判庸俗马克思主义,认为他们只强调革命的客观条件——经济因素,又批判"一般内在论哲学",认为他们只强调精神的因素,在此基础上提出"实践一元论",葛兰西指出,"实践一元论""肯定既不是唯心主义的一元论,也不是唯物主义的一元论,而是具体历史行为中对立面的同一性,也就是与某种组织化(历史化)的'物质',以及与被改造过的人的本性具体地、不可分割地联系起来的人的活动(历史—精神)中对立面的同一性"[89]。葛兰西提出"实践一元论"的意图就是希望使马克思主义从庸俗唯物主义的纯粹的机械性中摆脱出来,也从唯心主义的纯粹的自主性中摆脱出来,并由此赋予实践哲学以全新意义的自主性,从而既突出精神力量或意识形态的现实性，又不至于使这一自主性陷入唯我论的泥淖。

无论是卢卡奇"辩证法的总体观"、柯尔施"总体革命观"，还是葛兰西的"实践哲学"，都体现了一种努力，那就是在吸取黑格尔哲学的革命因素的同时又不落入唯心主义，这种努力无疑是值得肯定的，但是，正如我们已经多次强调的，西方马克思主义创始人的意识形态理论是作为第二国际经济决定论的对立面而出现的，为了反对经济决定论无视阶级意识的弊端，他们强调另一面——阶级意识的极端重要性。这就正如海德格尔所说，作为单纯的反动，就必然还拘执于它所反对的东西的本质之中，即使为了避免片面性，再给它加上一些补充性的因素，那也不过是一种外在的附加而已，并不能从根本上改变它的性质。正因为如此，西方马克思主义创始人的意识形态理论尽管指出了阶级意识对于无产阶级革命的重要性，但是由于其在存在论根基处还是从属于黑格尔哲学，因而它对经济决定论的批判是有限的。

（二）法兰克福学派对西方马克思主义创始人的意识形态理论的继承和发展

我们在第一章讲述马克思的意识形态批判理论时已经指明了，马克思当时的思想关注点是经济基础领域，因为马克思认为意识形态是由经济基础决定，即它的根源在物质生活关系领域，因此，只要诉诸物质生产关系本身的变革就可以解决一切问题，而不需要用一种观念来反对另一种观念，即用一种意识形态来反对另一种意识形态，这就是马克思对青年黑格尔派的批判。因此，马克思认为最重要的事情是政治经济学的批判，即对现存的资本主义生产关系的批判，通过政治经济学批判为无产阶级革命找到真正的理论基础，这种理论基础直接表达无产阶级的感性意识，从而引致这个世界的根本变革，而不需要再给无产阶级另外一种意识形态，因为无产阶级本身的生存状况已经

法兰克福学派的意识形态批判及其存在论视域

揭露了一切意识形态的虚假性。这是马克思意识形态批判的主要关节点。

但是,时代的发展证明无产阶级的感性意识还没出生就受到了汪洋大海般的这个时代的意识形态的包围,因此,仅仅靠政治经济学批判并不能够表达无产阶级的感性意识,现在问题的关键是对这个时代的意识形态本身进行批判,并由此寻找新的感性意识出现的可能性。这一点在资本主义进入一个新的阶段的时候是非常必要的。这一新的阶段被马尔库塞称为"发达工业社会",被哈贝马斯称为"晚期资本主义",不管如何称呼,其重要的特征是无产阶级革命的主观条件即感性意识被更加深地掩埋起来了,这种情况诚如哈贝马斯所言:"一个未来的社会主义革命的指定的承担者,无产阶级,作为一个阶级消失了。……阶级意识,尤其是革命的意识,今天,即使在工人阶级的核心阶层中也难以得到确认。"[90]在这种情况之下,如何祛除这个时代的意识形态遮蔽并寻求无产阶级革命的感性意识,成了法兰克福学派理论家所关注的焦点。因此,西方马克思主义创始人对资产阶级意识形态的批判以及对无产阶级的阶级意识的探索,很自然地进入了法兰克福学派理论家的视野之中。马丁·杰伊就指出,西方马克思主义创始人由于种种原因对他们早期的努力开始动摇的时候,"重新焕发马克思主义生命的任务主要落到研究所的年轻思想家身上"[91]。这就是法兰克福学派对西方马克思主义创始人意识形态理论的继承,即继续探讨无产阶级阶级意识出现的可能性。

但是,法兰克福学派不仅仅是西方马克思主义的继承者,同样也是马克思和20世纪哲学的继承者,马克思意识形态批判的基本主旨,即通过对意识形态的批判清理出基础的领域,以及20世纪哲学对意识本身的异化的批判,即不存在没有被意识形态沾染过的物质生活关系领域,这些思想都被法兰克福学派深刻地领会到了,所以,法兰克福学派的意识形态批判就不像西方马克思主义创始人的意识形态理论一样，是向青年黑格尔派从自我意识立场出发的理性批判的返回，而是"社会批判"，也即"生活世界的批判"。哈贝马斯曾说过"生活世界的殖民化"，其意就是生活世界这一基础领域本身的意识形态性质，因此，法兰克福学派的意识形态批判就是对基础领域的清理，他们的意识形态批判同时意味着对现代社会的理解，意味着在新的时代条件下对人的异化的理解以及对异化根据的探讨。这是法兰克福学派与作为经济决定论对立面的西方马克思主义创始人的意识形态理论最关乎本质的区别。

鉴于此，法兰克福学派当之无愧的是马克思主义在当代的一种发展，就像马克思的政治经济学批判不是青年黑格尔派用词句改变词句一样，法兰克福学派的意识形态批判同样不仅仅是西方马克思主义创始人的理性批判。正因为如此，法兰克福学派把自己的理论称为"批判理论"，这当然不是对马克思主义一种术语上的继承，而是精神实质的继承。"批判理论"的创始人霍克海默是这样来描述他们的团体的："一群具有不同学术背景、但都对社会理论有兴趣的人，他们怀着在一个转折的时代，陈述否定比学术事业更有意义的信念聚集到一起，把他们联系起来的，是对现存社会的批判性考察。"[92]这一批判性考察的真正基础是马克思主义的政治经济学批判，"在这里，我不是在唯心主义的纯粹理性批判的意义上来使用这个术语，而是在政治经济学的辩证批判的意义上来使用这个术语。它直指辩证社会理论的根本方面"[93]。法兰克福学派的另一个重要人物马尔库塞也把"批判理论"解释为"在辩证哲学和政治经济学批判基础上的社会理论"[94]。

因此，这一批判理论是与传统理论截然对立的，这首先体现在理论目标的不同上，批判理论并非像传统理论一般以知识本身的增长为目标，它乃是一种解放话语，它要"改变那些造成不幸的种种状况"[95]，把

法兰克福学派的意识形态批判及其存在论视域

人从奴役中解放出来,并为更加公正合理的社会组织而奋斗,"思想家的活动的本质促使它去改变历史并在人们之间建立正义"[96]。为此,"批判理论"与被禁锢于现存社会秩序之中并为之服务的"传统理论"不同,它"根本不相信现存社会为其每一成员所提出的行为准则"[97],它否认现存秩序是人类存在的先决条件,拒绝充当现存社会的意识形态工具,"而只会揭露既存现实的秘密"[98]。因此,超出僵化的社会活动方式,以社会整体为考察对象,达到对具体的历史实践的真实理解,这才是"批判理论"不断努力的目标。这种努力的目标无疑是继承马克思的精神的,马克思在《关于费尔巴哈的提纲》的第八条中说:"社会生活在本质上是实践的。凡是把理论导致神秘主义的神秘东西,都能在人的实践中以及对这个实践的理解中得到合理的解决。"[99]马克思在这里已经提出了"批判理论"的根本性质和原则性纲领,即"对这个实践的理解"。这一"理解"并非是"理论"对既有事实的理解,而是对"实践"的合理的正确的理解,在实践中以及对实践的理解中能够解决那个神秘的东西,这样的理解,其本身必然是批判性的,即马克思提出的"实践批判的原则"。可以说,当"批判理论"以独立的姿态出现时,就走在了马克思学说的正途上了。

正因为理论目标的不同,传统理论与批判理论的研究内容也就不同。传统理论由于只是孤立地考察人的具体活动,因而仅仅把科学活动或实验当作研究的内容。而批判理论则不同,在霍克海默看来,由于今天人类的时代痛苦"是同社会结构相联系的",因此研究社会整体的趋向和运动的"社会理论"应构成"批判理论"的主要内容,同时,鉴于经济结构对当代人类生存状况所起的至关重要的作用,"经济关系的基本的历史作用"又成为批判理论立场的标志。反之,如若撇开经济因素,对现实的理解必然堕入唯心主义的天真假设,必将使理论导向神秘主义方向。[100]这里再一次提到了前面的观点,那就是马克思的政治经济学批判是法兰克福学派理论的真正基础,鉴于此,认为法兰克福学派的"批判理论"缺乏经济学的维度是有失公允的。事实上,批评法兰克福学派的批判理论缺少"经济学维度",就是指证这一理论的青年黑格尔派性质,即认为"批判理论"还只是一种用理性的眼光来规约现实的批判,从理性的立场出发的批判,而不是从"世界的原理中为世界阐发新原理"的"实践批判"。但是,上述的论证已经说明了,一方面,法兰克福学派批判理论立场和出发点就是马克思的政治经济学批判,另一方面,这一理论的主要内容——意识形态批判——本身也是一种实践批判,即通过对生活世界本身的意识形态性质的批判,祛除意识形态遮蔽,从而探讨新的无产阶级的感性意识出现的可能性。从这个意义上说,法兰克福学派的批判理论是完全不同于传统理论的,是马克思学说在新时代的发展。

综上所述,法兰克福学派的"批判理论"是马克思的实践批判原则在当代的体现,那就是在马克思通过政治经济学批判对私有财产的秘密和本质来历以及它的运动的必然结果的揭示之后,对无产阶级感性意识的自觉表达的探索。无产阶级的感性意识已经不是如当年马克思所设想的不受到资产阶级意识形态的影响,而是每时每刻地受到现成的意识表达的遮蔽。因此,法兰克福学派的意识形态批判也不仅仅是对某种哲学、某种宗教等这些传统的意识形态的批判,它还包括对启蒙精神、科学技术这些被看成中立的,甚至具有肯定作用的东西的批判。在法兰克福学派看来,这些东西都是渗透到生活世界中的意识形态,它造成人的异化,造成革命的感性意识的遮蔽,因此,通过批判它们,就可以祛除这种遮蔽,从而为消除人的异化作准备。接下来的内容就是要阐述法兰克福学派意识形态批判的具体内容,以及这种批判所由以出发的根据,并从这种根据入手,结合马克思的存在论革命的成果,探索他们所达到的存在论视域。

注　释

[1] 佩里·安德森:《西方马克思主义探讨》,高铦等译,人民出版社1981年版,第96、100页。

[2] 张一兵、胡大平:《西方马克思主义哲学的历史逻辑》,南京大学出版社2003年版,第6页。

[3] 伽达默尔:《哲学解释学》,夏镇平、宋建平译,上海译文出版社1994年版,第107页。

[4] 尼采:《快乐的科学》,黄明嘉译,中央编译出版社2001年版,第247页。

[5] 孙周兴编:《海德格尔选集》(下卷),上海三联书店1996年版,第767、771页。

[6]《马克思恩格斯选集》第4卷,人民出版社1995年版,第275页。

[7] 雅斯贝尔斯:《时代的精神状况》,王德峰译,上海译文出版社1997年版,第13页。

[8] M.怀特:《分析的时代》,杜任之译,商务印书馆1981年版,第7页。

[9] 伽达默尔:《哲学解释学》,第117页。

[10] 同上书,第111页。

[11] 同上书,第111页。

[12] 同上书,第113页。

[13] 同上书,第111页。

[14] 同上书,第119页。

[15] 同上书,第115—116页。

[16] 同上书,第116—117页。

[17] 海德格尔:《存在与时间》,陈嘉映、王庆节译,三联书店1999年版,第44页。

[18] 伽达默尔:《哲学解释学》,第115页。

[19]《海德格尔选集》(上卷),上海三联书店1996年版,第383页。

[20] 同上书,第383页。

[21]《晚期海德格尔的三天讨论班纪要》,载于《哲学译丛》2001年第3期,第55页。

[22] 同上文,第55页。

[23] 同上文,第55页。

[24] 海德格尔:《存在与时间》,第71页。

[25] 胡塞尔:《现象学的观念》,倪梁康译,上海译文出版社1986年版,第72页。

[26] 海德格尔:《存在与时间》,第73页。

[27]《晚期海德格尔的三天讨论班纪要》,第56页。

[28] 同上文,第55页。

[29] 卢卡奇:《历史与阶级意识》,杜章智等译,商务印书馆 1996 年版,第 164 页。

[30] 同上书,第 149 页。

[31] 同上书,第 156 页。

[32] 同上书,第 157 页。

[33] 同上书,第 100 页。

[34] 同上书,第 76 页。

[35] 同上书,第 78 页。

[36] 同上书,第 85 页。

[37] 同上书,第 77 页。

[38] 同上书,第 76 页。

[39] 同上书,第 66 页。

[40] 同上书,第 67 页。

[41] 同上书,第 228 页。

[42] 同上书,第 419 页。

[43] 同上书,第 422 页。

[44] 同上书,第 304 页。

[45] 同上书,第 395 页。

[46] 同上书,第 397 页。

[47] 同上书,第 127 页。

[48] 同上书,第 401—402 页。

[49] 同上书,第 402 页。

[50] 同上书,第 306 页。

[51] 同上书,第 311 页。

[52] 同上书,第 306 页。

[53] 同上书,第 307 页。

[54] 同上书,第 307 页。

[55] 同上书,第 350 页。

[56] 柯尔施:《马克思主义和哲学》,王南是、荣新海译,重庆出版社 1989 年版,第 1—3 页。

[57] 同上书,第 4 页。

[58] 同上书,第 32 页。

[59] 同上书,第 32 页。

[60] 同上书,第 15 页。

[61] 同上书,第 36 页。

[62] 同上书,第 37 页。

[63] 同上书,第 37—38 页。

[64] 同上书,第 17 页。

[65] 同上书,第 32 页。

[66] 同上书,第 32 页。

[67] 同上书,第 42—43 页。

[68] 同上书,第 2—3 页。

[69] 同上书,第 49 页。

[70] 同上书,第 50—51 页。

[71] 同上书,第 42 页。

[72] 同上书,第 46 页。

[73] 同上书,第 35 页。

[74] 葛兰西:《狱中札记》,曹雷雨译,中国社会科学出版社 2002 年版,第 7 页。

[75] 葛兰西:《狱中札记》,葆煦译,人民出版社 1983 年版,第 197—198 页。

[76] 葛兰西:《狱中札记》,中国社会科学出版社 2002 年版,第 38 页。

[77] 同上书,第 194 页。

[78] 同上书,第 7 页。

[79] 同上书,第 191 页。

[80] 同上书,第 292 页。

[81] 同上书,第 292 页。

[82] 同上书,第 38 页。

[83] 戴维·麦克莱伦:《马克思以后的马克思主义》,李智译编写,中国社会科学出版社 1986 年版,第 252 页。

[84] 葛兰西:《狱中札记》,第 5 页。

[85] 同上书,第 243 页。

[86] 卢卡奇:《历史与阶级意识》,第 16、17 页。

[87] 同上书,第 78 页。

[88] 柯尔施:《马克思主义和哲学》,第 54 页。

[89] 葛兰西:《狱中札记》,第 287 页。

[90] 哈贝马斯:《理论与实践》,郭官义等译,社会科学文献出版社 2004 年版,第 241、242 页。

[91] 马丁·杰伊:《法兰克福学派史》,单世联译,广东人民出版社 1996 年版,第 52—

53页。

[92] 同上书,《序》,第1页。

[93]《霍克海默集》,上海远东出版社2004年版,第182页注1。

[94] 转引自 Phil Slater, *Origin and Significance of the Frankfurt School—A Marxist Perspective*, Routledge & K. Paul, 1977, p. 26。

[95] 上海社会科学院哲学研究所外国哲学研究室编:《法兰克福学派论著选辑》(上卷), 商务印书馆1998年版,第17页。

[96]《霍克海默集》,第211页。

[97] 同上书,第182页。

[98] 同上书,第190页。

[99]《马克思恩格斯选集》第1卷,人民出版社1995年版,第60页。

[100]《法兰克福学派论著选辑》(上卷),第17—18页。

第三章
实证主义意识形态之批判

产生于 19 世纪 30 年代到 40 年代的实证主义,它的发展先后经历了以孔德、穆勒、斯宾塞为代表的第一代实证主义;以马赫为代表的经验批判主义和以整个"维也纳学派"为代表的逻辑经验主义三个阶段。作为当代西方哲学中科学主义思潮的最主要的流派之一,实证主义向来是当代西方哲学中人本主义思想流派批判的对象,法兰克福学派就是属于最先对实证主义进行系统深入批判的思想流派之一。法兰克福学派之批判实证主义,是把它当作当代意识形态的最主要的表现形态而展开的,"法兰克福学派在进行意识形态批判时,事实上一直把实证主义作为哲学上的主要批判对象"[1]。在法兰克福学派的成员看来,实证主义是现代意识形态的主要辩护士,因而也是无产阶级感性意识的最大敌人,要清除这一遮蔽感性意识的最大敌人,就必须对其进行坚持不懈的批判,因此,法兰克福学派不同的代表在不同的时期都对实证主义进行了批判。

法兰克福学派的创始人霍克海默在 20 世纪 30 年代发表的《唯物主义与形而上学》、《对形而上学的最新攻击》和《传统理论和批判理论》等文章中,率先发动了对实证主义的批判;到 1941 年,马尔库塞发表了

《理性与革命》一书,通过考察圣西门和孔德的实证的社会哲学和斯泰尔的实证的国家哲学,把实证主义与极权主义的产生联系在了一起;到了20世纪60年代,法兰克福学派对实证主义的批判更是达到了高峰,其一是马尔库塞1964年发表的《单向度的人》一书,通过把实证主义与发达工业社会中的种种单向度性相联系,批判当代实证主义、操作主义,尤其是维特根斯坦、赖尔和奥斯汀的日常语言哲学;其二是在1961年、1964年和1968年所召开的联邦德国社会学家代表大会上所展开的以阿多诺为代表的"辩证的社会学"与以波普为代表的实证主义社会学的论战,会后由阿多诺编成《德国社会学中的实证主义论证》一书,集中批判了以波普为代表的社会学的实证方法;其三是哈贝马斯于1968年发表的《认识与兴趣》一书,通过对实证主义历史的回顾,试图"重新构建实证主义的科学理解的史前史"[2]。这些批判,不仅加深了对实证主义意识形态性质的理解,而且也扩大了实证主义批判的范围,"在整个法兰克福学派的历史上,对'实证主义'的定义是很广泛的,包括唯名论、现象主义(反本质主义)、经验论以及各种专注所谓科学方法的当代哲学"[3],即从对实证主义的批判变成了对当代哲学中的整个科学主义思潮的批判,这就使得批判所取得的成果具有更广泛的社会效应。

一、实证主义是一种形而上学

(一)实证主义的哲学基础是经验主义

实证主义以反对形而上学开始,在实证主义者看来,形而上学家"力求把他个人生活的各个方面建立在对于事物之终极根据的洞察上","要在存在中发现一个基础"。[4]换言之,形而上学家总是试图要在事物的现象后面去寻找一种本质、一个终极原因。但是实证主义者却认为,所谓的"终极根据"或者"本质",纯粹是幻想的东西,而"实证主义敌视一切带有幻想味道的东西"[5]，因此形而上学是必须加以摒弃的东西。摒弃形而上学所运用的武器是以实证自然科学为基础的经验主义原则，"这种经验主义以概念的或感觉的碎片世界、被组织成一种哲学的语词和声音的世界，来取代遭人憎恨的形而上学幽灵及神话、传说和幻想的世界"[6]。

经验主义是实证主义的哲学基础，"实证主义首先接受的是经验学派的基本规则：一切都应该用确保主体通性的感性可靠性的系统观察来证明"[7]。经验主义原则认为，理论的真理性必须由感觉经验加以证实，感觉经验是知识的唯一基础，唯有在感觉经验中被给予的东西才是真实的。经验主义作为一个有影响的哲学学派产生于17世纪的西欧，其代表人物有培根、洛克，直至后来以怀疑论的面目出现的贝克莱和休谟，作为近代哲学中与唯理论相对立的一个学派，经验主义者主张"真理就在经验中，可以通过经验去认识；——凡是含有思辨意义的东西，都被再三刨平磨光，降低到经验的水平"[8]。毫无疑问，实证主义继承了经验主义的上述基本精神，但是实证主义的经验原则与传统的经验主义相比又有所不同，这个不同在实证主义者自己看来就是，它摆脱了传统经验主义的粗陋形态，变得更加精致和纯粹，或者说，变得更加"科学"，他们把经验界定为按照实证自然科学的要求所获得的、并能为科学所检验的，具有科学的意义和价值的经验。这样一来，在传统经验主义那里至少还"带着诗意的感性光辉对人的全身心发出微笑"的经验，到了实证主义那里就变成了祛除一切感性因素的"纯粹经验"。

以经验主义为哲学基础，是被法兰克福学派所批判的形形色色实证主义的共同特征。老实证主义者，包括法国的孔德、英国的穆勒和斯宾塞、德国的斯泰尔等人，他们作为第一代实证主义者，尽管在具体观点上有所差异，但都继承了17世纪以来西欧哲学中一直存在的经验主义传统，特别是贝克莱和休谟哲学的传统，这一点，在霍克海默、马尔库塞和哈贝马斯批判他们时都加以了说明。马赫的经验批判主义,尽管对经验的定义与老实证主义不同,即把经验定义为非心非物的中性的东西,但"马赫的要素说试图把世界说成是事实的总和,同时又把事实说成是现实的本质"[9]。这一精神与经验主义是一致的。逻辑经验主义,是霍克海默在《对形而上学的最新攻击》一文中加以批判的。霍克海默认为,逻辑经验主义是实证主义的真正代表,因为与老的实证主义比起来,它更加纯粹。逻辑实证主义"通常一方面溯源于休谟,另一方面溯源于莱布尼茨。它把怀疑的经验主义与那种试图为了科学而舍弃丰富多彩性的理性逻辑结合起来。它所追求的知识理想是以数学形式表达出来的、从尽可能少的公理推出的普遍科学,是保证能对一切可能发生的事件进行计算的体系",[10]也就是说,逻辑经验主义是经验主义与现代数理逻辑的结合,它把经验事实规定为数理逻辑的"命题"或"记录的句子",并把现实限制在这些"命题"或"句子"所能表达的范围之内,这种实证主义数学化的倾向,消除了一切感性的"杂质",在抽象化的程度上比早期实证主义走得更远,但在把一切关于对象的知识都归结为经验这一点上,却是与早期实证主义一致的。日常语言哲学,是马尔库塞在《单向度的人》一书中大力加以批判的实证主义。日常语言哲学认为哲学的任务在于治疗语言的误用,因为它坚信各种各样的哲学问题和困难的出现都是由于误解语言而产生。它"声称要治疗思想和言语所染上的令人混淆的形而上学观念症……纠正思想和言语中的反常行为,排除或至少暴露暧昧、幻想和怪癖的成分"。[11]而这种治疗所使用的就是日常语言,也就是通过遵从既定的语言规则,用普通的术语来说话和思考。由此,马尔库塞称日常语言哲学为"治疗性的经验主义"。波普的经验社会学,是1961年、1964年和1968年在联邦德国召开的社会学家代表大会上,阿多诺竭力加以反对的实证主义。阿多诺认为,波普的社会学尽管采用了座谈会、调查表等比孔德的经验社会学

法兰克福学派的意识形态批判及其存在论视域

仿佛更为客观的方法,但由于它只不过是把自然科学的方法移植到社会学中,并没有改变其出身的实证主义性质。这种社会学只注重单纯记录下来的所谓经验,因此最多只具有方法的客观性,而不具有对象的客观性。所以,要克服这种实证主义的社会学,就必须超出由个别事物所组成的经验,全面地对社会进行理解和解释,建立"辩证的社会学"。

以上简要回顾了法兰克福学派理论家对实证主义的批判,这一回顾表明,尽管实证主义有不同的形态,但是在以经验主义作为其哲学基础这一点上却是一致的。其所以如此,就是希望用看似客观中立的经验主义原则来对抗形而上学。可这只是实证主义者一相情愿的美好愿望而已,因为在法兰克福学派理论家看来,实证主义就是一种形而上学。

(二)实证主义是一种形而上学

前面已经指出过,实证主义者以"摒弃形而上学"为其理论的宗旨,声称要通过以实证自然科学为基础的"经验"来建立一门严格科学的学科,以此来抛弃形而上学对世界的根据、本质等存在论问题的探讨,从而超出唯物主义与唯心主义之间的对立。但是,在法兰克福学派的理论家看来,名为科学主义的实证主义不仅没有消除形而上学,其本身亦是一种形而上学。霍克海默说:"实证主义实际上是更为接近直观的形而上学而不是唯物论……实际上,实证主义与形而上学不过是一种哲学的两个不同的侧面,这种哲学贬低自然科学知识并把抽象的概念结构实体化。"[12]从表面上看,实证主义就是以自然科学知识为范本而建立起来的,是最为唯物主义的,霍克海默却为何要把它与"贬低自然科学知识并把抽象的概念结构实体化"的形而上学相提并论呢?我们将通过下面内容的阐述加以分析。

我们先从被实证主义者奉为圭臬的"经验"概念入手。霍克海默说:"传统的理论观念是从劳动分工的特殊发展阶段里所进行的科学活动中抽象出来的。它相应于那种与其他社会活动并行发生但又与之没有显而易见的联系的学者的活动。因此,按照这种理论观点,科学之真正的社会功能并未得以阐明;它不谈论理论在人类生活中意味着什么,而只谈论在由于历史的原因它在其中产生的孤立领域里意味着什么。"[13]实证主义就可以归入到这种传统理论中去,霍克海默在此指出了实证主义产生的历史背景——劳动分工发展到自然科学获得重大发展的时期,实证主义由此把对经验事实的运用看成只是"一个科学的内部的过程",并运用从科学活动中抽象出来的经验概念作为其哲学的基础。可见,实证主义是非历史的,因为它从不追问自己的历史前提,关于这一点,下面的内容还将进一步加以论述。

在法兰克福学派理论家看来,从科学活动中所获得的经验已经不是本源意义上的源初经验了,而是已经经过科学概念处理过了的经验。"事实在被觉察到的时候已经受到了科学、商业以及政治中的惯例的严格规整。"[14]这种经验是本着传统理论的最高追求——试图在纯粹的感性事实和知识的概念结构之间建立一种由纯粹数学构造而成的体系——而建立的,经过这样的处理,"'知识的力量'被称为'原始的力量'",并且"对于任何材料而言,从理论体系、归根结底从数学来决定其因素都必定是可能的",最后,"一切有关对象的东西都被简化为概念规定"。[15]从上面的论述可以看出,实证主义者所谓的最中立、最客观的经验事实只是一种主观的幻想而已。实证主义的这种观点实际上是退回到了康德之前,因为康德已经证明了经验有两个来源:感性杂多(外在的刺激)和知性的范畴,换句话说,我们所谓的经验已经是经过知性范畴处理过了的经验,而不是什么纯粹的经验了。

另一方面,任何一个经验事实都不是如它一开始所显现的那个样子,它之所以如此,并非天经地义,而是人的感性活动的产物,因此是有一个形成过程的。"社会以两种方式决定着我们的感官提供给我们的事实：通过被知觉对象的历史特征和通过知觉器官的历史特征。这两者都不是自然的东西，它们是由人类活动塑造的。"[16]可见，无论是知觉的对象还是知觉的器官都是历史的产物，凭借知觉对象和知觉器官所形成的经验事实当然也是历史的产物，是人类实践的产物。而实证主义"为科学虚构出某种合乎规律的和结构化的自在事实，从而掩盖这种事实的从前的形成过程"[17]。换句话说，实证主义把有一个形成过程的历史事实当作向来如此的自在事实，从而使自己具有了"非历史"的特征，关于这一点，霍克海默很正确地指出，"不管实证主义如何信仰科学的进步，它都必然是以一种非历史的方式来理解科学本身"[18]。正是这种非历史的特征，使得实证主义和形而上学一样，都不能对现实世界展开真正的批判，而只是对现实世界作一种实质上的认同。

上述对经验事实的看法实质上是一种现象主义，所谓现象主义就是"主张必须把知识限于现象的理论"或者"把一切可能的知识归结为外在资料的集合"。[19]因此，实证主义否认认识现象以外的实在的可能性，并把这种研究方法看作是他们的成就所在，"实证主义本身对下列事实感到骄傲：它感兴趣的不是事物的'本性'而只是现象，亦即事物事实上向我们所呈现的东西"[20]。毫无疑问，实证主义所信奉的现象并非后来现象学意义上的源初的现象，而是纯粹表象，即并非是事物自身向我们自行呈现的东西，而是已经被概念范畴处理过了的东西，这一处理就其根源而言就是实证主义的纯思主体的"筹划"，这一筹划的目的就是使自然"成为对所寻求的自然知识而言的自然"，即符合实证自然科学标准的自然，因此，这种被"筹划"出来的自然实质上是形而上学化了的，"名为自然界的思想物"，而非感性的自然界，也即海德格尔所谓的"世界的图像"，而非世界自身。而实证主义却把这一已被先行筹划过的事物冠上"纯粹经验"的美名，并以此标榜自己超越形而上学的客观科学之性质,这种超越的虚假性就可见一斑了。

上面说了,实证主义所谓的"纯粹经验"是经过纯思的理性主体"筹划"的,这就使法兰克福学派对实证主义的批判从"经验"概念转到了实证主义所赖以建立的主体上。在霍克海默看来,对主体的考察比对对象的考察更重要,因为"总的来说它与传统理论概念的对立更多的是产生于主体的不同,而不是产生于对象的差异"[21]。也就是说,"批判理论"与以实证主义为代表的传统理论最大的差别在于主体的不同。所以,对于实证主义的主体的考察,我们可以对照着批判理论对主体的表述来加以阐明。

实证主义为了获得所谓的"纯粹经验",就把祛除认识过程中的主观因素,建立一个纯粹客观中立的主体视为第一要务,他们认为,不能"把个人欲望、道德信念及思想感情同科学混淆在一起",并认为"把价值与科学严格区分开来是现代思想最重要的成就之一"。[22]这一点,在被霍克海默称为"真正的实证主义的代表"的逻辑经验主义那里得到了最充分的体现。逻辑经验主义者明确提出,"我们不应谈论主体",如果要谈主体,"就必须把主体看作是一个孤立的客体,看作是一组类似于其他东西的物理事件"。[23]这样的主体就"成为既定事实的单纯记录,而不对这一事实做以反馈,那么它就浓缩为一个点"[24]。作为一个点的"主体"只是抽象的"思想主体",因而也是祛除了任何感觉和激情的客观的"思想主体"。这种所谓客观的"思想主体"自以为是这个世界的原始基础,甚至就是世界,但事实上却是外在于这个世界、触动不了这个世界、与这个世界绝缘的、彼此孤立的个体存在。

在霍克海默看来,真正的主体并非这种纯粹客观的抽象主体,因此,他提出"批判思想的主体是一个确立的个体,他处在与其他个体和群体的真实的关系之中,他与某一特定阶级发生冲突,并最终处于因而产生的与社会总体和与自然的关系网络之中"[25]。作为某一特定阶级

法兰克福学派的意识形态批判及其存在论视域

的成员并处于真实的关系中的确定的个体，是有感觉和激情的活生生的个体，这本是批判理论对传统理论最大的突破。但在传统理论看来，这却是妨碍理论达到客观性的障碍，因为在他们看来，所谓的感觉和激情都是随意的、偶然的东西，"虽然批判理论根本不是随意地、偶然地进行思考，但对于流行的思想方式而言，它似乎是主观的和思辨的、片面的和无益的。由于批判理论违背了流行的思想习惯，所以它似乎是有偏见的和不公正的，而流行的思想则有助于保持过去和坚持事物之过时的秩序（过去的和过时的制度保证了一个受宗派支配的世界）"[26]。这里的"流行的思想方式"就是指实证主义的思想方式，它认为批判理论的主体最大的缺点就是容易产生偏见和不公正，因而它要摒弃感觉和激情这些似乎是主观的和随意的东西，以便在获得貌似公正的理论的同时，肯定现存的社会秩序。

马克思曾赋予感觉、激情以本体论的含义，[27]在马克思看来，现实个人的感性意识是具有能动性的，这个能动性并非如唯心主义所表明的是"纯粹的活动"，而是与感觉和激情粘连在一起的能动性，因为现实的个人总是处于这个世界之中，"烦忙"于这个世界之中，而非如上帝一般处于这个世界之外，冷眼旁观这个世界，无动于衷地对这个世界作出所谓的中立和客观的判断。法兰克福学派的成员几乎都有与马克思类似的观点，霍克海默自不必说，他那篇著名的《传统理论与批判理论》，其中一个主要问题就是在论述批判理论的主体，认为批判理论的主体是当下生活中的实践着的感性意识的自觉表达者；阿多诺也认为，人类社会在本质上是以主体为中介的，因此对社会中的经验事实的研究不能脱离主体；马尔库塞在不同的场合论述过批判理论的主体；哈贝马斯更是写了一本书讲这个问题，这就是《认识与兴趣》，从题目中我们就可以看出，哈贝马斯认为主体的认识与兴趣不可分开。确实，哈贝马斯在整本书中通过对实证主义、实用主义、历史主义和弗洛伊德著作的批判性的考察，得出兴趣是主客体联系的基本导向，不同的兴趣产生不同的科学，技术的兴趣产生自然科学，实践的兴趣产生精神科学，解放的兴趣产生批判的社会科学。哈贝马斯认为，真正的批判是认识和兴趣的统一，因此，批判理论的主体应该是有感觉、有激情、有兴趣的现实的主体，而不是如实证主义者所描述的那种没有任何感情的冷冰冰的纯思的主体。

通过上面的分析，我们可以很明显地看到，实证主义这种如上帝般的主体，纯粹是一种主观的幻想，一种思想的抽象而已。马尔库塞在《哲学与批判理论》一文中有一段话很好地概括了这样一种主体："在资产阶级时期，经济条件决定着哲学思想，因为，思维的人是那种解放了的、自我依靠的人。在现实中，他并不是以其潜能和需求具体实现的方式，而是以其个体性的抽象方式，作为劳动力的载体，即在资本实现过程中的实用的功能的载体。由此，他在哲学中仅仅作为一个抽象的主体而出现，这个主体被抽掉全部人性。……除了离弃具体性和事实性之外，思维主体还离弃它苦难的'外在'。但是，它不可能逃离自身，因为，它已把资产阶级个人的单子般的孤独存在纳入到自己的承诺中。这个主体是在堵塞着现实解放大门的虚伪的范围内进行思考的。"[28]上述引文不仅指出了实证主义的主体脱离现实世界和现实苦难所具有的抽象性，更指出了这种抽象主体所缺少的批判的和革命的维度，可谓十分经典。总之，实证主义号称要排除任何主观性的因素，但却又必须以一个隐秘的理性主义纯思主体作为其理论的前提，这是十分矛盾的，这种矛盾性又与它需要建立所谓的"纯粹经验"是相关的。

以上通过对实证主义所赖以成立的"纯粹经验"概念和"排除任何主观因素"主体的批判考察，我们可以得出结论，实证主义者为了获得"纯粹经验"以对抗形而上学，其结果却是使客体成为脱离主体的客体，即纯粹的表象，使主体成为游离于客体之外的主体，即纯思的主体，从而使得主客体二元对立,它们之间的那道鸿沟是无法弥合的。事实上,纯粹表象的成立与纯思主体建立是同一个过程,这就如海德格尔所说的,世界之成为图像与人之成为主体是同一个过程。[29]而这同一个过程表明的是形而上学主客二分的神话学建制的成立,它意味着人与自然的源初关联被无情地切断,随着这一切断,人不再成其为人,自然也不再成其为自然,人与自然之间虽然近在咫尺,却是无限遥远,这个世界由此变得与人无限疏远。综上所述,说实证主义是一种形而上学是证据确凿的。而法兰克福学派指出实证主义是一种形而上学,是为了进一步指证它的意识形态性质。

二、实证主义意识形态性质的批判

(一)实证主义意识形态性质的表现

实证主义以形而上学对立面的面目出现,其初衷是为了"反对先验论的影响,重建经验的权威"[30]。实证主义的创始人"孔德把'物理学规律不变性的普遍理论'称为是实证主义的'真正精神'。他的目的在于,把这一理论应用于社会理论并把社会理论从神学和形而上学中解救出来且给予其科学的地位的方法。"[31]这本是个良好的愿望,但是由于它在反对形而上学的过程中忽视了对形而上学的存在论根基的考察,从而使得其不仅不能突破形而上学的樊篱,反而使自身也沦为形而上学之一种,这从第一节的分析中已经看得很清楚了。哈贝马斯由此说:"实证主义自身只有用形而上学的概念才能使自己成为可以被理解的东西"[32],可以说概括得非常到位。

形而上学可以说是这个时代的本质,在形而上学的本性中蕴涵的就是主体对客体的支配,作为形而上学之一种的实证主义同样表现了主体对客体的支配,关于这一点,阿多诺有很精辟的论述。在阿多诺看来,实证主义把现实世界当作一个僵死的外在化王国从而使之成为主观理性操纵的对象,所以,实证主义不过是"一种表面上反主观主义的型式,即在科学上被称作还原论的客观的同一论思想型式",这一思想型式"因为它的隐蔽性而具有更为致命的主观主义弱点"。[33] 也就是说,实证主义与它所批判的形而上学唯心主义是一样的,它们都是统治欲和权力欲的体现。这就是实证主义所包含的意识形态性质,一种宣称以建立客观中立的理论为宗旨的理论,其实质却是统治和支配。下面就对实证主义的这种意识形态性质加以进一步的展开论述,也即对这种意识形态所产生的社会后果加以论述。

作为意识形态的实证主义所产生的第一个后果就是肯定性思维的全面胜利。马尔库塞详细叙述了这一过程的形成,他说:"自从'实证主义'一词第一次被使用(或许是在圣西门学派那里)以来,它就一直包含着如下意义:(1)认识依据对事实的经验而获得有效性;(2)认知活动以物理科学为确定性和精确性的模型;(3)相信知识要进步必须以此为方向。由此出发,实证主义把各种形而上学、先验论和唯心主义当作蒙昧主义的落后的思想方式来加以反对。既定现实在多大程度上得到科学地理解和改造,社会在多大程度上变成工业社会和技术社会,实证主义就在多大程度上在该社会中发现(和证明)其概念的媒介——理论与实践、真理与事实的一致。这样,哲学思想变成肯定性的思想;哲学批判则只是在社会结构的范围之内进行,并把非实证的观念攻击为单纯的玄思、幻想和奇谈怪论。"[34] 可见,由于实证主义的"事实拜物教"性质,实证主义只承认被事实的经验所证实的东西,从而把事实绝对化并因此只肯定现存的东西的合理性,而看不到被经验世界所遮蔽的世界的合理性。马尔库塞由此指出,"实证主义"(positivism)和"肯定的"(positive)从词源学上说是同源的。

霍克海默从另一个角度论述了相同的观点,他认为,实证主义由于

法兰克福学派的意识形态批判及其存在论视域

只强调事实,因而主张把价值与科学区分开来,但是,与价值分离的理论是不能如实地反映社会现实的,因为现实不是"它所呈现的直接形态",而是"一大批倾向",这里的"倾向"就是价值取向,"构成历史世界的倾向和反倾向代表了一种发展,这种发展若无更加合乎人性的意志,若无主体必须在自身之中体验或创造的意志,就无法被把握"[35]。因此,以祛除一切价值倾向、以对所谓"事实"的忠诚的实证主义,只是保留思想的"单纯记录和计算的功能",因而关闭了呈现"记录"或"计算"之外的世界的可能性,最终导致对现实秩序的无条件的肯定。

肯定性思维的全面胜利,意味着单向度思维的统治,也意味着思维中否定的维度的消失。这只不过是同一件事情的另一面。"否定的意思乃是指拒绝以任何固定的方式来界定自身,这样他们也就坚持了尼采的格言:'伟大的真理要求被批判,而不是被偶像化'。"[36]因此,否定也就意味着对现存的世界的批判和超越,这是现存世界得以革命化的基本条件,而"实证哲学被认为是要在整体上战胜否定哲学,也就是说,要废除任何把现实从属于超越理性的作法"[37]。这样做的后果是否定的力量的消失和一种顺从主义的产生,这种顺从主义把现存社会秩序作为一种不变的规律加以崇拜,"对社会中不变规律的颂扬会使人们受到惩罚和服从于存在着的秩序,也会使人们听天由命。'听天由命'是孔德著作中的一个关键词,直接从对不变社会规律的颂扬中产生的"[38]。这种听天由命最终剥夺了人们对现存秩序的怀疑能力并最终摧毁了人们的革命动力,马尔库塞由此指出,"实证哲学是唯一能够反抗'纯粹革命原则的无政府力量'的武器;只有它才能在'吸取现代革命理论'方面获得成功"[39]。在这样的情况下,"实证主义必定与现存的东西同流合污"[40]。现存的世界中的人们只是愿意接受现有秩序,从被给予的事实出发,做一些修修补补的改善工作,从而使现存的世界成为死气沉沉的"永恒"的世界。而一旦有人通过蛊惑人心的话语,来利用受顺从主义控制的民众的力量,其产生的后果将是灾难性的,那就是法西斯主义的极权主义的产生,而且这种极权主义是如此地让人心甘情愿地接受,因为它可以让那些受顺从主义支配的民众在强权的保护下获得安全感,"强权拥护下的快乐态度,今天在法西斯主义社会里是如此独特地与实证主义理论相结合。对一个万能的权威的服从可得到更大程度的安全保障"[41]。

"孔德的实证哲学奠定了反对理性主义否定倾向的社会理论的基本结构。它是为资产阶级社会做意识形态的维护,而且,它孕育了为极权主义哲学做辩护的萌芽。"[42]实证主义与极权主义间的这种联系,中间经过的就是由实证主义所导致的顺从主义这一环节。霍克海默对于这一点的揭示是一针见血的,他说,实证主义"对由富丽堂皇的表面照耀着的彻底统一和极有秩序的世界(这个世界里面充满了痛苦和不幸)来说,具有特殊的意义。独裁者、残酷的殖民地总督和虐待狂似的监狱长总是希望外来的参观者有这种实证主义思想。如果全部科学都以经验主义为榜样,如果理智不再为了揭示比我们那些善意的日报报道更加深入的世界而坚持并确信应该探查混乱不堪的观察资料,那么,它就将被动地参与维护普遍的非正义的工作"[43]。也就是说,实证主义以科学的名义所产生的客观性和中立性只是一种假象,其实质是一种权力欲和统治欲,因而是现代性完成并巩固自身的工具,实证主义作为资产阶级的一种意识形态由此可见一斑,因此,要探讨无产阶级的感性意识,首要的就是对这种貌似客观和中立的实证主义作为意识形态进行批判。

(二)实证主义意识形态性质的分析

真正的批判是不能没有建设的维度的,因此,在指证实证主义是一种形而上学并由此指证实证主义所具有的意识形态性质以后,法兰克福学派的理论家从历史唯物主义的角度阐明了自己对主客体关系的看法，并由此进一步从社会实践的角度阐明了实证主义产生主客二分的原因。

在马克思的历史唯物主义看来，人与自然界的关系在本质上是一种实践的关系，作为人的人（现实的个人）和作为自然界的自然界（感性的自然界）都是在物质生产活动即实践中形成的，因而并没有孤立存在的自然界或人，那种"被抽象地理解的、自为的、被确定为与人分隔开来的自然界，对人来说也是无"[44]，而如果承认"外部自然界的优先地位"，即承认与人分离的自然界的存在，也"只有在人被看作是某种与自然界不同的东西时才有意义"[45]，即把人看成是意识的主体、唯灵论的存在才是可能的。在马克思的视域里，"直接的感性自然界，对人来说直接是人的感性（这是同一个说法），直接是另一个对他来说感性地存在着的人"[46]，因此，人与自然的关系直接就是"人与人的关系"，作为人的活动之对象的自然，与作为活动的人之本身在对象性活动即实践中是内在统一的，马克思由此说"自然界的人的本质"和"人的自然的本质"本来就是一回事。法兰克福学派对于上述马克思关于人与自然的关系的思想是深有领会的，他们在批判作为形而上学的实证主义的二元分立时，所依据的就是这一思想。

霍克海默下面的这段引文很能说明问题，他说："呈现给个体而且个体必须接受和考虑的世界，在其目前的和未来的形式中，都是一般社会实践的产物。我们知觉到的周遭对象——城市、村庄、田野、森林——无不带有人工雕凿的痕迹。人不仅在衣着和外貌、外在形式和情感方式方面是历史的产物，甚至人的视听方式也是与经过上万年进化的社会生活过程分不开的。社会以两种方式决定着我们感官提供给我们的事实：通过被知觉对象的历史特征和通过知觉器官的历史特征。这两者都不是自然的东西，它们是由人类活动塑造的。"[47]不仅如此，

"现存秩序也是社会生活过程的产物（在这个过程里，个人是主动的参与者）"[48]。也就是说，在霍克海默看来，我们所面对的一切，包括周围可感知的世界、现存的社会秩序、人的五官感觉，甚至人本身都是社会实践的产物，是人类活动的产物，可以说人类的实践活动是整个现存世界如此存在之根据，因而是为历史奠基的活动。因此，实证主义要求祛除人的任何主观性，强调只从客体的或者直观的形式去理解事物，从而把主体与客体完全割裂开来，这是完全抽象的。要克服这一抽象，从哲学上说就是要"从主体方面去理解"事物，当然，这里所说的并非唯心主义意义上的主体能动性即纯粹活动的抽象发展，而是马克思所说的"把它们当作人的感性活动，当作实践去理解"，即"从主体的方面去理解"。[49]也就是说，是从感性意识的意义上来理解的能动性。感性意识是与人们的物质生产活动直接联系在一起的意识，因而是逻辑前的、理性前的、通过与外物打交道而领会着存在的意识，这种感性意识的能动性自然与那种脱离人的实践，被先验地规定好的纯粹意识的能动性具有本质的不同。

法兰克福学派的理论家对客体或自然的理解与马克思的理解是类似的，比如马尔库塞在论述自然时，认为真正的自然是"仅涉及进入社会再生产的历史过程的自然和成为社会再生产的历史过程的条件的自然"[50]，而不是与人无关的抽象的自然。而现在的人们把自然当作脱离历史过程的、与人无关的自然，才会去控制自然、剥削自然，从而"剥夺人与自然的合一"，使人"感到他在自然界之外和成为自然界的异化体"，所以，对自然的统治也就是对人的统治，相应地，自然的解放也就是人的解放。[51]马尔库塞的观点同样证明了实证主义的纯粹客体之存在的虚假性，证明了自然与历史过程、与人的活动的关系。阿多诺更是用"客体的首要性"这一概念来说明主体与客体之间的不可分割性。因为阿多诺所指的"客体的首要性"就是主体，但又不是唯心主义意义上所谓的纯粹主体,而是与客体水乳交融的主体,阿多诺由此反对把主客体截然对立的实证主义思想,在他看来,"在某一意义上主体是比客体更基本的东西,离开意识就无从知道客体。所以,客体作为一种客体也是一种主体"[52];而从另一方面说,"主体中的一切也应由客体负责"[53],因此,实证主义所强调的纯粹客体是不真实的。哈贝马斯更是指出:"我们只能在劳动过程所揭示的历史范围内才能认识自然界;在劳动过程所揭示的历史范围内,人的主观自然和构成人的世界的基础和周围环境的客观自然是联系在一起的。"[54]这一方面说明了只有在劳动过程即感性活动当中,人和自然界的认识才有可能,另一方面也说明了在劳动过程当中的人和自然界是联系在一起的,而不是分隔开来的。

法兰克福学派的理论家尽管在具体的陈述上有所不同,但是他们都指出了主客体关系在人类实践活动中的统一性,从而从哲学上对实证主义导致主客二元分立,进而产生主体对客体的支配的意识形态性质进行了分析。在实证主义作为一种科学思潮被顶礼膜拜的现代世界能提出这样的见解,无疑是相当深刻的。但是如果仅止于此,这些见解所达致的成就会受到限制,因此,法兰克福学派在此基础上还从社会生活中寻找这种二元分立的原因。霍克海默认为,"人的存在和社会的存在之间的这种差别,表现了至今仍然影响社会生活的历史形式的分裂。社会存在要么直接以压迫为基础,要么就是各种冲突力量的盲目结果,但无论如何不是自由个体的有意识的活动的结果"[55]。也就是说,主客体二元对立的最终原因在于"社会生活的历史形式的分裂",正是因为这种分裂,使得社会本身对于抽象个人来说,成了在他之外的、非人的客观现实。这就是异化,"这种异化用哲学术语来表达就是价值与研究、知识与实践的分离"[56]。阿多诺指出,仅仅从哲学的概念演绎中是不能真正批判主客体的二元对立的,因为这一"分离在认识领域表现了实在的分离,表现了人的状况的二分法,表现了一种强制的发展"[57]。也就是说,这种二元分立的基础在于现实生活的异化状态。因此,要消除现实生活的异化状态,"只有依靠人的自主活动取消现存的整体,它才能产生",因为"真理不是固定地和自动地从先前的状态中产生","不是一个脱离历史现实的领域,不是一个外在的有益的历史领域"。[58]

  法兰克福学派理论家的上述认识,表明了他们试图超出知识论路向,从实证主义在现实生活中的基础,即生活世界本身中来批判实证主义的努力,这种批判是一种触及现实本身的批判。通过这种批判,不仅使得实证主义的意识形态本性暴露无遗,而且也使得消除这种意识形态有了正确的方向,从而使得探讨无产阶级的感性意识也具有了可能性。当然,无产阶级所遭遇到的意识形态的遮蔽不仅仅只有实证主义这一看似客观公正的所谓科学思潮的作用,它同样受到另一个在现在还受到大力吹捧的启蒙精神的遮蔽。下面一章就要分析法兰克福学派对作为意识形态的启蒙精神的批判。

注　释

[1] 欧力同、张伟:《法兰克福学派研究》,重庆出版社 1990 年版,第 275 页。

[2] 哈贝马斯:《认识与兴趣》之《致中国读者》,学林出版社 1999 年版,第 2 页。

[3] 马丁·杰伊:《法兰克福学派史》,广东人民出版社 1996 年版,第 58 页注。

[4]《法兰克福学派论著选辑》(上卷),商务印书馆 1998 年版,第 11 页。

[5] 霍克海默:《批判理论》,重庆出版社 1989 年版,第 134 页。

[6] 马尔库塞:《单向度的人》,上海译文出版社 1989 年版,第 168 页。

[7] 哈贝马斯:《认识与兴趣》,第 72—73 页。

[8] 黑格尔:《哲学史讲演录》第 4 卷,商务印书馆 1997 年版,引言第 8 页。

[9] 哈贝马斯:《认识与兴趣》,第 79 页。

[10] 霍克海默:《批判理论》,第 134 页。

[11] 马尔库塞:《单向度的人》,第 153 页

[12]《法兰克福学派论著选辑》(上卷),第 32 页。

[13]《霍克海默集》,上海远东出版社 2004 年版,第 174 页。

[14] 霍克海默、阿多诺:《启蒙辩证法》,上海人民出版社 2003 年版,第 4 页。

[15]《霍克海默集》,第 175 页。

[16] 同上书,第 177 页。

[17] 哈贝马斯:《认识与兴趣》,第 68—69 页。

[18]《法兰克福学派论著选辑》(上卷),第 28 页。

[19] 同上书,第 30 页。

[20] 同上书,第 29 页。

[21]《霍克海默集》,第 184 页。

[22] 霍克海默:《批判理论》,第 159 页。

[23] 同上书,第 150 页。

[24] 霍克海默、阿多诺:《启蒙辩证法》,第 212 页。

[25]《霍克海默集》,第 185 页。

[26] 同上书,第 191 页。

[27]《马克思恩格斯全集》第 3 卷,人民出版社 2002 年版,第 359 页。

[28]《现代文明与人的困境——马尔库塞文集》,上海三联书店 1989 年版,第 194 页。

[29]《海德格尔选集》(下卷),上海三联书店 1996 年版,第 902 页。

[30] Herbert Marcuse, *Reason and Revolutiaon*, New York, The Humanities Press, 1954, p. 324.

[31] 马尔库塞:《理性与革命》,重庆出版社 1993 年版,第 310 页。

[32] 哈贝马斯:《认识与兴趣》,第 78 页。

[33]《法兰克福学派论著选辑》(上卷),第 216 页。

[34] 马尔库塞:《单向度的人》,第 155 页。

[35] 霍克海默:《批判理论》,第 158 页。

[36] 马丁·杰伊:《法兰克福学派史》,第 78 页。

[37] 马尔库塞:《理性与革命》,第 295 页。

[38] 同上书,第 311 页。

[39] 同上书,第 311 页。

[40]《现代文明与人的困境——马尔库塞文集》,第 125 页。

[41] 马尔库塞:《理性与革命》,第 316 页。

[42] 同上书,第 309 页。

[43] 霍克海默:《批判理论》,第 146 页。

[44]《马克思恩格斯全集》第 3 卷,第 335 页。

[45]《马克思恩格斯选集》第 1 卷,人民出版社 1995 年版,第 77 页。

[46]《马克思恩格斯全集》第 3 卷,第 308 页。

[47]《霍克海默集》,第 177 页。

[48] 同上书,第 151 页。

[49]《马克思恩格斯选集》第 1 卷,第 58 页。

[50] 马尔库塞:《理性与革命》,第 284 页。

[51] 马尔库塞:《审美之维》,广西师范大学出版社 2001 年版,第 120—121 页。

[52]《法兰克福学派论著选辑》(上卷),第 213 页。

[53] 同上书,第 220 页。

[54] 哈贝马斯:《认识与兴趣》,第 29 页。

[55]《霍克海默集》,第 177 页。

[56] 同上书,第 183 页。

[57]《法兰克福学派论著选辑》(上卷),第 209 页。

[58] 马尔库塞:《理性与革命》,第 285 页。

法兰克福学派的意识形态批判及其存在论视域

第四章
启蒙精神意识形态之批判

　　"启蒙"一般指发生在 18 世纪的欧洲启蒙运动,即当时欧洲新兴的资产阶级为了反对封建和神权统治而进行的一场思想解放运动。这场运动的"主旨在于使所有人都受到教育和获得知识。复兴自由个性的理想成了普遍的原则";而且启蒙运动"具有理性主义色彩,那是一个理性思维的世纪"。[1]因此,在运动之初,启蒙主义者就以理性的传播者自居,与宗教和迷信进行了残酷的斗争,希望藉此来唤醒人民沉睡的理性,推动他们走上真理的道路。

　　法兰克福学派所言的"启蒙"当然与这场轰轰烈烈的启蒙运动有关,但又不止于此,由此他们提出了"启蒙精神"来概括具有启蒙运动特征的思想解放运动。因为作为欧洲社会发展过程中的一场历史事件的启蒙运动尽管已经结束,启蒙思想却远未完成其自身,人类社会的大部分人还是信奉启蒙的神话,把它作为一种值得追求的理想顶礼膜拜并为之奋斗。但是有远见的思想家在看到启蒙给现代文明带来的成果的同时,已经看到了启蒙的界限所在,由此展开了对启蒙的批判和反思。诚如福柯在《何为启蒙》一书中指出的:"现代哲学经历两个世纪,以不同的形式一直在重复这个问题。从黑格尔到霍克海默或哈贝马斯,中间经过尼采或马克斯·韦伯，很少有哲学不曾直接或间接地碰到这同一个问题：所谓'启蒙'的事件究竟是什么？它至少在某方面决定了我们是什么，我们想什么以及我们所作的是什么。"[2]也就是说，从黑格尔开始，直到法兰克福学派，对启蒙的批判和反思一直是现代哲学的主题。事实上，在黑格尔之前的康德就已经开始对启蒙进行反思了，他在《答复这个问题："什么是启蒙运动？"》一文中，尽管站在启蒙理性的立场上，但已经开始对启蒙、启蒙运动以及两者的关系进行了考察，并在此基础上区分了"启蒙了的时代"和"启蒙运动的时代"。这种区分后来被法兰克福学派继承了下来。

在众多对启蒙进行批判和反思的哲学流派中，法兰克福学派是最有特色的一支，他们用"启蒙辩证法"来概括对启蒙精神反思的结果，并把启蒙精神作为现代意识形态之一种进行批判，指出纳粹主义、斯大林主义都是启蒙神话的产物，这些成果都是法兰克福学派所独有的。也正因为如此，使得法兰克福学派对启蒙精神的批判成为启蒙批判史上一个绕不过去的典范。

一、启蒙辩证法的含义

（一）"神话就是启蒙"

法兰克福学派对启蒙精神反思的结果是"启蒙辩证法"，所谓"辩证法"就是事物自己走向自己的对立面，自己产生自我否定。在霍克海默和阿多诺看来，"社会中的自由与启蒙思想是密不可分的。……但是……启蒙思想的概念本身已经包含着今天随处可见的倒退的萌芽"[3]。也就是说，在启蒙当中包含了自我否定的力量，这就是"启蒙的辩证法"，具体来说，就是启蒙以反对神话开始，最后自己也变成了一种神话。在法兰克福学派理论家看来，这种演变原因在启蒙的内部而非启蒙的外部，"启蒙倒退成神话，其原因不能到本身已经成为目的的民族主义神话、异教主义神话以及其他现代神话中去寻找，而只能到畏惧真理的启蒙自身中去寻找"[4]。可以说，从启蒙自身出发寻找"启蒙辩证法"的原因是法兰克福学派比很多其他对启蒙进行反思的思想家的高明之处。

在《启蒙辩证法》一书的"前言"中，霍克海默和阿多诺指出了作为全书理论基础的《启蒙的概念》一文的两个主题，那就是揭示"神话就是启蒙，而启蒙却倒退成了神话"[5]。这两个主题就是"启蒙辩证法"的含义。第一个主题是要追溯启蒙的渊源，第二个主题则是要揭露启蒙的后果，而我们所要做的首先是要弄清楚作为神话的启蒙如何转变成作为启蒙的神话，对这一来龙去脉的阐明，就会对启蒙的历史有一个清晰的了解，并为进一步理解启蒙精神的实质打下基础。

霍克海默和阿多诺在开篇就指出，"启蒙的纲领是要唤醒世界，祛除神话，并用知识替代幻想"[6]。也就是说，启蒙精神是作为带有幻想性质的神话的对立面而出现的，它试图用人类理性的力量把人们从神话的迷信和愚昧中带出来，走向开明和进步。但是，在霍克海默和阿多诺看来，启蒙和神话早就有密谋关系，神话的产生最初源于初民羸弱的心灵对外在自然和自身命运的恐惧，当这种恐惧通过形象的寓言或巫术的实行来解释和说明时，神话也就产生了。而启蒙精神的渊源最早可以追溯到希腊神话，尤其是荷马史诗中。"被启蒙摧毁的神话，却是启蒙自身的产物。"[7]霍克海默和阿多诺通过考察希腊神话说明了这一点。

他们首先考察了神话中的巫术。巫术在表面上与启蒙精神是格格不入的。因为巫术是通过求助于真实自然界中的具体事物以及膜拜不同的精灵而发挥作用的，换句话说，巫术所运用的材料或样本还没有祛除具体感性特征，这与"旨在坚持不懈地摧毁诸神和多质"启蒙精神是

97

第四章　启蒙精神意识形态之批判

相悖的。但是在巫术中总存在着特定的替代物,敌人的毛发和名字代表他个人,牺牲代表神,牝鹿献祭给女儿,羔羊献祭给长子。霍克海默和阿多诺认为,"在祭祀过程中,替代物的出现标志着向推理逻辑迈进了一步"[8]。因为这些特定的替代物尽管还"具有特殊的性质",即还具有"当下(hic et nunc)的神圣性"和"被遴选事物的唯一性",但是它已经具有了样本的随意性,并由此削弱了原始神话的丰富性。当替代物不再是特定的,而是变成了普遍的可替换物时,当事物不再是物自身,而仅仅成为样本时,当生存者之间的关系不再是亲密的,而代之以主客体的简单关系时,质的多样性便被抽象为量的同一性,充满着无限丰富性和神圣性的曼纳(Mana)的去圣化的过程亦即韦伯所称的去魅化过程由此开始,科学启蒙的时代也由此降临。由此霍克海默和阿多诺说,"神话自身开启了启蒙的无尽里程"[9]。

霍克海默和阿多诺认为,"荷马史诗是欧洲文明的基本文本,除了荷马史诗,没有任何作品能更有力地揭示出启蒙与神话之间纠缠不清的关系",而《奥德赛》这部"史诗可以说都是启蒙辩证法的见证"[10]。所以,在剖析了巫术与启蒙的关系之后,霍克海默和阿多诺又用荷马史诗《奥德赛》中奥德修斯的故事来说明启蒙精神的实质:作为统治或支配的"主人的精神"是如何从神话力量中摆脱出来,又如何再次落入神话恐惧之中的。

奥德修斯(Odysseus,又译为"俄底修斯")是荷马史诗《奥德赛》中的主人公,即那个在著名的特洛伊战争中献木马计的希腊英雄。在特洛伊战争结束后,奥德修斯要回归家乡,但是由于一路上被波塞冬暗中紧盯不放,所以历经艰险,通过在苦难中喘息,在夹缝中求生,最后才回到了家乡。到家后,他又要面对那些既挥霍他家产,又要谋害他儿子的众多求婚者,于是他发动了进攻,最后消灭了敌人,保全了自己。霍克海默和阿多诺选取了这部史诗中几个典型的故事,来说明神话与启蒙的关系。这些故事包括奥德修斯遭遇以美妙的歌喉诱惑过往船只上水手的女海妖塞壬,他用蜡封住水手们的耳朵,用绳子把自己捆在桅杆上,最终摆脱了塞壬的诱惑之声,使自己免于一死的故事;奥德修斯通过武力的手段将同伴带回船上,以阻止他们食用能使人"打消回家念头"的莲子的故事;奥德修斯通过把自己称作"无人"欺骗独眼巨人波吕斐摩斯,并设计刺瞎波吕斐摩斯最终逃出瞎了眼的巨人守候着的山洞口的故事;奥德修斯通过断绝欲望抵制喀耳刻的魔法并最终征服喀耳刻的故事;奥德修斯造访阴曹地府的故事;奥德修斯与妻子珀涅罗珀相认的故事……霍克海默和阿多诺游刃有余地把这些故事穿插在他们的文章当中,以分析这些故事与启蒙的关系。

在《奥德赛》这部庞大的史诗中,霍克海默和阿多诺挑选了奥德修斯上述的这些故事,是有其深意的,那就是:这些故事都反映了一个主题,"《奥德赛》所呈现的就是主体性的历史"[11]。这个主体性的历史以狡诈的欺骗开始,奥德修斯把自己称为"无人"欺骗独眼巨人波吕斐摩斯就是一个很好的例子。为了达到自我持存的目的,奥德修斯在归乡途中历经艰辛,不惜牺牲一切,上述的其他的故事就是一个明证,其目的就是为了最终能把这种欺骗的因素提升为自我意识。确实,在经历了所有的生命危险后,精神最终使自己蜕变成为"统治和自我统治的机器",变成了"用于制造一切其他工具的工具一般"。[12]霍克海默和阿多诺因此说"奥德修斯式的狡诈实际上就是一种被救赎了的工具精神"[13]。

为了达到这种自我意识,人所付出的代价却是奉献更多的牺牲,甚至最终需要压迫自己的生命本身,"奥德修斯从未占有一切;他总是要等待和忍耐,总是要不断地放弃。他从来没有尝到过莲子的滋味,也没有吃过太阳神许珀里翁(Hyperion)的牛,甚至在他穿越海峡的时候,还必须得计算被斯库拉从战船上掠走的船员数目。奥德修斯披荆斩棘,奋勇直前;战斗就是他的生命;在这个过程中,他和他的伙伴所获得的荣誉只能证明,他们只有通过贬低和祛除他们对完整而普遍的幸福的追求,才能够最终赢得英雄的头衔"[14]。也就是说,奥德修斯只有通过自我压抑和自我否定,只有与自己生命的本质决裂,才能否定神的权力并从而赢得真正意义上的人的主体地位,所以霍克海默和阿多诺说,"文明的历史就是牺牲内卷的历史,换言之,是放弃自己的历史"[15]。霍克海默和阿多诺通过奥德修斯的故事描述了主体性历史的形成过程,从而阐明了启蒙的"作为主人的精神"是如何从神话力量中摆脱出来的。

霍克海默和阿多诺对神话中的巫术所蕴涵的量的同一性对质的多样性掠夺的特征,以及通过荷马史诗中奥德修斯的故事所阐发的作为支配和统治的主人精神的形成过程,完成了在"前言"中提出的一个主题:"神话就是启蒙"。

(二)"启蒙倒退成了神话"

启蒙以祛除神话为己任,它试图通过以理性消除迷信、用知识代替幻想的方法达到祛除神话的目的。这里所说的理性,是起源于笛卡尔,后来发展成科学理性的那种理性,这种理性不仅认为人类凭此能无限地逼近对宇宙奥秘的完全把握,从而越来越能征服和控制自然,按照自己的意愿改变自然;而且认为人类能凭此达到道德的自律,从而使得人类的道德不断趋于进步。人类由此凭借自己的力量既改变自然,又改变自身,这样也就能从对神话的迷信中挣脱出来。而这里所说的知识,实质上就是近代自然科学意义上的实证知识,"知识并不满足于向人们展示真理,只有'操作','去行之有效地解决问题',才是它的'真正目标'"[16]。这种知识观最早源于培根,培根的知识观主张知识应该增进人类的物质福利,因而真正的知识既不是苏格拉底所说的关于德性的知识，也不是中世纪神学所说的关于上帝和"天国"的知识，而是关于自然科学的实证知识，因而这种知识拒绝任何对意义的追求，祛除任何对神话的迷信。为了一个共同的目的，起源于笛卡尔的理性与起源于培根的实证知识汇合了，它们共同汇合在启蒙大旗下，它们共同追求对自然加以统治的知识，用理性的规律对人类生活的各个领域加以绝对的统治，以便更加有效地控制各个领域内的人们，启蒙精神由此成了人和世界的新的主宰、新的神话。这就是马尔库塞所说的，"文明的进程使神话不再有效（这几乎是进步的意义），但它也可以使合理的思想重归于神话的地位"[17]。这里"合理的思想"就是启蒙精神所倡导的启蒙理性，它最终沦为一种控制自然和人的新的神话。

从上面的论述我们也能体会到启蒙精神与实证主义之间的那种内在联系，卡西勒（Ernst Cassirer）很明确地表达了这一点："启蒙运动认为，近代以来科学思维复兴的实际道路就是一个具体的、自明的证据，它表明'实证精神'和'推理精神'的综合不是纯粹的假设，相反，已确立的这一目标是可以达到的，这一理想是可以充分实现的。"[18]也就是说，实证主义与启蒙精神在精神气质上具有一致性，实证主义最符合启蒙精神要求祛除神话的意图，而启蒙精神也需要实证主义为其作哲学上的论证。下面的论述将为证明这一点提供进一步的证据。

前面已经说了，在神话中就蕴涵了的启蒙精神最后是用量的同一性取代了质的差异性。这一原则的具体表现就是崇尚逻辑形式主义，推崇数学原则。"形式逻辑成了统一科学的主要学派。它为启蒙思想家提供了算计世界的公式。"[19]而所谓的形式逻辑是抽象掉了任何内容的丰富性之后所剩下的纯粹逻辑形式，这种纯粹逻辑形式由于具有了量的同一性，因而也就具有了可比性，从而达到算计世界的目的。算计世界是启蒙精神所包含的内在目的，"对启蒙运动而言，任何不符合算计与实用规则的东西都是值得怀疑的"[20]。为此，数学原则成了这种纯粹逻辑形式的最好的典范,"在量子理论形成前后,自然就被理解为是数学意义上的;甚至那些尚未论定之物,不管是不能分解的,还是非理性的,都受到了数学定理的改造。启蒙事先就把追根究底的数学世界与真理等同起来,启蒙以为这样做就能够避免返回到神话中去。启蒙把思想和数学混作一团,并且通过这种方法把数学变为一种绝对例证"[21]。也就是说,数学通过祛除具体事物的一切感性特质,成为最客观和最中立的科学,由此,数学认定自身有着客观性和必然性。被霍克海默称为实证主义的真正代表的逻辑经验主义所追求的知识理想就是以数学形式表达出来的、能保证对一切可能发生的事件进行计算的体系,这种实证主义数学化的倾向与启蒙精神所要达到的理想可谓是不谋而合的。

毫无疑问,这种推崇逻辑形式主义和数学原则的知识,由于其所谓的客观性和中立性,确实能够祛除神话中的幻想成分。但也正因为这种对所谓的客观性和中立性的追求,启蒙最终放弃了思想的自主性和自由,结果使得思想本身也就变成了物,变成了工具。启蒙思想对这样的知识推崇备至,使自己陷入了另一种迷信和神话:对抽象的形式逻辑和数学的崇拜。

把以形式逻辑和数学原则为实质的知识当成一种新的神话,在现实生活中的表现就是对等价交换原则的崇拜。因为无论是形式逻辑抑或是数学,都要求祛除事物的感性特征,从而达到量的同一性,这样,事物与事物之间就可以达到交换的目的。这种交换原则,早在荷马史诗中就已经出现了,奥德修斯用礼物欺骗自然神,"礼物的交换也预示着等价原则的出现"[22]。但是,那时候,等价交换原则还没有独立出来成为偶像,"而现在等价物本身变成了偶像"[23]。这一新偶像控制了所有地方,它通过将一切归减为抽象单位,使得一切事物变得整齐划一,使得一切事物的价值只限于等价交换的价值,启蒙由此祛除了事物的其他任何价值,等价交换原则就这样从资本主义社会的不平等中建立起了平等。这就是启蒙精神所蕴涵的意识形态本性,它夷平一切,使得所有的特有品质和个体都受到压制,从而落入了另一种神话:对量的同一性的崇拜的神话,至此,"如同神话已经实现了启蒙一样,启蒙也一步步深深地卷入神话。启蒙为了粉碎神话,吸取了神话中的一切东西,甚至把自己当作审判者陷入了神话的魔掌"[24]。

这种意识形态的特性,马克思把它称为"资产阶级权利","调节商品交换(就它是等价的交换而言)的同一原则……仍然是资产阶级权利",因为它"使用同一尺度",因而"就它的内容来讲,它像一切权利一样是一种不平等的权利"。[25]马克思在这里所批判的是用劳动这一尺度来分配消费资料的不平等性,认为这只是把人当成了抽象的劳动者,祛除了人的其他感性特征,因而在平等的假象下掩盖的是不平等。法兰克福学派同样在启蒙精神中看到了其中所蕴涵的等价原则以及这种等价交换原则的意识形态特性,下面就来具体地谈谈这一意识形态特性在现实生活中的具体表现,也就是它所造成的具体后果,以及法兰克福学派对它的批判。

二、启蒙精神意识形态本性的批判

(一)启蒙精神意识形态本性的表现

启蒙精神的意识形态特性即启蒙精神所造成的后果之一是使得原先光辉灿烂、神韵流转、充满了曼纳的自然界变成"一种闭目塞听、残缺不全的存在"。诚然,原先充满了曼纳的自然界也充满了许多神秘的、人们不可把捉的因素,这就使人们产生恐惧心理,而这也成了神话起源的原因之一,人们试图"借助想象以征服自然力,支配自然力,把自然力加以形象化"[26],来消除对自然的恐惧感。这是神话所采取的方式。

在启蒙精神的支配下,今天的"人们已经学会通过概念模式来客观地观察事物,也就是说,依靠纯粹的技术术语来观察事物"[27]。通过这样的视角,自然界变成了"名为自然界的思想物",变成了人们可以随意处置的抽象的物质世界,因而仿佛变成了人们取之不尽、用之不竭的资源库。这本是启蒙所造成的意识形态而已,但是"市民把世界先天地假定为他们自己加工制造出来的质料"[28],也就是说,对广大市民来说,这样一种自然观却是天经地义的真理。这样的自然观一经形成,"启蒙思想体系成为既可以把握事实又可以帮助个体最有效地支配自然的知识形式"[29]。"从那时起,物质便摆脱了任何统治或固有权势的幻觉,摆脱了潜在属性的幻觉,而最终得到控制。"[30]

但是,霍克海默和阿多诺斩钉截铁地指出:"每一种彻底粉碎自然奴役的尝试都只会在打破自然的进程中,更深地陷入到自然的束缚之中。"[31]也就是说,启蒙精神对自然的这样一种随意处置的奴役态度,并不能真正征服自然,并不能真正克服对自然的恐惧,相反地,这种态度迟早会遭到自然的报复。这一观点在当时的工业文明还处于蓬勃发展时期是很难被人们所承认的,而到了环境保护已经迫在眉睫的今天,却已经成了大部分人的共识。霍克海默和阿多诺在众人皆醉时能独醒,可见其目光之犀利。为了让人们更清醒地认识到对自然的这种奴役态度所造成的严重后果,霍克海默和阿多诺甚至用有点耸人听闻的语气说道:"人类进行毁灭的能力是如此之大,如果这种毁灭力实现了,整个地球就会成为一片空地。或者人类自身互相吞尽,或者人类食尽地球上的动物和植物,如果地球符合一种著名的论断还有足够的生命力的话,万物就会从最低级的阶段重新开始。"[32]确实,如果人类不改变对自然的态度,霍克海默和阿多诺所说的就有可能会变成一种现实。

启蒙精神对外部自然的征服和控制必然地包含着对内在的自然即对人的征服和控制,霍克海默和阿多诺不无准确地指出,在启蒙精神的

法兰克福学派的意识形态批判及其存在论视域

支配下，"对内在自然和外部自然的征服就会成为人类生活的绝对目的"[33]。这一思想，马克思在《1844年经济学哲学手稿》中就已经提出过，马克思说："物本身是对自身和对人的一种对象性的、人的关系，反过来也是一样。当物按人的方式同人发生关系，我才能在实践上按人的方式同物发生关系。"[34]这一"对象性活动"的原理指明了如果对自然界的关系是一种统治的关系，那么对人的关系也必然是一种统治关系，反之亦然。因此，在启蒙精神的支配下，不仅自然界成了纯粹抽象的物质，而且人也变成了物。"对统治者而言，人都是物质，就像整个自然对社会来说是物质一样。"[35]因此，人的感情、欲望等感性因素，都不在启蒙思想的考虑之列，"启蒙用理论排除了差别，把情感看作'类似于直线、面积和体积的问题一样'"[36]。人被夷平了，变成了机械和受动的机器人，变成了物之一种。

由于人被看成是一种物质，因此人与自然界之间、人与人之间的关系就只变成了一种纯粹的物的关系。霍克海默和阿多诺指出："现代工业社会的整个挖空心思想出来的机制，也不过是相互残杀的自然界。再没有手段可以表达这种矛盾了。这种矛盾是与单调严肃的世界一起运动的，艺术、思想、否定性就是从这个世界中消失的。人们相互之间以及人们与自然界是在彻底地异化，他们只知道，他们是从那里来的，以及他们要做什么。每一个人都是一个材料，某种实践的主体或客体，人们可以用他来做什么事，或者不能用他来做什么事。"[37]在这种机制下，人不再有任何的创造性和自由，有的只是机械和被动的顺从，整个世界也因此只有一种声调、一种色彩，变得黯淡无光、索然无味。这就是启蒙精神所造成的又一个后果，它造成人的异化，却又让人不知道自己的异化，其意识形态特性在此显露无遗。

由于自然和人都变成了整齐划一的物质，因此它们就是可替换的，是可以利用科技的手段对它们加以随意的制造或毁灭的，这种观点已经成了这个社会的旨趣,"从外部把普遍性与特殊性、概念与个案之间统一起来的程式安排,其真正的性质在实际科学中最终表现为工业社会的旨趣。存在也能按照制造与管理的角度去理解。任何事物,甚至人类个体,更不用说是动物,都可以转变成为可以重复和替代的过程,转变成为一种概念模式体系的单纯范例"[38]。总之,整个世界变成了一堆质料,一堆统治者可以加以任意宰制的质料,它已经失去了任何的活力,失去了任何的批判力和反抗力。

综上所述,我们可以从自然和社会或者说人两个方面来概括启蒙精神的意识形态本性。霍克海默和阿多诺说:"启蒙对待万物,就像独裁者对待人。独裁者了解这些人,因此他才能操纵他们;而科学家熟悉万物,因此他才能制造万物。"[39]也就是说,启蒙精神的意识形态本性所造成的两个后果是科学家用逻辑形式主义处理自然界,独裁者用极权主义对待人,这就使得自然成为无法触摸的神秘之物,成为禁忌和恐惧;同时社会本身、人自己的真实处境更成了恶魔般的梦魇,启蒙由此又落入了神话的恐惧之中,陷入了神话的魔掌之中,"启蒙就是彻底而又神秘的恐惧"[40]。所以,霍克海默和阿多诺说:"随着资产阶级商品经济的发展,神话昏暗的地平线被计算理性的阳光照亮了,而在这阴冷的光线背后,新的野蛮种子正在生根结果。"[41]对于这种已经生根结果的新的野蛮,霍克海默和阿多诺有很多具有原则高度的描述,比如他们说:"法西斯主义拒绝一切绝对命令,因而与纯粹理性更加一致,它把人当作物,当作行为方式的集合";"集权制度却任凭计算原则畅行无阻,并且惟科学是从。它的准则就是粗暴残酷的劳动效率";法西斯主义把大屠杀中的那些死难者当作"人的统计数字,掩盖了它的本质";"在权力面前人人都是平等的,没有人拥有自己的权利。对统治者的血腥目的来说,生物不过是一种物质。这样,领袖就可以把无辜的人当作自己的工具,不管他有没有价值,也不管有没有确切的理由,就把他们拘捕起来,斩尽杀绝"等等。[42]这些描述是对法西斯主义的极权主义的惨绝人寰的暴行的痛恨,是对人的异化的控诉,更是对启蒙精神的意识形态本质的揭露。霍克海默和阿多诺说:"在整个社会里,这些东西本身变成了形而上学,变成了意识形态的帷幕,遮蔽的是现实的无可救药,对此,我们不能袖手旁观。"[43]为了能从根本上揭示启蒙精神的这一意识形态本性,霍克海默和阿多诺在指出了启蒙精神的意识形态本性后,更是要对这一意识形态本性的实质加以分析。

(二)启蒙精神意识形态本性的实质

启蒙精神本着把人类从迷信和愚昧中解放出来的良好愿望,高唱理性至上,理性万能的赞歌,强调用知识取代神话。确实,启蒙运动高扬的人类理性,使人们摆脱了中世纪的经院哲学对人的束缚,摆脱了上帝对人的禁锢,从而使人类社会发生了很大的变化:个人的独立性增加了,人们改造自然的能力加强了,社会也在某种程度上更有序化了。但是,由于启蒙运动所倡导的理性主义,是伴随着资本主义在近代的发展而来,它的目的就是更好地控制和支配自然,以便能更多地获取资本主义进一步发展所需要的资源。因此,在霍克海默和阿多诺看来,这一理性主义的实质是作为统治和支配的"主人精神"。霍克海默和阿多诺从对启蒙运动的主旨:"知识就是力量"这一口号的分析出发阐明了这一点。

霍克海默和阿多诺认为,"知识就是力量"这一由"经验哲学之父"培根所归纳出来的启蒙的主旨,事实上说的就是知识等同于权力,"权力与知识是同义词",它"既不听从造物主的奴役,也不对世界统治者逆来顺受"[44]。作为权力的知识自然会对逻辑形式和数学原则有一种迷信般的崇尚,因为祛除了质的多样性的逻辑形式或数学原则是可以在量的同一性之下,对自然界和人本身进行控制和支配的。这种控制和支配在理论原则上遵循的是逻辑形式和数学原则,但是它要在现实生活中发挥作用,则要通过技术来实现,正是在这个意义上,霍克海默和阿多诺指出:"技术是知识的本质,它的目的不再是概念和图景,也不是偶然的认识,而是方法,对他人劳动的剥削以及资本。"[45] 由此,"知识就是权力"具体化为"技术就是权力"。霍克海默和阿多诺在这里直截了当地指出了以技术为本质的知识并不是以展示真理为目的,它仅仅是一种工具,获得知识只不过是为了更好地剥削自然和他人,服务于资本的本性,这就是赤裸裸的权力,可见,启蒙运动所崇尚的这样一种知识,在本质上乃是一种以支配和统治为目的的"主人的精神"。

这样一种以支配和统治为目的的"主人精神",已经背离了启蒙运动开始之初所倡导的作为一种精神力量和解放力量的理性,而演变成了一种工具理性。当然,这种演变的力量并非来自外部,而是启蒙精神内在逻辑发展的必然结果,换言之,启蒙精神在本质上就是一种以支配和统治为目的的工具理性,这也就是启蒙精神意识形态本性的实质。这种工具理性只是从人的欲望出发来作为宰制自然的依据,而在资本主义社会,一切欲望都围绕着经济发展而展开,马克思形象地称之为"一切情欲和一切活动都必然湮没在贪财欲之中"[46]。人们为了发展经济就必然需要更多的资源,需要更多的资源就必然向自然界索取,面对有限的自然环境,这种索取就必然变成一种压榨和剥削,而理性就充当了这样一种工具。"理性自身已经成为万能经济机器的辅助工具。理性成了用于制造其他工具的工具一般,它目标专一,与可精确计算的物质生产活动一样后果严重。"[47] 这样一种以压榨和剥削自然为目的的理性就是工具理性,这种工具理性不仅压榨和剥削自然,而且攻击和统治人,从而使得现代社会中的广大群众都异化了:"在广大群众的眼中,他们已经被彻底贬低为管理的对象,预先塑造了包括语言和感觉在内的现代生活的每一个部门,对于广大群众而言,这是一种客观必然性。对于这种社会必然性，他们除了相信之外无能为力。这种作为权力与无力相对应的悲惨境地，连同想要永远消除一切苦难的力量一起得到了无限的扩大和增长。每个人都无法看清在他面前林林总总的集团和机构……随着支配自然的力量一步步地增长，制度支配人的权力也在同步增长。这种荒谬的处境彻底揭示出理性社会中的合理性已经不合时宜。"[48]这种异化是如此地深入，以至于让广大群众觉得它是一种无法改变的客观必然性，霍克海默和阿多诺认为，这种状况恰恰揭示了启蒙运动所宣扬的理性已经变成了不合理性，即变成了一种工具理性，一种旨在控制和支配的理性。而启蒙精神要完成为工具理性，即完成作为支配或统治的主人精神，则需要通过同一性的暴政，那就是运用形式逻辑和数学的原则，使"各式各样的形式被简化为状态和序列，历史被简化为事实，事物被简化为物质"[49]，从而夷平一切事物的感性特征，摒弃一切事件的根据和意义，使所有的东西变得整齐划一，进而达到控制和支配自然和他人的目的。

综上所述，作为意识形态的启蒙精神的实质就是：通过同一性暴政，对自然和个体采取统治和支配态度的作为"主人精神"的工具理性。这种工具理性体现的是一种"抽象理性主义"，因为它的唯一目的就是支配和统治对象，而这种支配和统治具有扬弃对象性本身的性质，对象对它而言并不具有真实存在的意义，对象不过是作为对象的自我意识，因而注定是要消逝的东西；而人无非就是自我意识，或曰作为"主人的精神"，是非对象性的、唯灵论的存在物。这是一种虚无主义，马克思早在《1844年经济学哲学手稿》中就指出了这种"虚无性"，他在批判黑格尔哲学时，指出黑格尔的否定之否定具有扬弃对象性本身的意义，因此，"对象是一种否定的东西、自我扬弃的东西，是一种虚无性"[50]。后来的尼采更是对此大加鞭挞，法兰克福学派在此意义上是继承了尼采的，他们说："尼采清楚地认识到，启蒙当中既有自主精神的普遍运动，也有破坏生命的'虚无主义'的力量。"[51]在法兰克福学派看来,这种破坏生命的抽象理性主义是一种形而上学,而且还是一切形而上学中之最坏的一种。它口头上声称拒斥形而上学,实际上却将生活本身完全地形而上学化,而且不知道对自己的前提进行批判和反思,因而变成意识形态的帷幕,将自己二元分裂的思维模式运用到生活的方方面面,把持了所有领域的话语霸权。

为了对治这种作为主人精神的工具理性,法兰克福学派从不同的角度提出了批判的理性,这种批判的理性在霍克海默那里是一种"客观的理性",这种理性对现实采取否定和批判的态度,以人的解放和自由为最高目标;在阿多诺那里体现为用理性的否定精神拒斥工具理性,高扬非同一性原则;在马尔库塞那里意味着一种"代表着人和生存的最高潜能"的理性,这种理性相信"现存的一切并非自然而然地是或已经是合理的,相反,现存的一切必须被带到理性面前"[52];在哈贝马斯那里则是用"交往合理性"概念对工具理性的消极后果的批判。所以说,尽管法兰克福学派的理论家对工具理性论述的具体侧重点有所不同,但都无一例外地采取了毫不妥协的批判态度。而随着这种批判的深入,对工具理性的批判具体化为对技术理性的批判,这一点,就是我们下一章要具体论述的内容,可以说,对科学技术中所蕴涵的技术理性的批判是直接承接着对启蒙精神中所蕴涵的工具理性的批判的。

注　释

[1]阿尔森·古留加:《康德传》,商务印书馆1981年版,第8页。

[2]《福柯集》,上海远东出版社2003年版,第528页。

[3]霍克海默、阿多诺:《启蒙辩证法》,上海人民出版社2003年版,前言第3页。

[4]同上书,前言第3页。

法兰克福学派的意识形态批判及其存在论视域

[5]同上书,前言第5页。

[6]同上书,第1页。

[7]同上书,第5页。

[8]同上书,第7页。

[9]同上书,第9页。

[10]同上书,第47、44页。

[11]同上书,第78页。

[12]同上书,第33、27页。

[13]同上书,第57页。

[14]同上书,第57页。

[15]同上书,第54页。

[16]同上书,第2页。

[17]马尔库塞:《单向度的人》,上海译文出版社1989年版,第169页。

[18]卡西勒:《启蒙哲学》,山东人民出版社1988年版,第7页。

[19]霍克海默、阿多诺:《启蒙辩证法》,第5页。

[20]同上书,第4页。

[21]同上书,第21—22页。

[22]同上书,第49页。

[23]同上书,第14页。

[24]同上书,第9页。

[25]《马克思恩格斯选集》第3卷,人民出版社1995年版,第304—305页。

[26]《马克思恩格斯选集》第2卷,人民出版社1995年版,第29页。

[27]霍克海默、阿多诺:《启蒙辩证法》,第226—227页。

[28]同上书,第92页。

[29]同上书,第92页。

[30]同上书,第4页。

[31]同上书,第10页。

[32]霍克海默、阿多诺:《启蒙辩证法》,重庆出版社1990年版,第213—214页。

[33]霍克海默、阿多诺:《启蒙辩证法》,第29页。

[34]《马克思恩格斯全集》第3卷,人民出版社2002年版,第304页。

[35]霍克海默、阿多诺:《启蒙辩证法》,第96页。

[36]同上书,第94页。

[37]霍克海默、阿多诺:《启蒙辩证法》,重庆出版社1990年版,第241页。

［38］霍克海默、阿多诺：《启蒙辩证法》，第92页。

［39］同上书，第6—7页。

［40］同上书，第13页。

［41］同上书，第29页。

［42］同上书，第95、127、288—289页。

［43］同上书，前言第5页。

［44］同上书，第2页。

［45］同上书，第2页。

［46］《马克思恩格斯全集》第3卷，第343页。

［47］霍克海默、阿多诺：《启蒙辩证法》，第27页。

［48］同上书，第35—36页。

［49］同上书，第5页。

［50］《马克思恩格斯全集》第3卷，第327页。

［51］霍克海默、阿多诺：《启蒙辩证法》，第45页。

［52］《现代文明与人的困境——马尔库塞文集》，上海三联书店1989年版，第175页。

法兰克福学派的意识形态批判及其存在论视域

第五章
科学技术意识形态之批判

    法兰克福学派对科学技术的批判,是对 20 世纪 40 年代启蒙精神批判的延续。关于这一点,斯坦利·阿罗洛维茨在《批判理论》的导论中作了很好的说明,他说:"开始于 18 世纪的把理性归并入工业的过程(即把理性从形而上学转化为工具的合理性),一方面,它是社会进步的条件,因为知识成为生产力;另一方面它又成为压抑批判性理性的手段。……批判理性的泯灭即成为启蒙运动本身所造成的一个后果。启蒙运动通过从理性中清除掉本质、灵魂、超验存在、上帝这些形而上学概念,为在物质文化方面取得辉煌成果的经验科学和技术,开辟了道路。……在资本主义中,科学的用途已达到非常高的程度,以致它可以被转化为工业技术。……资产阶级曾系统地清除过由封建社会遗留下来的思想迷信,但是,它又创造出包裹在新的科学专制主义之下的新迷信。"[1]也就是说,工具理性在现代社会已经演化成为技术理性,这样一种理性已经变成了一种新型的意识形态,构成了对人性的奴役。因此,霍克海默和阿多诺通过对"启蒙辩证法"中所蕴涵的作为"主人精神"的工具理性的本质揭示,被法兰克福学派对科学技术的批判进一步加以深化,换句话说,对科学技术的批判是对启蒙精神批判的进一步深入,它们的实质都是对工具理性的批判。

而之所以专辟一章,是因为法兰克福学派对科学技术的批判很有特色,那就是在几乎所有人都对科学技术顶礼膜拜的今天,法兰克福学派却把它作为一种意识形态进行批判。很多研究法兰克福学派的学者都认为这是法兰克福学派意识形态批判最具有独创性的地方。接下来就来看看法兰克福学派如何从意识形态角度出发来批判科学技术。

一、法兰克福学派对科学技术的基本论述

(一)霍克海默对科学技术的论述

把科学技术作为一种意识形态来看待,可以说是法兰克福学派共同的理论观点,但从一个朦胧的提法到明确提出"作为'意识形态'的技术与科学",则有一个形成过程。下面我们就先来看看这个形成过程。

霍克海默早在1933年写的《科学及其危机札记》一文中,就考察了科学的性质。霍克海默认为,在马克思的社会理论中,科学通过对社会价值和科学生产方式的创造,使现代工业体系得以实现,因而成为人类重要的生产力之一。作为这样一种生产力,科学曾经为资产阶级反对经院哲学作出了贡献,也为人类的文明的进步作出了贡献。但是到了19世纪下半叶,由于科学活动变成了一种实证性的科学研究,也就是说,它只关心对现象进行描述、分类和概括,而不关心本质的东西,因而,科学活动变成了"去证明现存社会应是永恒不变的企图",而非"关注更加美好的社会的标准",科学危机由此出现。这种危机的表现就是"一系列模糊的、僵化的、拜物的概念能够持续不断地发挥作用",这些概念包括:"被认作科学缔造者的独立自足意识的概念;个人及其在世界安身立命的理性;控制所有事件的自然的永恒规律以及其他范畴形式;主体与客体之间的不变关系;心灵与自然、灵魂与肉体之间的生硬

区分。"[2]

面对这种危机,科学求助于形而上学思想,以期重新调整其基础,但是形而上学的尝试并未克服科学的危机,反而产生更大的迷惘,"由于形而上学假定了孤立的、被抽象地理解的人,因而贬低了对社会进程作理论理解的重要性,最终产生了一种更大的迷惘"[3]。由此,霍克海默得出结论:"不仅仅形而上学、而且形而上学所批判的科学本身都是意识形态,因为科学保留着一种阻碍它去发现危机的真正原因的形式。当然,说科学是意识形态并不等于说科学实践者不关心纯粹真理。任何掩盖建造在矛盾之上的社会的真正本质的人类行为都是意识形态。"[4]也就是说,由于科学活动变成了一种实证科学,这种实证科学堕落到只为现实辩护的地步,由此掩盖了发现危机的真正原因,因此科学是一种意识形态。在霍克海默看来,科学的危机并非只是科学自身的原因,"因为科学工作的范围和方向不仅是由自身的趋向来决定的,而且最终是由社会生活的必然性来决定的"[5]。因此,对"作为意识形态的科学"的批判也不能仅局限于科学自身,还应深入到社会生活本身中去挖掘原因。这一观点无疑是十分正确的,只是霍克海默没有展开论述。

综上所述,在霍克海默的观点中,科学一方面是生产力之一种,这种生产力为工业文明的出现作出了应有的贡献。另一方面由于科学活动只限于对现象进行实证性的描述,阻碍了其对本质的东西的关注,由此,科学沦为一种证明现存社会永恒性、掩盖社会真实矛盾的意识形态。作为法兰克福学派创始人的霍克海默对科学的这样定位,为法兰克福学派对科学技术的批判定下了基本的基调,后来的马尔库塞和哈贝马斯,尽管对科学技术的批判更加具体和深入,但在基本观点上和霍克海默还是一致的。下面就来看看马尔库塞的观点。

（二）马尔库塞对科学技术的论述

马尔库塞在 20 世纪 50 年代就一再指出："在工业发达国家,科学技术不仅成了创造用来安抚和满足目前存在的潜力的主要生产力,而且成了与群众脱离的、使行政机关的暴行合法化的意识形态的新形式。"[6]也就是说,马尔库塞一方面承认科学技术是一种生产力,另一方面也指证科学技术是一种新型的意识形态,这个观点与霍克海默是一脉相承的。而马尔库塞对"科学技术是一种意识形态"的论证,集中体现在他最主要的代表作《单向度的人》一书之中。综观全书的内容,联系这本书的副标题"发达工业社会意识形态研究",我们就可以看出马尔库塞对科学技术的批判态度。

马尔库塞开篇首先描述了技术进步给人们的生活所带来的变化,那就是通过科学技术这一在发达工业社会中最重要的生产力因素,社会的物质财富大量增加,人们的物质生活条件得到了极大的改善,物质生活水平也得到很大的提高。这种技术进步所导致的生产力水平的提高从而带来的物质生活水平的改善,其受惠者不仅仅是原先的统治阶级——资产阶级,而且包括了大部分原先的无产阶级,它使得"工人和他的老板享受同样的电视节目并漫游同样的游乐胜地";"打字员打扮得同她雇主的女儿一样漂亮";"黑人也拥有盖地勒牌高级轿车"。[7]结果导致原先的阶级差别仿佛不复存在了。但是,在马尔库塞看来,"这种相似并不表明阶级的消失,而是表明现存制度下的各种人在多大程度上分享着用以维持这种制度的需要和满足"[8]。也就是说,在这种显而易见的由技术进步所带来的生活水平提高和阶级差别夷平的现象后面,掩盖的却是阶级之间的差别,由此,马尔库塞说:"在这里,所谓阶级差别的平等化显示出它的意识形态的功能。"[9]

在揭示了上述这种人人都看得见的现象中所隐藏的科学技术的意识形态性质之后,马尔库塞进一步从科学技术内在本质出发来分析它的意识形态性质。马尔库塞首先阐明了科学和技术的关系,他认为,"自然科学是在把自然设想为控制和组织的潜在工具和材料的技术先验论条件下得到发展的"[10]。也就是说,马尔库塞并不简单认同"现代技术就是被应用的自然科学"这样一种流行的观点,而是认为技术先验论是决定自然科学的东西。在这里,我们可以明显看到海德格尔对马尔库塞的影响。在海德格尔看来,尽管从历史学的时代计算来看,现代技术要晚出于现代自然科学,但是"从历史学的论断来说晚出的现代技术,从在其中起支配作用的本质来说则是历史上早先的东西"[11]。换句话说,"现代技术是自然科学的应用"这种观点只是一种惑人的假象而已,现代技术的本质中已经蕴涵着自然科学对待自然的态度。现代技术的本质是一种"座架"或"支架"(Ge-stell),这种"座架"或"支架"是一种促逼和强制,"此种促逼向自然界提出蛮横要求,要求自然提供本身能够被开采和贮藏的能量";"将人塞入尺度之中,当前人就是在这个尺度中生—存的"。[12]马尔库塞虽然没有如海德格尔那样专门来讨论科学和技术的本质,但在基本思想上还是与海德格尔一致的,"科学是一种先验的技术学和专门技术学的先验方法,是作为社会控制和统治形式的技术学";而"在技术现实中,客观世界(包括主体)被经验为工具世界"。[13]也就是说,在现代技术本质的支配下,自然界成了提供能源的纯粹的质料,人亦成了可以按照现代性的模式加以订造的人,无论是自然界和人都只是工具而已。

正是基于对科学技术的这种认识,马尔库塞批评"科学技术中立性"的观点,认为那是一种虚假的观点。这一判断,也是海德格尔所一再强调的,海德格尔说:"如果我们把技术当作某种中性的东西来考察,我们便被恶劣地交付给技术了;因为这种现在人们特别愿意采纳的观点,尤其使得我们对技术之本质茫然无知。"[14]在马尔库塞看来,科学技术通过祛除任何的目的从而设计出一种能够在实践上顺应任何目的的纯形式,它把自然界抽象成可定量的物质,把人抽象为脱离任何人身依附的唯灵论的存在,从而宣布其自身的客观中立性。但是事实上,人们是站在一定的话语和行为领域出发才能进行上述抽象的,换句话说,这种抽象是有历史前提的。为了说明这一点,马尔库塞举了个例子,他说:"伽利略观察过的星星在古人那里没有什么两样,但不同的话语和行为领域——简言之,不同社会现实——却开启着新的观察角度和范围,揭示着整理观察数据的多种可能性。"[15]确实如此,比如说月亮,在古代中国人,甚至在小时候我们的心目中,是"嫦娥奔月"的那个月亮,而如今,它却成了由各种化学元素所组成的、有待人类去征服的星球。可见,在科学话语体系之下的所谓客观中立的"星星"和"月亮"的知识,其实一点都不客观中立,它们只是经过技术合理性处理以后的客观中立性。在此基础上,马尔库塞接着指出:"技术合理性既向人们显示了它超乎于政治之上的中立性,又向人们显示了其中立性的虚假;但在这两种情况下,技术合理性的中立特征都对统治术有用。"[16]在这里,马尔库塞既说明了所谓"科学技术中立性"观点的虚假性,又说明了之所以需要这种中立性的原因在于统治的需要。马尔库塞称这种受技术统治的社会为"技术社会","这种技术社会是一个统治系统,这个系统在技术的概念和结构中已经起着作用"[17]。

行文至此,我们已经很清楚地看到,宣称客观中立的科学技术实际上并非那么纯洁,在它的内部隐藏着一种统治的欲望,即技术的统治是为了政治的统治,马尔库塞在书中的不同场合都指出了技术统治和政治统治的一致性。这一点用他在 20 世纪 70 年代初所写的《反革命与造反》一书中的一个公式,能得到更简明扼要的理解:"技术进步＝社会财富的增长(社会生产总值的增长)＝奴役的加强。"[18]由此,科学技术的意识形态本性昭然若揭。

至于这种意识形态的内涵,将在下一节中详细叙述,这里暂且搁

法兰克福学派的意识形态批判及其存在论视域

下，我们接下来看看法兰克福学派另一位著名代表哈贝马斯对科学技术的论述。

（三）哈贝马斯对科学技术的论述

哈贝马斯对科学技术的基本态度，反映在他 1968 年的那篇著名论文《作为"意识形态"的技术与科学》一文中。这篇论文既是为了纪念马尔库塞诞辰 70 周年，也是为了通过与马尔库塞的对话进一步阐明自己的观点。因此，这篇论文既延续了马尔库塞对科学技术的基本态度，又增加了哈贝马斯自己的新东西。

首先，哈贝马斯对科学与技术关系的阐明与马尔库塞如出一辙，他说："同那些陈旧的哲学科学不同的是，现代经验科学自从伽利略（Galilei）以来是在一种方法论的坐标系中发展的，这种坐标系反映了可能用技术支配的先验观点。因此，现代科学产生的知识，按其形式（不是按照主观意图）是技术上可能使用的知识，尽管使用这种知识的可能性一般说来是后来才出现的。"[19] 这里，哈贝马斯同样指出了技术支配的先验观点对现代经验科学在本质上的支配作用。

马尔库塞已经指明了科学技术作为一种生产力在发达工业社会的重要作用，哈贝马斯进一步强化了这一点，并且提出了科学技术是"第一位的生产力"的著名论断。哈贝马斯认为："自十九世纪末叶以来，标志着晚期资本主义特点的另一种发展趋势，即技术的科学化（die Verwissenschaftlichung der Technik）趋势日益明显。在资本主义社会中，始终存在着通过采用新技术来提高劳动生产率的制度上的压力。……随着大规模的工业研究，科学、技术及其运用结成了一个体系。在这个过程中，工业研究是同国家委托的研究任务联系在一起的，而国家委托的任务首先是促进了军事领域的科技的进步。科学情报资料从军事领域流回到民用商品部门。于是，技术和科学便成了第一位的生产力。"[20]在上述引文中,哈贝马斯阐明了科学技术成为第一位的生产力的时代背景,那就是资本主义从自由资本主义阶段发展到晚期资本主义阶段以后,由于更加严峻地面临着提高劳动生产率的压力,因而促使了科学研究与技术之间的紧密结合。由这种结合所产生的新技术直接被运用于生产,从而极大地提高了劳动生产率,加速了社会财富的增长。这样,科学技术实际上决定了生产的发展和经济的增长。由此,哈贝马斯顺理成章地提出了科学技术是第一位的生产力的论断,这种新提法尽管与他的前辈霍克海默和马尔库塞在本质上没什么不同,但却比他们更明确地突出了科学技术对晚期资本主义社会的巨大影响力,正因为这种巨大的影响力,科学技术就有可能成为晚期资本主义社会的普照之光,不仅经济发展有赖于科学技术的进步,甚至社会制度的制定也得依赖于科学技术的进步,这就为科学技术成为一种意识形态奠定了基础。

哈贝马斯对科学技术是一种意识形态的论证,基本上还是遵循马尔库塞的路子,所以他会说"马尔库塞的基本论点——技术和科学今天也具有统治的合法性功能——为分析改变了的格局提供了钥匙"[21]。当然,在总体路向一致的情况下,哈贝马斯还是对马尔库塞的观点有所修正。在马尔库塞那里,只是一般地提出了科学技术具有的意识形态性质,同时也探索了这种意识形态的产生原因,但对于这种意识形态与传统意识形态的区别,也就是说,对科学技术这种意识形态的特征却很少加以讨论,而这一点,在哈贝马斯那里却有相当明晰的叙述。

我们可以引用几段话先简单地说明技术统治的意识形态与传统意识形态的异同。它们之间不同的地方在于:"一方面,技术统治的意识同以往的一切意识形态相比较,'意识形态性较少',因为它没有那种看不见的迷惑人的力量,而那种迷惑人的力量使人得到的利益只能是假的。另一方面,当今的那种占主导地位的,并把科学变成偶像,因而变得更加脆弱的隐形意识形态,比之旧式的意识形态更加难以抗拒,范围更为广泛,因为它在掩盖实践问题的同时,不仅为既定阶级的局部统治利益做辩解,并且站在另一个阶级一边,压制局部的解放的需求,而且损害人类要求解放的利益本身。"[22]也就是说,由于技术是直接服务于现代生产,因而与现代生产在本质上同构,这就使得技术统治的意识形态与传统的意识形态相比更具有隐蔽性和无孔不入性,从而使人很难识别并由此更能遮蔽人的解放意志和需求。而它们之间相同的地方在于:"无论是新的意识形态,还是旧的意识形态,都是阻挠人们议论社会基本问题的。"[23]也就是说,它们都分享意识形态阻止人们认识真相的欺骗特性。

综上所述,法兰克福学派对科学技术的判断基本上是两个方面:在承认科学技术是一种生产力的同时,指出了科学技术是一种意识形态。这一判断从其创始人霍克海默开始,经过马尔库塞和哈贝马斯,一步步地清晰起来,直至哈贝马斯公开提出"作为'意识形态'的技术与科学",这个过程不仅是法兰克福学派自身思想的逻辑发展,也是科学技术逐步成为现时代的普照之光在思想上的反映。下面就要对科学技术的意识形态本性进行一番具体的分析。

二、科学技术意识形态本性的分析

(一)技术合理性

在第一节中我们已经指出,早在 20 世纪 30 年代,霍克海默就已经有"科学是一种意识形态"的想法,这一想法在 20 世纪 40 年代的《启蒙辩证法》中具体落实为对启蒙精神、工具理性和文化工业的批判。尽管在这些批判中没有提到过"意识形态"的字眼,但我们在上一章对启蒙精神的批判中,已经预示了这一章的科学技术批判是对启蒙精神所蕴涵的工具理性批判的进一步深入。下面,将通过对马尔库塞和哈贝马斯相关思想的论述来阐明法兰克福学派在对科学技术批判问题上的一贯立场,及其对科学技术的意识形态本性分析的逐步深入。

马尔库塞对科学技术意识形态本性的揭示主要是通过对"技术合理性"这个概念的阐释来达到的。马尔库塞首先从哲学史的角度对技术合理性的产生进行了分析。他认为:"极权主义的技术合理性领域是理性观念演变的最新成果。"[24]也就是说,对技术合理性概念的理解要回溯到理性思想起源之处。由此,马尔库塞展开了对古希腊柏拉图的辩证逻辑和亚里士多德的形式逻辑的比较和考察。

马尔库塞首先提出了一个公式:"理性＝真理＝现实",他认为,西方思想最初的宗旨及其逻辑的起源就蕴涵在这个公式中,"这种思想方式适合于把现实的理解为合理的"[25]。在古希腊,柏拉图的辩证法及其随后亚里士多德的形式逻辑都体现了这种思想方式。但是辩证法和形式逻辑又是非常不同的,在辩证法中的现实不是已确立的、偶然的事物的显相,而是完善的、独立的事物的本相,这一本相才是真理的领域,也是理性所能认可的东西。这样一种思想方式根源于一种对抗性的现实存在,这种对抗性的现实存在使得有些人和物是"独立地"、"本质地"存在的,而有些人和物却是以扭曲的、否定的方式存在,辩证法就是与这样一种对抗性的现实相对应的,它要制约和担保人类的存在,就必须把了解事物的本相看作是真理的要求。但是由于现实的对抗性是"一种不可更改的本体论状况",辩证法的这种要求只能导致思想的单方面的发展,也就是说,真理只能是一种潜在的可能性,一种遥远的乌托邦,不可能在现实生活中实现,而只能在理念世界中存在。但即便如此,由于"辩证思想和既定现实之间是矛盾的而不是一致的;真正的判断不是从现实自己的角度,而是从展望现实覆灭的角度来判断这种现实的。在这种覆灭中现实达到其自身的真理",因而,"辩证命题阐明经验实在

法兰克福学派的意识形态批判及其存在论视域

的否定特性"。[26]也就是说,柏拉图的辩证法具有一种否定性和颠覆性,因而是一种革命的思想。马尔库塞在此基础上,提出了历史辩证法,所谓历史辩证法,就是把柏拉图辩证法中的抽象性祛除掉,而"把作为批判性、否定性思维的双向度哲学思想保存了下来"[27]。换句话说,就是使历史的内容进入辩证法,这样既改变了柏拉图辩证法的逻辑特性,又保留了其否定特性。

由于辩证法的真理只是一种潜在的可能性,一种遥远的乌托邦,这种哲学会认为思想与现实的存在秩序是有鸿沟的,又由于辩证法把真理放在思想这一边,认为思想所面对的纯粹理念才是真理,因此就会拿思想来责成现实的存在秩序,当这种责成对现实世界毫无作用时,它就在理念的王国中独立存在,并因此与现实不再相互妨碍,由此,"它们的具体的辩证关系变成了一种抽象的认识论或本体论关系"[28]。从柏拉图的辩证法到亚里士多德的形式逻辑就反映了这种变化。作为一种抽象的认识论,形式逻辑不关心对象独特而丰富的本质,而只关心如何把这些具有独特而丰富本质的对象抽象成普遍规则的附属物,这个普遍规则就是量的同一性。因此,在亚里士多德的形式逻辑中,现实就是经过量的同一性过滤以后的中立的物质内容,真理就是对这种物质内容的把握,理性也就是对这种物质内容的认可。形式逻辑通过量的同一性这样的普遍规则,达到了对所有对象的普遍的控制和统治。由此,马尔库塞指出:"形式逻辑因而是通往科学思维的漫长道路上的第一阶段——也仅仅是第一阶段,因为更高程度的抽象和数学化还需要按照技术合理化来调整思维方式。"[29]

马尔库塞把传统的理性称为"前技术的合理性",这种"前技术的合理性"的代表就是亚里士多德的形式逻辑。通过上面的分析,可以很清楚地看到"前技术的合理性"中已经包含了"技术合理性"中的因素,"亚里士多德逻辑中的一般形式的思想方式……其意图曾经是符合科学的有效性和精确性的,而其余的成分也并不妨碍对新经验和新事实在概念上作出详尽的说明"[30]。当然,更重要的相似点在于前技术的合理性和技术合理性都包含着人对人的统治,"在社会现实中,不管发生什么变化,人对人的统治都是联结前技术理性和技术理性的历史连续性"[31]。只不过,前技术理性对人的统治是通过奴隶对主人、农奴对庄园主或贵族对领地分封者的有形的人身依附关系而实现,而技术理性对人的统治则是通过对诸如经济规律、市场等这些无形的所谓"事物客观秩序"的依赖而实现。

通过上面对哲学史的回顾,对于技术合理性是由前技术合理性演变而来这一点已经是毋庸置疑了。但是,技术合理性的真正形成,还需经过近代自然科学方法的运用。这一方法具有工具主义的特征,"现代科学原则是以下述方式先验地建构的,即它们可以充当自我推进、有效控制的领域的概念工具;于是理论上的操作主义与实践上的操作主义渐趋一致。由此导致对自然进行愈加有效统治的科学方法,通过对自然的统治而逐步为愈加有效的人对人的统治提供纯概念和工具"[32]。而"对待工具的'正确'态度是技术态度,正确的逻各斯是技术学(technology),它是对技术现实的谋划和反应"。[33]上述就是"新型的科学技术合理性在方法论上的起源"[34]。发端于前技术的合理性,通过与具有工具主义特性的科学方法的结合,形成了现代社会中所向披靡的技术合理性,它实施着对自然的控制和对人的控制,变成这个社会的意识形态帷幕。

这一技术合理性的特征是"不合理中的合理性",说它"合理",是因为技术理性的目标是通过科学技术的运用,提高劳动生产率,增加物质财富,使人从生存斗争的必然王国中摆脱出来而进入自由王国;说它"不合理",是因为通过科技的运用所达到的物质财富的增加,人们"闲暇时间"的增多,并没有导致解放的大变动,相反地,技术变成了集权统

法兰克福学派的意识形态批判及其存在论视域

治,变成了奴役的新形式,变成了发达工业社会单向度的根源,一句话,变成了一种意识形态。所以,马尔库塞说:"发达的单向度社会改变着合理性与不合理性之间的关系。与这一社会合理性奇异而又疯狂的面貌相对照,不合理的领域成为真正合理性的归宿。"[35]

马尔库塞把上述的技术理性的"不合理中的合理性"称之为"技术的异化",其本质是一种统治,因此,技术合理性说到底是一种政治合理性。"作为一个技术世界,发达工业社会是一个政治的世界,是实现一项特殊历史谋划的最后阶段,即在这一阶段上,对自然的试验、改造和组织都仅仅作为统治的材料。随着这项'谋划'的展现,它就形成为话语和行为、精神文化和物质文化的整个范围。在技术的媒介作用中,文化、政治和经济都并入了一种无所不在的制度,这一制度吞没或拒斥所有历史替代性选择。这一制度的生产效率和增长潜力稳定了社会,并把技术进步包容在统治的框架内。技术合理性已经变成政治合理性","技术合理性进程就是政治的进程"。[36]换言之,通过技术的中介作用,整个社会都被吸纳到统治体系中,技术合理性用合理的表面掩盖统治的本质,其意识形态本性可见一斑。

我们知道,传统社会的意识形态是一种政治意识形态,统治阶级借助于法律、政治、宗教、艺术或哲学等诸种意识形态执行意识形态功能,达到控制社会和统治人民的目的。马尔库塞通过论证"技术合理性已经变成政治合理性",指明了不仅存在着一种通过恐怖的政治协作而形成的法西斯主义的极权主义,而且出现了一种新型的通过技术合理性作用而形成的新型的极权主义。由此推论出"科学技术是一种意识形态"的结论,并指明了这种意识形态的内核是"技术合理性"。马尔库塞说:"技术理性这个概念本身可能是意识形态的。不仅是技术理性的应用,而且技术本身,就是(对自然和人的)统治——有计划的、科学的、可靠的、慎重的控制。统治的特殊目的和利益并不是'随后'或外在地强加于技术的;它们进入了技术机构的建构本身。技术总是一种历史—社会的工程:一个社会和它的统治利益打算对人和物所做的事情都在它里面设计着。这样一个统治'目的'是'实质的',并且在这个范围内它属于技术理性的形式。"[37]马尔库塞在这里指出了技术合理性作为一种意识形态是内在于技术本身之中的,而不是外在附加上去的,这种意识形态的实质就是为占统治地位的阶级服务,对自然和人实行统治。

上述马尔库塞从思想史和方法论两个方面对技术合理性的形成过程进行了详细阐述,也对技术合理性给发达工业社会的经济、政治、文化等诸领域所造成的单向度的后果进行了猛烈抨击,从而提出了技术合理性是一种技术统治论,科学技术是一种意识形态。但是马尔库塞对于技术合理性如何变成一种技术统治论,却只是泛泛而谈,并没有展开充分的论述,这一个工作将由哈贝马斯来完成。

(二)技术统治论

哈贝马斯首先援引了韦伯的"合理化"理论。这一理论是韦伯在其后期提出的关于统治类型的思想。韦伯区分了历史上三种统治类型:传统型(依据惯例统治);信仰、激情型(克里斯玛型);合理合法型。他认为,在资本主义的现代化过程中,主要的统治方式是合理合法型,在合理合法型中又包括目的合理性(工具合理性)和价值合理性。哈贝马斯据此提出了劳动和相互作用的区别,"借助于这些区别,我们就能重新阐述韦伯的'合理化'概念"[38]。

哈贝马斯认为,劳动是一种工具的活动,一种目的理性的活动,"我把'劳动'或曰目的理性的活动理解为工具的活动,或者合理的选择,或者两者的结合。工具活动按照技术规则来进行,而技术规则又以经验知识为基础;技术规则在任何情况下都包含着对可以观察到的事件(无论是自然界的还是社会上的事件)的有条件的预测。这些预测本身可以被证明为有根据的或者是不真实的。合理选择的行为是按照战略进行的,而战略又以分析的知识为基础。分析的知识包括优先选择的规则(价值系统)和普遍准则的推论。这些推论或是正确的,或是错误的。目的理性的活动可以是明确的目标在既定的条件下得到实现"[39]。可见,劳动这种目的理性的活动,是一种以结果来设计目的和手段的活动,而且这种设计按照技术规则来进行的,技术规则作为一种预测手段,包含了对自然界和社会的控制和支配,其中就蕴涵着一种意识形态本性。

相互作用也可以理解为交往活动,"我把以符号为媒介的相互作用理解为交往活动。相互作用是按照必须遵守的规范进行的,而必须遵守的规范规定着相互的行为期待(die Verhaltenserwartung),并且必须得到至少两个行动的主体[人]的理解和承认"[40]。这种交往活动以价值理性为导向,它试图通过不同主体间的对话,以期达到主体间的相互理解,并由此确保社会的和谐发展。

可以说,在人类社会的发展中,劳动和交往活动都是必须的。但是,在哈贝马斯看来,如果从人类发展的长远目标来看,交往活动比劳动更重要。这当中包含了两方面的原因,其一,就劳动的价值取向而言,劳动作为一种改造自然以获取人类生存资源的活动,它是以提高劳动生产率、增加社会物质财富为目标的,这种目标不会考虑人类社会整体的和谐发展,所以,如果任其单方面地膨胀发展,就有可能使人类社会进入混乱、无序的盲目发展道路;其二,就交往活动的价值取向而言,它是以主体间的相互理解和认同、人类社会的解放为目标的,这种目标如果能给劳动的目标以指导,就能使劳动发展的生产力和创造的物质财富为人类发展的总体目标服务,从而使得人类社会朝着进步的方向发展。基于以上两方面的原因,哈贝马斯认为交往活动比劳动更重要。

哈贝马斯之所以提出交往活动的重要性,是因为他已经看到了,在晚期资本主义社会,随着科学技术在劳动领域的不断运用,劳动这一目的理性活动已经得到了飞速的发展,进而侵占了社会生活的各个领域。哈贝马斯从这一角度入手,展开了对"技术统治论"的原因的分析。

哈贝马斯认为:"自十九世纪的后二十五年以来,在先进的资本主义国家中出现了两种引人注目的发展趋势:第一,国家干预活动增加了;国家的这种干预活动必须保障资本主义制度的稳定性;第二,科学研究和技术之间的相互依赖关系日益密切;这种相互依赖关系使得科学成了第一位的生产力。这两种趋势破坏了制度框架和目的理性活动的子系统的原有格局;而自由发展的资本主义曾经以这种格局显示过自身的优点。"[41]这里所说的"制度框架"就是指交往活动的相互作用所形成的,而"目的理性活动"则是指劳动,在自由资本主义阶段,这两者的发展是平衡的,所以自由资本主义时代是一个充满了生机和活力的时代。但是,到了晚期资本主义时代,由于科学技术在劳动领域的大量运用,使得劳动生产力得到了空前的发展。科学技术在生产力结构体系中起到了决定性的作用,哈贝马斯甚至据此修正马克思的剩余价值理论,认为科技进步是剩余价值的独立来源;科学技术的发展也成了衡量一个国家实力的标志,使得国家也参与到对科学技术发展的宏观控制甚至直接管理中来。这种情况,哈贝马斯称之为"生活世界的殖民化",即劳动这一目的理性活动对生活世界和个人生活空间的侵占,成了生活世界中的绝对命令。

总之,到了晚期资本主义,"科学和技术的准独立的进步(quasi-autonomer Fortschritt),表现为独立的变数;而最重要的各个系统的变数,例如经济的增长,实际上取决于科学和技术的这种准独立的进步。于是就产生了这样一种看法:社会系统的发展似乎由科技进步的逻辑来决定。科技进步的内在规律性,似乎产生了事物发展的必然规律性(die Sachzwaenge),而服从于功能性需要的政治,则必须遵循事物发展

法兰克福学派的意识形态批判及其存在论视域

的必然规律性"[42]。也就是说,在晚期资本主义社会,科学技术作为第一位的生产力,不仅决定着经济的增长、社会系统的发展,而且还由此获得了独立性的外观,这就产生了技术统治论的假象,技术统治论就成为晚期资本主义的意识形态。

哈贝马斯称这种技术统治论的意识形态为"隐形意识形态",因为技术作为这个时代的普照之光,照耀到了地球上的角角落落,无人能够幸免,它"甚至可以渗透到非政治化的广大居民的意识中,并且可以使合法性的力量得到发展"[43]。而且,由于技术向来被看成是中立的,甚至被看成是先进的标志,人们以拥有技术为荣,所以与传统的政治意识形态相比,它是"隐形的",人们不仅感觉不到技术的统治,甚至还乐意技术的统治,这种意识形态功能是传统的政治意识形态所无法比拟的。

但是,尽管由于劳动这一目的理性活动的片面发展导致了技术统治论,哈贝马斯认为扬弃技术统治论还是有希望的。在这一点上,体现了哈贝马斯与马尔库塞的不同,这个不同,哈贝马斯在《作为"意识形态"的技术与科学》一书的前言中已经点出来了,"作为意识形态的技术与科学这篇文章的内容,包括同赫尔伯特·马尔库塞(Herbert Marcuse)提出的下述论点的辩论:'技术的解放力量——物的工具化——转而成了解放的桎梏,成了人的工具化'"[44]。换句话说,哈贝马斯不同意马尔库塞关于"技术的解放力量转而成为解放的桎梏"这一观点,而认为技术统治论是可以扬弃的。确实,马尔库塞在《单向度的人》一书中,通过对"技术合理性"之"不合理中的合理性"的分析,认为技术作为解放的力量而出现,结果却堵塞了任何替代性选择的机会,成了解放的桎梏。显然,马尔库塞对技术的这种态度,哈贝马斯是不认同的,而他提出的观点就是用交往合理化来扬弃技术统治论。在他看来,技术统治论的产生是由于劳动这一目的合理性活动过分合理化所致,因此,通过建立合理的交往行为模式,从而实现从劳动合理化向交往合理化的转变，以期达到扬弃技术统治论的目标。下面的这段引文很好地阐明了这一过程："在目的理性活动的子系统的层面上，科技进步已经迫使社会的机构和部分领域重新组建，并且在更大的程度上成了必须做的事情。但是，生产力发展的进程，只有当它不能取代另一个层面上的合理化时，才能成为解放的潜力。制度框架层面上的合理化，只有在以语言为中介的相互作用的媒介中，即只有通过消除对交往的限制（durch eien Entschraenkung der Kommunikation）才能实现。在认识到了目的理性活动的进步的子系统在社会文化方面所起的反作用的情况下，关于适合人们愿望的、指明行为导向的原则和规范的公开的、不受限制的和摆脱了统治的讨论，才是'合理化'赖以实现的唯一手段。一句话，在政治的和重新从政治上建立的意志形成过程的一切层面上的交往，才是'合理化'赖以实现的唯一手段。"[45] 这意味着，在哈贝马斯看来，唯有通过交往行为重建交往合理性，才能克服目的理性活动霸占生活世界的局面，建立起一个公正、和谐的世界。这当然是一种非常美好的设想，但是这种设想能否真正克服技术统治论却是值得商榷的，关于这一点，我们将在本书的最后一部分论述，这里暂不展开。

综上所述，法兰克福学派的理论家通过研究启蒙以来科学技术对人类生活的影响，在公正客观地指出了科学技术作为生产力的同时，更是揭示了科学技术所蕴涵的意识形态本性。在他们看来，这种意识形态本性不是外在的，而是内在的，也就是说，科学技术的意识形态本性并不是由于科学技术的运用所致，比如说它被应用于资本主义社会，就分有了资本主义意识形态的特性，而运用到社会主义社会就变成一种积极的东西，而是说科学技术本身就具有意识形态本性，它本身并不是客观中立的东西，这一本性体现在它通过技术合理性所实现的技术统治论，从而导致人的异化的进一步加深。我们不得不说，法兰克福学派的这一思想是相当有震撼力的，在提倡科学昌明、技术发展的今天，这无疑是一剂把人从意识形态的迷梦中惊醒的猛药。

事实上,马克思早在《1844年经济学哲学手稿》中就已经指出过科学技术中立性观点的虚假性,他说:"说生活还有别的什么基础,科学还有别的什么基础——这根本就是谎言。"[46]这就批驳了那种认为科学的基础是犹如水晶宫般纯洁,因而科学是客观中立的意识形态假象,指明了科学的基础在于生活。马克思在另一处的话具体化了这一观点,马克思说:"如果没有工业和商业,哪里会有自然科学呢?甚至这个'纯粹的'自然科学也只是由于商业和工业,由于人们的感性活动才达到自己的目的和获得自己的材料的。"[47]也就是说,科学的基础在于生活,这一生活就是商业和工业,即资本运动,因此,对科学的批判,揭示科学的意识形态本质,其实质就是对资本主义的批判,对资本主义造成的人的异化的批判,按照马克思的逻辑,这一点是很好理解的,只不过在马克思那个年代,马克思主要是强调了科学文明作用的一面,即科学打开了人的社会性的空间,从而为人的解放作准备,但是,马克思在阐明这一点的同时也指明了这一作用是与人的异化相伴随的,自然科学"通过工业日益在实践上进入人的生活,改造人的生活,并为人的解放作准备,尽管它不得不直接地使非人化充分发展"[48]。而到了法兰克福学派所处的年代,科学技术在生活中发挥的作用越来越大,甚至侵占了生活世界的基础本身,在这种情况下,法兰克福学派的理论家在指出科学技术是生产力的同时,把更多的精力投入到了科学技术使人异化,即科学技术的意识形态本性的批判上,通过对科学技术意识形态本性的揭露,使得被科学技术所遮蔽的生活世界本身显露出来,使得被技术合理性所统治的人们清醒过来,从而为人的解放作准备。从这个意义上说,法兰克福学派对科学技术之意识形态本性的批判,是在领会马克思基本思想的基础上对马克思思想在当代的进一步发展。

实证主义、启蒙精神、科学技术之所以成为发达工业社会或者说晚期资本主义社会的主流意识形态,除了其本身的意识形态本性之外,还有赖于大众文化的传播和推广,大众文化既是启蒙精神所蕴涵的工具理性在文化领域的产物,但它一旦产生,本身又成了一种意识形态,而且由于它所面对的是广大民众,因而影响尤其广泛。鉴于此,对大众文化这种意识形态的批判也成了法兰克福学派的一大目标。下面一章就讲讲法兰克福学派对大众文化意识形态的批判。

注 释

[1]霍克海默:《批判理论》,重庆出版社 1989 年版,导论第 4—5 页。

[2]《霍克海默集》,上海远东出版社 2004 年版,第 160 页。

[3]同上书,第 161 页。

[4]同上书,第 161—162 页。

[5]同上书,第 163 页。

[6]哈贝马斯:《对 H. 马尔库塞的答复》,转引自《法兰克福学派研究》,重庆出版社 1990 年版,第 268 页。

[7][8][9]马尔库塞:《单向度的人》,上海译文出版社 1989 年版,第 9 页。

[10]同上书,第 137 页。

[11]《海德格尔选集》(下卷),上海三联书店 1996 年版,第 940 页。

[12]《海德格尔选集》(下卷),第 932—933 页;载于《哲学译丛》,2001 年第 3 期,第 57 页。

[13]马尔库塞:《单向度的人》,第 141—142、197 页。

[14]《海德格尔选集》(下卷),第 925 页。

[15]马尔库塞:《单向度的人》,第 141 页。

[16]同上书,第 72—73 页。

[17]同上书,第 7 页。

[18]《法兰克福学派论著选辑》(上卷),商务印书馆 1998 年版,第 604 页。

[19]哈贝马斯:《作为"意识形态"的技术与科学》,学林出版社 1999 年版,第 56—57 页。

[20]同上书,第 62 页。

[21]同上书,第 58 页。

［22］同上书,第 69 页。

［23］同上书,第 69—70 页。

［24］马尔库塞:《单向度的人》,第 111 页。

［25］同上书,第 111 页。

［26］同上书,第 118—119 页。

［27］同上书,第 127 页。

［28］同上书,第 122 页。

［29］同上书,第 123—124 页。

［30］同上书,第 125 页。

［31］同上书,第 129 页。

［32］同上书,第 142 页。

［33］同上书,第 140 页。

［34］同上书,第 131 页。

［35］同上书,第 222 页。

［36］同上书,第 7—8、151 页。

［37］《现代文明与人的困境——马尔库塞文集》,上海三联书店 1989 年版,第 106 页。

［38］哈贝马斯:《作为"意识形态"的技术与科学》,第 50 页。

［39］同上书,第 49 页。

［40］同上书,第 49 页。

［41］同上书,第 58 页。

［42］同上书,第 63 页。

［43］同上书,第 63 页。

［44］同上书,第 1 页。

［45］同上书,第 76 页。

［46］《马克思恩格斯全集》第 3 卷,人民出版社 2002 年版,第 307 页。老版本翻译成:"说生活有它的一种基础,科学有它的另一种基础——这根本就是谎言。"意思比新版本更明确。

［47］《马克思恩格斯选集》第 1 卷,人民出版社 1995 年版,第 77 页。

［48］《马克思恩格斯全集》第 3 卷,第 307 页。

第六章
大众文化意识形态之批判

　　对大众文化的论述,在法兰克福学派中有两种不同的态度,一种是以本雅明和洛文塔尔为代表的,本雅明可以说是法兰克福学派成员中最先关注大众文化问题之人,而"在研究所成员中,对大众文化分析最广的是洛文塔尔"[1],他们两人对大众文化采取肯定或中立的态度,在本雅明那里,主要体现在他对"机械复制时代的技术复制文化"的赞同,他认为"技术复制文化"是一种新的解放力量,因为"机械复制在世界上开天辟地地第一次把艺术作品从它对仪式的寄生性的依附中解放出来了"[2]。而洛文塔尔作为一个文学历史学家,其对大众文化的研究侧重于从历史角度出发研究大众文化的发生史,因而对大众文化的态度相对中立或者说不像霍克海默和阿多诺那样对大众文化持极端否定态度。由此,引出法兰克福学派对大众文化的第二种态度,那就是以霍克海默、阿多诺和马尔库塞为代表的,他们对待大众文化的基本态度是把大众文化作为一种主流意识形态加以批判。

　　可以说,作为法兰克福学派完整的大众文化理论是应该包括上述两种态度的全部内容的,尤其是本雅明,他对大众文化的论述有开风气之用,对法兰克福学派的其他成员,尤其是阿多诺产生了重要的影响,他对大众文化的肯定态度使得阿多诺与其展开了三次著名的学术争论,在争论过程中强化了阿多诺对大众文化的批判态度,而阿多诺对大众文化的这一态度又影响了法兰克福学派对大众文化的基本态度,所以,本雅明关于大众文化的相关思想肯定是不能忽视的。从另一方面说,无论对大众文化采取肯定态度还是批判态度,在法兰克福学派内部,有关大众文化的思想都是着眼于对资本主义的批判和对人的解放的期待,只不过前者的逻辑起点是大众,即使大众文化成为被统治者颠覆统治的武器,而后者的逻辑起点是意识形态与资本主义社会,即把大众文化作为一种意识形态加以批判,一句话,逻辑起点不同,目标相同,都是在"批判理论"的旗帜下展开对大众文化的论述。从上述两方面而言,对法兰克福学派的大众文化理论的研究无疑是必须包括本雅明和洛文塔尔的相关思想的,但是,鉴于本章的主题,即对大众文化意识形态的批判,所以,在下面的论述中,我们所涉及的主要是法兰克福学派中把大众文化当作意识形态加以批判的相关思想。

一、法兰克福学派对大众文化的基本定位

(一)肯定的文化

把大众文化界定为"肯定的文化",最早是由霍克海默在 1936 年写的论文《利己主义与自由运动》中提出来的,但对"肯定的文化"具体论述的则是马尔库塞的工作。马尔库塞在其 1937 年的论文《文化的肯定性质》中,对"肯定的文化"进行了专门的阐述。

马尔库塞认为:"所谓肯定的文化,是指资产阶级时代按其本身的历程发展到一定阶段所产生的文化。在这个阶段,把作为独立价值王国的心理和精神世界这个优于文明的东西,与文明分隔开来。这种文化的根本特性就是认可普遍性的义务,认可必须无条件肯定的永恒美

好和更有价值的世界。这个世界在根本上不同于日常为生存而斗争的实然世界,然而又可以在不改变任何实际情形的条件下,通过每个个体的'内心'而得以实现。"[3]也就是说,"肯定的文化"是资产阶级时代特有的文化,这种文化的基本特征是其唯心主义性质,它随着资产阶级的产生而产生,并在产生之初发挥着积极的作用,肯定的文化"在新社会蓬勃兴起的时代,由于这些观念指示出超越生存既存的组织的方向,它们是革命的;但它们在资产阶级统治开始稳固后,就愈发效力于压抑不满之大众,愈发效力于纯为自我安慰式的满足。它们隐藏着对个体身心残害"[4]。换言之,当资本主义发展到成熟阶段,肯定的文化就逐渐转变为一种为统治服务的意识形态。这就如马克思和恩格斯在《德意志意识形态》中所说的,"每一个企图取代旧统治阶级的新阶级,为了达到自己的目的不得不把自己的利益说成是社会全体成员的共同利益,就是说,这在观念上的表达就是:赋予自己的思想以普遍性的形式,把它们描绘成唯一合乎理性的、有普遍意义的思想。……它之所以能这样做,是因为它的利益在开始时的确同一切非统治阶级的共同利益还有更多的联系"[5]。确实,肯定的文化在它产生之初,是反映"普遍的人性"、"灵魂的美"、"内在的自由"和"美德王国的义务"的,这也是资产阶级能推翻封建社会所运用的思想武器,但一旦资产阶级的统治稳固以后,"肯定的文化"就不再具有革命性,而演变成一种意识形态,也就是说,它"不再是进步和批判的特性,而是倒退和辩护的特性"[6]。

那么,"肯定的文化"是如何演变成一种具有倒退和辩护特性的意识形态的呢?马尔库塞认为,"肯定的文化"一开始就是理想主义的,但是资本主义的现实却处处与这一理想主义不相符合,"肯定文化是一种社会秩序的反映,在这种秩序中,物质生活的再生产使得人们没有空间和时间去发展那些古人称为'美'的生存领域"[7]。比如,"肯定的文化"宣扬平等,但这种平等只是人的抽象平等,而且"人的抽象平等,在资本主义生产中是作为具体的不平等而实现的"[8]。处于这种资本主义现实中的人,一方面是处在"肯定的文化"铺天盖地的宣传影响之下,另一方面现实的生活却又是如此地与"肯定的文化"的宣传相矛盾,这就使得他们只有压抑自己的本能,在内心深处追求虚幻的幸福。"若在不幸福中注入文化的幸福进而让感性精神化,就可能把这种生活中的痛苦和厌倦减缓为一种'健康的'工作能力,这正是肯定文化的真正奇迹。"[9]这意味着,"肯定的文化"具有麻痹人的意识形态功能,"在肯定文化中,克制与个人的外在堕落,与他向恶劣现实秩序的屈从相联系"[10]。通过这样的过程,"肯定的文化"变成了一种压抑的文化,一种单向度的文化,也即一种为现实辩护的意识形态。

(二)文化工业

在法兰克福学派对大众文化的批判中,最有名的还是霍克海默和阿多诺提出的对"文化工业"的批判。霍克海默早在其1944年的论文《现代艺术和大众文化》中,就已经提出了"文化工业"的说法,"人们今天所称的流行娱乐实际上是为文化工业所刺激、所操纵、所悄悄腐蚀的要求"[11]。到了1947年《启蒙辩证法》一书中《文化工业:作为大众欺骗的启蒙》一文中,更是对"文化工业"进行了集中的论述。霍克海默和阿多诺还把"文化工业"形象地比喻成"社会水泥",从这一比喻中就可以让人深切地体会到文化工业那种凝固性、僵硬性,对人的思想的压制性。

至于为什么要把大众文化称为"文化工业",阿多诺给予了很明确的回答:"在我们的设计草案里,我们谈到了大众文化。我们用'文化工业'取代这种表述,以便一开始就排除赞同其倡导者的下述解释的可能:这是一个类似一种从大众本身、从流行艺术的当前形式自发产生出来的文化问题。文化工业必须与后者严加区分。选择文化工业这种表述而舍弃大众文化,主要原因在于为了消除一种误会,即防止人们望文生义,认为大众文化的主要特点是从人民大众出发,为人民大众服务。"[12]可见,他们把大众文化称为"文化工业",是为了更鲜明地表现出大众文化的意识形态特性,即所谓的大众文化实际上并非为大众所决定并为大众提供服务,相反却是麻痹大众的工具。关于这一点,霍克海默有明确的说明:"大众性从来不是由大众直接决定的,而往往是由大众在其他社会阶层的代表决定的。……大众性不再与艺术生产的具体内容和真理性有任何联系。在民族国家里,最终的决定不再由受过教育的人负责定夺,而是由娱乐工业负责定夺。大众性由无限的适应性调整组成,把人们调整成娱乐工业本身所喜欢的那类人。"[13]霍克海默的上述论述表明了,文化尽管被冠以"大众"的名义,但由于大众性并不真正代表大众,而只是代表社会统治集团的利益,因此,大众文化并非为大众服务,而是为统治集团的利益服务;另一方面,大众文化利用娱乐工业规范大众,从而使得大众文化尽管表面上人人有份,但却不是大众本身内在需求的体现,而仅仅是一种外在的强制,一种欺骗。鉴于此,霍克海默和阿多诺用"文化工业"的称谓取代"大众文化",以便更好地揭露出大众文化的意识形态本质。

而笔者在这里之所以把法兰克福学派意识形态批判的一个主题称为"大众文化意识形态之批判",除了前面所述的法兰克福学派对"大众文化"有不同的称谓外,最主要的意图还在于以"大众文化"这样一个术语来凸显出这种文化的所向披靡性,亦即它所覆盖的面之广——大众,生活在这个时代中的人无一能够幸免;所渗透的程度之深——文化,每一个人都必须生活在一种文化之中。以此来彰显它的意识形态的本性。

接下来就要来论述一下法兰克福学派对大众文化意识形态本性的揭露。

二、大众文化意识形态本性的揭露

（一）大众文化意识形态的实质

在第一节中,我们已经阐明了,马尔库塞认为,"肯定的文化"是资本主义时代的产物;而阿多诺也曾指出,文化工业"离不开资本之普遍法则的根源"[14]。大众文化是资本主义特有的产物,其根源在于资本的法则,所以大众文化的实质就是一种商品,它是利用商品这一资本主义社会最普遍的事物实施其意识形态的功能。因此,大众文化所要做的最关键的事情是将艺术作品商业化。"在这个世界中,艺术作品,同反艺术一样,将成为交换价值,成为商品。……艺术的商业化并不是什么新东西,甚至可以说不是近来的东西。它同资产者社会一样古老。"[15]也就是说,艺术作品通过商业化的过程变成大众文化这一过程是与资本主义社会的兴起同步的,它如果要在这个资本的世界中取得一席之地,就无一例外地必须使自己成为商品,具有交换价值,从而使得"人们仅从一个角度去看待一切事物:有用的观念可以用来衡量一切,而不管它是不是模糊的。任何客体都不具有内在的价值;它只有通过交换才能获得价值"[16]。因此,艺术作品沦为大众文化的后果是使其成为一种麻痹人的意识形态,它使得它的受众的"一切肉体的和精神的感觉都被这一切感觉的单纯异化即拥有的感觉所代替"[17],从而成为大众文化的牺牲品,并因此使艺术作品自身也失去了其应有的价值。

在法兰克福学派的理论家看来,艺术作品是具有自己的法则的,那就是它作为一种否定的力量,必须与这个现实的世界保持距离,"纯粹的艺术作品必须遵循自己的法则,并彻底否定商品社会"[18]。这就形成了一个悖论,那就是艺术作品只有通过转变成交换价值才能实现自己,却也因此失去了自己真正的价值,阿多诺认为这一悖论最典型地体现在贝多芬身上。贝多芬敏锐地体会到这个以市场为导向的社会所具有的扼杀艺术的力量,也就是说,艺术的商品化与艺术的独立自主性之间所具有的矛盾,作为一个伟大的艺术家,贝多芬是"宁可丢掉几个铜钱,也要在音乐中把自己的愤怒表达出来",他并没有掩盖矛盾,而是把这种矛盾纳入自己的音乐之中。可是,当"整个世界都要通过文化工业的过滤",当"工业社会的力量留在了人类的心灵中"的时候,[19]像贝多芬这样的艺术家就不可能再有了,因为在这个金钱君临一切的社会里,或者你就纳入到这个体系之中,或者就作为一个无能的局外人,被排除在这个体系之外,阿多诺很恰当地总结了这一点:"文化工业引以为自豪的是,它凭借自己的力量,把先前笨拙的艺术转换成为消费领域以内的东西,并使其成为一项原则,文化工业抛弃了艺术原来那种粗鲁而又天真的特征,把艺术提升为一种商品类型。它越变得绝对,就越会无情地把所有不属于上述范围的事物逼入绝境,或者让它入伙,这样,这些事物就会变得越加优雅而高贵,最终将贝多芬和巴黎赌场结合起来。文化工业取得了双重胜利:它从外部祛除了真理,同时又在内部用谎言把真理重建起来。"[20]换言之,大众文化的本质就是通过文化工业使艺术作品纳入消费领域成为一种商品,这一过程不仅祛除了艺术作品自身的价值而使其沦为大众文化,而且使得这一大众文化作为谎言巩固起来,变成统治人民的意识形态,这就是生活在大众文化汪洋大海中的人民大众的命运。

阿多诺指出,文化工业通过生产大量的文化产品,提供出了这样一个原则,"这一原则规定,应该向顾客表明,他的一切需要都能得到满足,而且应该预先说明这些需要,以便让他感到自己是永恒的消费者,即文化工业的对象;不仅要让他相信这样的欺骗是一种满足,而且要进一步表明,不管发生了什么事,他都必须忍受文化工业提供给他的东西"[21]。在这样一个原则的规定下,大众只能是接受文化工业的产品,

"一个人只要有了闲暇时间,就不得不接受文化制造商提供给他的产品"[22]。而且这种接受,从一开始被动地接受,到后来莫名其妙地接受,之间仿佛有一种无形的力量,在你即使看穿了这种文化产品的无聊和虚假之后,还是会去接受它。这就充分体现了大众文化意识形态的力量之强大,生活在这个社会中的人们很难逃脱它的魔掌。

大众文化之所以能够变成一种可以在市场上进行交换的商品,所依赖的是现代科学技术的迅猛发展。阿多诺说:"技术变成了用于各种宣传的工具"[23]。先进的科学技术使得大众传播媒介得到了日新月异的发展,从阿多诺时代的电影、广播、杂志,发展到今天的互联网,大众传播媒介依托技术的进步所产生的越来越有效的宣传手段对所有的人进行着拉网式的"轰炸"——一个都不能落,"传播机器每日通过报纸、电台和电视把民族主义、沙文主义、自由主义、道德论等等按时按量硬塞给每个'公民'"[24]。通过这种无孔不入的宣传,"文化给一切事物都贴上了同样的标签。电影、广播和杂志制造了一个系统。不仅各个部分之间能够取得一致,各个部分在整体上也能够取得一致"[25]。总之,"如果大众传播媒介能把艺术、政治、宗教、哲学同商业和谐地、天衣无缝地混合在一起的话,它们就将使这些文化领域具备一个共同特征——商品形式。发自心灵的音乐可以是充当推销术的音乐。所以,重要的是交换价值,而不是真实的价值。从根源上看,现状的合理性和一切异己的合理性都服从于此"[26]。也就是说,大众传播媒介不仅在使艺术作品变成商品的过程中起了至关重要的作用,而且还通过使传统的意识形态与商业结合的手段进一步发挥其意识形态功能,大众传播媒介作为一种霸权武器,强迫向大众灌输形形色色的莫名其妙的需求,从而麻痹大众的意志,消磨大众的斗志,使大众生活在一种无法逃脱的虚拟环境之中,明明受到大众文化意识形态的遮蔽却不自知,长此以往,人将变成单向度的人,社会也将变成单向度的社会。

而大众传播媒介主要是通过给消费者提供娱乐来对其施加影响的，"文化工业对消费者的影响是通过娱乐确立起来的"[27]。这种娱乐包括观看电影、收听广播、阅读畅销书，总之，是一切表面上让人从机械劳动中解脱出来的消遣手段。之所以说是表面上，有两个方面的原因，其一是："晚期资本主义的娱乐是劳动的延伸。人们追求它是为了从机械劳动中解脱出来，养精蓄锐以便再次投入劳动。"[28]所以，一想到娱乐过后，将又要重新投入到机械劳动中去，娱乐也就不能真正使人快乐了。当然，这还不是最重要的，最重要的是，现在所谓的五花八门的娱乐，在其本质上也不能逃脱"标准化操作的自动化过程"，所以，表面的多样化，并不能掩盖其内容的极端贫乏，久而久之，人们在娱乐中并没有感受到放松，反而是一种厌烦，一种人的真实感情的遮蔽。

在谈到文化工业遮蔽人的真实情感时，阿多诺还提到了广告的作用，使用广告手段是作为商品的大众文化的必然选择。在阿多诺看来，广告在现代社会中扮演着帮助销售商推销商品和帮助顾客选购商品的双重角色。对于销售商而言，通过投入大量的广告成本"去打败不受欢迎的外来竞争者"，而对于顾客而言，通过广告而不是内容去了解一种商品，铺天盖地的广告产生了这样的效果，"广告是一种否定性原则，一种能够起到阻碍作用的机构：一切没有贴上广告标签的东西，都会在经济上受到人们的怀疑"[29]。由此，广告的内容取代了事物的真实内容。将近六十年过去了，阿多诺对广告的这样一种论述，在今天的我们看来仍然是那么正确，可以毫不夸张地说，我们已经生活在一个被广告包围的世界中，打开收音机，听到的是广告；打开电视机，看到的是广告；出门坐公交车，不仅车身上是广告，车上的移动电视还是在循环播出广告；抬头望望车外，建筑物的墙体上，灯箱上，凡是你能看到的地方，都被广告所覆盖……总之，眼睛看不到一片干净的地方，耳朵里也总是充斥着广告的声音，文化工业就这样利用广告制造出了人的很多匪夷所思的需求,而遮蔽掉了人的真实的需求。马克思当时称生产者为"工业的宦官",而如今的广告制造商无疑可以称为"商业的宦官",他"顺从他人的最下流的念头,充当他和他的需要之间的牵线人,激起他的病态的欲望,默默盯着他的每一个弱点,然后要求对这种殷勤服务付酬金",从大众的口袋里"诱取黄金鸟"。[30]

大众文化就是通过制造各种需求和欲望获得自己的权力进而达到统治大众的目的,"文化工业的权力是建立在认同被制造出来的需求的基础上",[31]所以,不管是利用大众传播媒介制造出来的娱乐,还是铺天盖地的广告,其目的都是为了制造出需求来统治大众。但这种制造出来的需求并不是人的"真实需要",而是如马尔库塞所说的,是人的"虚假需要","为了特定的社会利益而从外部强加在个人身上的那些需要,使艰辛、侵略、痛苦和非正义永恒化的需要,是'虚假的'需要。……现行的大多数需要,诸如休息、娱乐、按广告宣传处世和消费、爱和恨别人之所爱和所恨,都属于虚假需要这一范畴之列"[32]。而之所以要批判"虚假的需要",是因为这种需要尽管表面上会让人很高兴,但它却会"妨碍(他自己和旁人)认识整个社会的病态并把握医治弊病的时机",从而变成一种意识形态的遮蔽。

综上所述,大众文化的意识形态实质是把艺术作品变成一种商品,这种商品通过大众传播媒介所制造的娱乐和广告,制造出无数的虚假需要,使这些商品得到最大程度的消费,从而造成了消费者的单向度化,人在这个过程中就变得异化了。为了更全面地体会大众文化的这种意识形态实质,下面就对大众文化意识形态的具体特性及其后果进行论述。

(二)大众文化的意识形态特性及其后果

大众文化的意识形态特性,首先体现在它对个性的夷平。"夷平"

概念首先出现在克尔凯郭尔的思想中,说的是所有的东西都被标准化和齐一化,最后只剩下唯一的一个向度,从而失去了超越的可能性。

艺术作品本该是艺术家独一无二的个性的体现,亦该是艺术欣赏者在其中发现自己个性的地方。但是当它成为一种商品后,不管对于艺术创作者而言还是对于艺术欣赏者而言,艺术作品都不再是他们个性的体现了。艺术创作者只是考虑着如何能使其作品变成一种商品在市场上流通,因此,"文化已经变成了一种很普通的说法,已经被带进了行政领域,具有了图式化、索引和分类的涵义。很明显,这也是一种工业化,结果,依据这种文化观念,文化已经变成了归类活动"[33]。而艺术欣赏者则受媒体和广告的指引来选购艺术品,"在文化工业中,广告已经取得了胜利:即便消费者已经看穿了它们,也不得不去购买和使用它们所推销的产品"[34]。总之,在今天,大众文化产品使一切事物都贴上了同样的标签,使一切人都变成了仅仅是消费者和顾客,整个世界表面上丰富多彩,但内里却是空洞无物,因为一切都不过是商品而已,而且,这种大众文化产品还剥夺了大众独立思考的能力,阿多诺不无悲愤地指出说,"不要指望观众能独立思考:产品规定了每一个反应,这种规定并不是通过自然结构,而是通过符号作出的,因为人们一旦进行了反思,这种结构就会瓦解掉。文化工业真是煞费了苦心,它将所有需要思考的逻辑联系都割断了"[35]。这就是大众文化发挥的意识形态功能。

上述的说法,让我们看到了大众文化符号化、图式化的特征。因此,大众文化尽管制造出了五花八门的商品,但是,由于它"把人的本质力量的实现,仅仅看作自己无度的要求、自己突发的怪想和任意的奇想的实现"[36],因此,它并不是真正丰富人的个性。在大众文化名义下所谓的个性,都是虚假的。"在文化工业中,个性就是一种幻象,这不仅是因为生产方式已经被标准化。个人只有与普遍性完全达成一致,他才能得到容忍,才是没有问题的。虚假的个性就是流行:从即兴演奏的标准爵士乐,到用卷发遮住眼睛,并以此来展现自己原创力的特立独行的电影明星等,皆是如此。个性不过是普遍性的权力为偶然发生的细节印上的标签,只有这样,它才能够接受这种权力。单个人坚韧不拔或花枝招展的外表,都不过是耶鲁锁这样的大众产品,他们之间的差别是以微米计算的。自我的特性,就是由社会支配的垄断商品;它总是虚假地表现成自然的东西。……由于个人已经不再是他们自己了,他们只是普遍化趋势会集的焦点,只有这样,他们才有可能整个或全部转化为普遍性。正是通过这种方式,大众文化揭露了所谓资产阶级'个性'的虚假特征,而且只有在这个时候,那些竭力鼓吹普遍与特殊之间的一致性的人们,才暴露出自己不讲道理的一面。个性原则始终是充满着矛盾的。个性化从来就没有实现过。"[37] 阿多诺的这段论述,鲜明地指出了在大众文化之下是不可能真正实现个性的,所谓的个性仅仅是一些外在的差别、一些流行的时尚而已,而个性之所以不能真正得到实现,则是因为资本主义生产方式只是以交换价值为标准来衡量一切,从而使所有的东西都只剩下商品这一维度。

大众文化除了这种夷平一切的特性,还具有欺骗性。关于这一点,《启蒙辩证法》中的第二篇论文《文化工业:作为大众欺骗的启蒙》的标题就提示了这一点。以电影为例,电影通过向观众不断地提供制造出来的常规观念的世界,逐渐地使观众把真实的世界与电影中的世界混为一谈,电影或者通过向观众传达出一种所谓好的生活方式,从而使观众不再去期待其他更值得过的生活方式;或者通过塑造现实生活中的倒霉蛋不断受到打击,以瓦解所有人的抵抗力;或者通过塑造罪犯如何受到暴力攻击来缓解观众在现实生活中所受到的压抑。总之,由于把真实的世界与电影中的世界等同,观众就再也没有任何想象和思考的空间。"他们所看过的所有影片和娱乐业的产品,教会了他们要期待什么;同时,他们也会自动地作出反应。工业社会的力量留在了人类的心灵中。"[38]这就是大众文化所发挥的作用。

当然,并不仅仅是电影具有这种欺骗性质,整个文化产业都如此,"整个文化产业把人类塑造成能够在每个产品中都可以进行不断再生产的类型"[39]。文化工业通过提供越来越多的五花八门的娱乐来承诺让消费者从机械劳动的疲惫中脱离出来,但是,在阿多诺看来,"文化工业把娱乐变成了一种人人皆知的谎言,变成了宗教畅销书、心理电影以及妇女系列片都可以接受的胡言乱语,变成了得到人们一致赞同的令人尴尬的装饰,这样,现实生活中的真实情感便可以受到更加牢固的控制了"[40]。换句话说,文化工业通过娱乐并不是真正想把人从机械劳动的疲惫中解脱出来,而是通过制造一种谎言来消磨大众的反抗观念,以便更好地控制大众。总之,"文化工业不断在向消费者许诺,又不断在欺骗消费者。它许诺说,要用情节和表演使人们快乐,而这个承诺却从没有兑现;实际上,所有的诺言都不过是一种幻觉:它能够确定的就是,它永远不会达到这一点,食客总归得对菜单感到满意吧。面对所有光彩照人的名字和形象所吊起来的胃口,最终不过是对这个充满压抑的日常世界的赞颂罢了,而它正是人们想要竭力摆脱的世界"[41]。把菜单于食客的作用与文化工业对大众的承诺相比拟,真是绝妙的比喻。从中可以看出,文化工业的承诺就如一张空头支票,它总是给人以希望,让人觉得自己想要的幸福就在眼前,可这个眼前就如海市蜃楼,永远是可望而不可及,在这个过程中,大众的真实情感就逐渐被钝化并最终消失殆尽。

由于大众文化夷平一切的特性和欺骗性,使得整个社会变成了一个"没有反对派的社会",由此大众文化又具有了控制性和操纵性。由于大众文化已经无所不用其极地渗透到了现代生活的方方面面,所以现代人都无一幸免地受到大众文化的控制和操纵。"每个人从一开始就被禁闭在教堂、俱乐部、职业群体以及其他有关的组织系统之中,所有这些系统,构成了最敏感的社会控制工具。"[42]换言之,大众文化通过把人归入到某一个组织系统中而实现对人的控制,任何一个人总得归入某一个组织系统,否则你就是个局外人,一个人只要成为了局外人,就会被看成仿佛是星外来客而遭受恶毒攻击和嘲讽。很少有人会主动希望自己遭遇这样的命运,因此,他就会千方百计地使自己归入某个组织系统,使自己紧紧跟上时代的潮流,以逃脱成为局外人的命运。因此,每个人都"试图让自己变成一个灵敏的仪器,甚至从情感上说,也要接近于文化工业确立起来的模型。人类之间最亲密的反应都已经被彻底物化了,对他们自身来说,任何特殊的观念,现在都不过是一种抽象的概念:人格所能表示的,不过是龇龇牙、放放屁和煞煞气的自由"[43]。殊不知,人们在这样做的时候,却是陷入了大众文化的阴谋,因为所谓的组织系统、所谓的流行潮流,都是大众文化为了控制和操纵大众而制造出来的。

文化工业不仅操纵和控制大众的生活,更恐怖的是操纵和控制了人的心灵。如果说大众仅仅是为了逃脱作为局外人而被人打击和嘲讽的命运,那么在他心灵深处或许还是有一个判断的标准,当出现某种契机时,这个判断标准有可能就会转变为现行制度的攻击力量。但是,如果大众文化连人的心灵也不放过,那么,任何一丝超越现行制度的可能性也就消失殆尽了。根据阿多诺的判断,他认为,"资本已经变成了绝对的主人,被深深地印在了生产线上劳作的被剥夺者的心灵之中"[44]。事实上,这不是阿多诺一个人的看法,卢卡奇在《历史与阶级意识》谈到的物化意识,所要表达的也是这个意思,或许这种判断过于极端,但这种趋势却是不容人怀疑的。

以上我们分析了作为意识形态的大众文化所具有的三个特性:夷平一切、欺骗性、操纵性和控制性。事实上,这三者是紧密相联的,因为大众文化夷平了一切,使所有的事物和人都齐一化和标准化,人们就失去了判断的能力,从而使大众文化可以轻而易举地欺骗大众,受到大众文化欺骗的大众,自然就会受制于大众文化,被大众文化操纵和控制。阿多诺说:"意识形态只不过是对既定事实的承认,是屈从于已确立事态强大威力的一种行为模式。"[45]大众文化的以上特性所造成的后果就是对既定事实的承认,并通过承认既定事实而屈从于既定事实。所以,我们称大众文化是一种意识形态,是一点也不为过的。

当然,上面只是泛泛地谈了大众文化的意识形态特性,但是真正的思想家绝不是躲在书斋里构造体系之人,而是深刻关注自己所处时代的人类命运之人,法兰克福学派就是由这样一群思想家所组成,他们的理论研究从来都是以探索自己所处时代种种现象背后的深刻原因为己任,因此他们对大众文化意识形态特性的揭示,目的还是为了说明大众文化与当时时代的重大事件的关系,即大众文化和法西斯主义的关系。这首先在阿多诺对大众文化与奥斯威辛集中营、与法西斯主义关系的论述中得到了体现。

在阿多诺看来,大众文化具有夷平一切的力量,通过这种夷平作用,每一个人都变得一样了,他们都不过是大众文化的复制品而已,因此,每一个人都是可以互相转换的,都可以代替其他人或者被其他人所代替,"汽车、炸弹和电影将所有事物都联成了一个整体,直到它们所包含的夷平因素演变成一种邪恶的力量"[46]。这里的邪恶力量就是指法西斯主义所犯下的种种罪行,他们在奥斯威辛能够屠杀那么多人却无动于衷,就因为在他们眼里每个人都只不过是可替代的符号,而不是独一无二的活生生的个体。因此,阿多诺说:"文化工业的一致性,恰恰预示着政治领域将要发生的事件。"[47]

大众文化不仅仅使法西斯主义者把个体看成是可替换的符号,而且它利用强大的大众传播工具对广大群众进行欺骗和操控,使他们根本看不到法西斯主义的暴行,反而盲目崇拜法西斯的领袖。阿多诺说:

法兰克福学派的意识形态批判及其存在论视域

"国家社会主义者很清楚,如果说出版印刷可以带来宗教改革,那么,无线电广播则完全可以缔造他们的事业。"[48]确实,法西斯主义利用无线电广播这种大众传播媒介,使之成为领袖的话筒,不间断地在不同的地方播放领袖的声音,最终使这种声音彻底地代替了它的内容。通过这样的宣传,"法西斯主义已经把自己当成了这样一种社会产品,它有权配给国家的需求。不通过任何形式,领袖就能够直截了当地发布屠杀命令,或者向社会提供垃圾"[49]。由于法西斯主义把自己当成了一种产品,因此为了推销自己的产品,它就会利用大众文化一切成功的推销手段,比如张贴政治标语、提供各种礼物等,无所不用其极,以此来规驯群众,最终使群众狂热地崇拜领袖,从而使国家社会主义运动演变成一场浩浩荡荡的全民运动,使社会变成一个集权社会。但是,"集权社会不仅没有为它的成员祛除苦痛,反而制造和安排了这些苦难,大众文化也亦步亦趋,紧随其后"[50]。这是总结性的话语,它说明了正是通过大众文化的帮助,法西斯主义才能如此成功地在欧洲的大地上横行一时,所以说,大众文化充当了法西斯主义的帮凶。

今天的社会尽管已经没有了如此明目张胆的法西斯主义的极权主义,但是另一种形式的极权主义却在这个社会中逐渐显现,并占据了主要地位,这就是马尔库塞所说的通过非恐怖的经济技术协作而形成的极权主义,在马尔库塞看来,"'极权主义'不仅是社会的一种恐怖的政治协作,而且也是一种非恐怖的经济技术协作,后者是通过既得利益者对各种需要的操纵发生作用的。当代工业社会由此而阻止了有效地反对社会整体的局面出现。不仅某种形式的政府或党派统治会造成极权主义,就是某些特定的生产与分配制度也会造成极权主义,尽管后者很可能与党派、报纸的'多元论'以及'对等权力牵制'等等相一致"[51]。也就是说,大众文化不仅是法西斯主义这种通过恐怖的政治协作而形成的极权主义的帮凶,更是直接参与了另一种通过非恐怖形式的极权主义的形成过程,现代社会就是在大众文化控制下的发达工业社会。不管是法西斯主义,还是发达工业社会,作为极权主义,它们有一个共同的特征,即是一个"单向度的社会",在这样的社会中,通过大众文化的整合作用,只能允许一种声音出现,而不允许其他声音存在,因此,那是一个压抑的、冷漠的、没有超越维度的世界,这个世界中的人是异化的、单向度的人。而大众文化作为涉及面最广的一种意识形态无疑是要为这个异化的社会和异化的人负责的。

以上通过阐述法兰克福学派对实证主义、启蒙精神、科学技术和大众文化的意识形态本质的揭露,批判了这四种在发达资本主义时期的新型的意识形态所具有的"极权主义"性质,"意识形态是一个'极权主义的'系统,它操纵和处理所有的社会冲突使之不复存在"[52]。这一点,在前面的内容中我们已经充分体会到了,可以说,法兰克福学派把实证主义、启蒙精神、科学技术和大众文化指认为发达资本主义意识形态,并对其进行毫不妥协的批判,其出发点就是对于他们所处的极权主义环境的体会,不管这种极权主义是露骨的、残忍的、野蛮的法西斯主义,还是隐蔽的、温情脉脉的、麻痹人的新的极权主义。而他们这种出发点的最终关怀在于对人的自我异化的控诉,对人类前途的担忧,也正因为如此,法兰克福学派被誉为西方马克思主义人本主义传统中最有影响力的一支。同时,在这种关怀中,我们也看到了 20 世纪哲学的基本主题在法兰克福学派中的体现,即对意识本身的异化,对意识形态伪装的去蔽。

那么,法兰克福学派对意识形态的批判达到了一个怎样的境地?他们与马克思的历史唯物主义的关系如何? 要回答这些问题,考察法兰克福学派意识形态批判所达到的存在论视域是唯一的正途。鉴于法兰克福学派的意识形态批判是出于对人的自我异化的关注,接下来三章的主要内容,我们就通过考察法兰克福学派最主要的代表人物对人的自我异化的揭露所由以出发的哲学立足点,并通过与马克思的存在论境域的比较,来透露出他们的理论所达到的存在论视域。

注 释

[1] 马丁·杰伊:《法兰克福学派史》,广东人民出版社 1996 年版,第 244 页。

[2] 转引自陈学明、吴松、远东编:《社会水泥——阿多诺、马尔库塞、本杰明论大众文化》,云南人民出版社 1998 年版,第 171 页。

[3] 《现代文明与人的困境——马尔库塞文集》,上海三联书店 1989 年版,第 120 页。

[4] 同上书,第 123—124 页。

[5] 《马克思恩格斯选集》第 1 卷,人民出版社 1995 年版,第 100 页。

[6] 《现代文明与人的困境——马尔库塞文集》,第 130 页。

[7] 同上书,第 167 页。

[8] 同上书,第 122 页。

[9] 同上书,第 157—158 页。

[10] 同上书,第 172 页。

[11] 《霍克海默集》,上海远东出版社 2004 年版,第 226 页。

[12] 转引自陈学明、吴松、远东编:《社会水泥——阿多诺、马尔库塞、本杰明论大众文化》,第 1 页。

[13] 《霍克海默集》,第 227 页。

[14] 霍克海默、阿多诺:《启蒙辩证法》,上海人民出版社 2003 年版,第 148 页。

[15] 《现代文明与人的困境——马尔库塞文集》,第 366、367 页。

[16] 霍克海默、阿多诺:《启蒙辩证法》,第 177 页。

[17] 《马克思恩格斯全集》第 3 卷,人民出版社 2002 年版,第 303 页。

[18] 霍克海默、阿多诺:《启蒙辩证法》,第 175 页。

[19] 同上书,第 141、142 页。

[20] 同上书,第 151 页。

[21] 同上书,第 158 页。

[22] 同上书,第 139 页。

[23] 同上书,第 175、138 页。

[24] 阿尔都塞:《意识形态和意识形态的国家机器》,转引自马克·波斯特:《第二媒介时

代》,南京大学出版社 2000 年版,第 13 页。

[25] 霍克海默、阿多诺:《启蒙辩证法》,第 134 页。

[26] 马尔库塞:《单向度的人》,上海译文出版社 1989 年版,第 53 页。

[27] 霍克海默、阿多诺:《启蒙辩证法》,第 152 页。

[28] 同上书,第 153 页。

[29] 同上书,第 181 页。

[30]《马克思恩格斯全集》第 3 卷,第 340 页。

[31] 霍克海默、阿多诺:《启蒙辩证法》,第 153 页。

[32] 马尔库塞:《单向度的人》,第 6 页。

[33] 霍克海默、阿多诺:《启蒙辩证法》,第 146—147 页。

[34] 同上书,第 186 页。

[35] 同上书,第 153 页。

[36]《马克思恩格斯全集》第 3 卷,第 349 页。

[37] 霍克海默、阿多诺:《启蒙辩证法》,第 172—173 页。

[38] 同上书,第 142 页。

[39] 同上书,第 142 页。

[40] 同上书,第 161 页。

[41] 同上书,第 156 页。

[42] 同上书,第 167 页。

[43] 同上书,第 186 页。

[44] 同上书,第 139 页。

[45] 阿多诺:《意识形态》,转引自《单向度的人》,第 108 页。

[46] 霍克海默、阿多诺:《启蒙辩证法》,第 135 页。

[47] 同上书,第 137 页。

[48] 同上书,第 178 页。

[49] 同上书,第 178 页。

[50] 同上书,第 169 页。

[51] 马尔库塞:《单向度的人》,第 4—5 页。

[52] 斯拉沃热·齐泽克、泰奥德·阿多尔诺等:《图绘意识形态》,南京大学出版社 2002 年版,第 265 页。

法兰克福学派的意识形态批判及其存在论视域

第七章
否定的辩证法及其存在论视域

　　法国学者 L. 戈尔德曼曾经指出，"否定的辩证法"是法兰克福学派各个代表人物所创立的一个共同观点，霍克海默在其 1933 年写的《唯物主义与形而上学》一文中，就指明了概念和客体之间的不可规约性，[1]这可以说是对"否定辩证法"的非同一性原则的最早表述。马尔库塞在 1941 年出版的《理性与革命》中，指出黑格尔辩证法的核心是否定性，这种否定性被马克思的思想所继承，从而使马克思的思想成为对现存社会秩序进行批判的革命理论，这一点构成法兰克福学派社会批判理论的基础。而 1947 年出版的由霍克海默与阿多诺合著的《启蒙辩证法》对启蒙精神的本质的揭示，即量的同一性对质的多样性的暴政，已经预示了阿多诺 1966 年出版的《否定的辩证法》的主题，可以说，"阿多诺的《否定的辩证法》事实上乃是《启蒙辩证法》之真正的逻辑后承"[2]。

　　尽管"否定的辩证法"是法兰克福学派的一个共同观点，但毫无疑问，对"否定的辩证法"进行全面详细论述的是阿多诺，因此，下面主要将通过对阿多诺"否定的辩证法"思想的阐述，来考察其在存在论所达致的视域。

一、"否定辩证法"的主要内涵

（一）对同一性的批判

阿多诺"否定辩证法"的提出，从哲学上看，主要是通过对黑格尔同一哲学的批判而达到的。黑格尔作为近代哲学的集大成者，其同一哲学是柏拉图主义的最后完成，也正因为如此，它包含了柏拉图主义的一切因素，包括荣耀和耻辱。从这个意义上说，阿多诺对同一哲学的清算也可以说是对整个柏拉图主义的形而上学的总进攻。

阿多诺指出："在历史的高度，哲学真正感兴趣的东西是黑格尔按照传统而表现出的他不感兴趣的东西——非概念性、个别性和特殊性。自柏拉图以来，这些东西总被当作暂时的和无意义的东西打发掉，黑格尔称其为'惰性的实存'。构成哲学主题的是质，在定额上它把质贬低为可忽略不计的量。对概念来说非常紧迫的、但它又达不到的东西是它的抽象论的机械论排除掉的东西，即尚未成为概念实例的东西。"[3]这段引文高度浓缩地指证了以柏拉图主义为核心的传统哲学的基本建制，那就是以量的同一性规约质的多样性，以概念的方式收摄非概念性、个别性和特殊性，从而使思维与存在的二元对立在思维的范围之内得到解决。但在阿多诺看来，这种解决是虚假的，真正的存在还是溢出在思维范围之外的，因此，恢复那些被黑格尔哲学当作暂时的和无意义的东西打发掉的个别的东西，才是哲学真正所要做的事情。

我们都知道，黑格尔的哲学最有特色之处是他对康德的主观主义的批判。黑格尔把康德的哲学定性为主观主义，是根据他在绝对唯心主义的立场上所提出的思想客观性的要求来衡量的，"思想的真正客观性应该是：思想不仅是我们的思想，同时又是事物的自身（an sich）或对象性的东西的本质"，而"按照康德的说法，思想虽说有普遍性和必然性的范畴,但只是我们的思想,而与物自体间却有一个无法逾越的鸿沟隔开着"[4]。正因为如此,康德的哲学是一种主观主义,这种主观主义在理论理性中的表现为抽象的推理过程,把一般的原则运用到任何内容之上,在实践理性中则表现为绝对命令,用绝对命令规约每一个人的行为。黑格尔把这种主观主义看作是"浪漫主义思想及其虚弱本质的病态表现",因为通过高高悬设一个普遍和必然的"应该"来规约这个世界,当然是一个很崇高的理想,但也是一个不能真正触动现实世界的理想。因此,黑格尔"要求思想应该使自己完全进入事物的客观内容并抛弃自己的所有幻想"[5]。只有这样,思想才能消除主观主义而真正关涉这个现实世界。

无疑,黑格尔对康德的这一批判是深刻的,这表现出了他在思辨唯心主义范围内对克服虚无的一种要求,对克服二元论的一种努力,他要把在康德那里处在自我意识对面的物自体收摄到思想当中来。也因此黑格尔的哲学被称为"内容哲学"。对于黑格尔的这种努力,阿多诺也是看得很清楚的,他认为黑格尔的辩证法就是"用哲学的概念去结合所有与哲学概念相异质的东西的尝试"[6],但是,这种尝试是不成功的,因为它是用"哲学概念"的方式进行的,因而真正的内容并不能被把握。黑格尔这样做的结果是,"现象学一度被内容的需求所激励,后来却把内容当作不洁的东西而开始求助存在"[7]。在黑格尔那里,存在是逻辑学的起点,是最抽象和最贫乏的思想规定,求助于存在的现象学就必然也会变成纯粹抽象的形式,而牺牲掉真正的内容,所以,黑格尔所谓的内容哲学实际上并不能真正把握内容,相反却是一种戕害内容的哲学。

那么,具体来说,阿多诺是如何批判这一点的呢?阿多诺主要是通过指证同一哲学的唯心主义本质来展开批判的。阿多诺认为,黑格尔的哲学需要一个假定,那就是:"确定的个别是可被精神来规定的,因为它的内在规定性不过是精神。"[8]也就是说,黑格尔通过把具体事物规定为精神的存在,以此把具体事物塞进概念之中,用概念的方式来消化"存在物的不能溶解的要素"。这种做法从表面上来看确实是解决了问题,因为在黑格尔那里,对内容的把握就是对内容的认识,而认识的主体是精神性的存在,作为精神性存在的认识主体能认识同样作为精神存在的具体事物,这是毫无疑问的。就如恩格斯所说,"思维能够认识那一开始就已经是思想内容的内容,这是十分明显的",因为,"在这里,要证明的东西已经默默地包含在前提里面了"。[9]

但是,黑格尔这样做是通过"把非同一性的间接性提升到它的绝对概念的存在之行列"[10]来把握非同一性,即具体事物的,所以他所要求把握的内容实际上只不过是一种思维方式而已,是"同一性和非同一性之间的同一性"而已。也就是说,这种把握的最终落脚点是在"同一性"即思维形式上,这与黑格尔试图超越主观主义而把握内容的初衷是完全相反的,因此,最终的结果是"与黑格尔本人的理解恰恰相反,他的绝对体系由于持续不断地抵制非同一之物便否定了自身"[11]。在这里,阿多诺看清楚了在意识的内在性之中不可能真正把握住内容,因而也就不可能真正克服主体与客体的二元对立。

阿多诺对黑格尔的同一哲学的批判,可以说延续了马克思在《1844年经济学哲学手稿》对黑格尔哲学批判的基本路向。马克思认为,黑格尔同一哲学的根源是意识,"正像本质、对象表现为思想本质一样,主体也始终是意识或自我意识,或者更正确些说,对象仅仅表现为抽象的意识,而人仅仅表现为自我意识"[12]。也就是说,在马克思看来,黑格尔试图克服康德哲学的主观主义及其二元论,其实只是一种形式上的克服,是"形而上学化了的人和自然的统一",即只是在意识的内在性当中旋转,真正的内容实际上是溢出在整个体系之外的。因此,"自我意识通过自己的外化所能设定的只是物性,即只是抽象物、抽象的物,而不是现实的物",这样的物只是"抽象形式、思维形式、逻辑范畴"而已。[13]一句话,黑格尔只是佯言把握了内容,实际上这内容是完全虚假的。这也就是伽达默尔在《20 世纪的哲学基础》中所说的德国唯心主义的天真性,即断言的天真、反思的天真和概念的天真。[14]而阿多诺同样指证了同一哲学"这种二元论把附加物当作精神的东西与我思混为一谈,禁止考虑它同思想的差别",因此,"意识借以自身外化的那种实际附加物又只被解释成意识"。[15]这一思想,无疑是继承了马克思的路向。

阿多诺对同一性哲学的批判,当然不仅仅是一种学理上的驳斥,他更是要通过这一批判来揭露同一性哲学与死亡的关联,"奥斯威辛集中营证实纯粹同一性的哲学原理就是死亡"[16]。在阿多诺看来,由于同一哲学用概念统摄一切,用"定量化的暴力"宰制一切,从而不仅仅使得它所把握到的内容是没有任何质的要素的定量化的规定性,而且所谓的主体也不过是空洞的唯灵论的存在,"在主体方面与定量的倾向相符合就是把认识者还原为纯粹逻辑的、没有质的一般"[17]。换句话说,在同一哲学的普照之光下,不仅是对象而且也是主体都是无差别的思维形式、逻辑范畴,从而是"可互换的和可替代的",是可以随便"被干掉"的。同一哲学就这样与死亡联系起来了。

奥斯威辛的惨绝人寰是人类的耻辱,阿多诺说:"羞耻感命令哲学不要压制格奥尔格·齐美尔的见解:人们从哲学史中很少看出人类苦难的迹象。"[18]因此,阿多诺认为,哲学对事物的把握和认识,不能离开认识者受苦和幸福这样一些"原初能力","知识的尺度就是主体在痛苦时客观上所遭遇到的东西"[19]。而这种带有痛苦或幸福的源初感受的东西就是"非概念性、个别性和特殊性",为了与同一哲学形成鲜明对比,阿多诺又称它们为"非同一性"。下面就来看看阿多诺对非同一性的论述。

（二）对非同一性的推崇

上面已经说了，非同一性就是非概念性、个别性和特殊性，阿多诺认为它们是被同一性哲学当作"惰性的实存"、当作"不洁的东西"而抛弃掉的，抛弃掉它们，同一哲学就能轻松上阵，奔向资本文明所许诺的美好前景。"唯心主义排除一切异质的东西，这便把体系规定为纯粹的生成、纯粹的过程，最终规定为绝对的发生。"[20]这便是德国古典哲学的"生产"概念，它反映出来的就是资本文明"进步强制"的特性，而这一特性产生的前提就是通过同一哲学把一切质的东西都排除掉。

在阿多诺看来，同一哲学对非同一性东西的抛弃，恰恰"表明同一性是不真实的，即概念不能穷尽被表达的事物"[21]。这一思想，霍克海默在其1933年所写的《唯物主义与形而上学》中也有过表述，他说："概念与客体之间具有不可规约的对立"，因此，"任何想以哲学的方式把两者等同起来的企图，或那种只想通过概念工作就要把它们两者联系起来的企图，都变得声名狼藉"[22]。因此，哲学真正应该感兴趣的东西应该就是不能被概念穷尽的非同一性，"对真正的哲学来说，和异质东西的联系实际上是它的主旋律"[23]。阿多诺所做的工作就是要使哲学真正切入异质的东西——非同一性。

阿多诺认为，哲学对非同一性的意识所倚靠的是否定的辩证法，因为"辩证法是始终如一的对非同一性的意识"[24]。否定的辩证法就在这样一种语境下登场了。而非同一性表现在辩证法中就是矛盾，"矛盾就是非同一性"[25]。阿多诺认为，黑格尔是正视矛盾的第一人，他试图通过概念的辩证运动把在康德体系中处于自我意识彼岸的自在之物综合进他的体系，这种努力表明了他认识到同一性中的非同一性，认识到了矛盾。但是，由于黑格尔还是在意识的内在性中打转，他最终还是把矛盾变成了"全盘同一化的一个运载工具"，用同一性吞噬掉了非同一性，这也就是马克思所说的黑格尔哲学"徒有其表的批判主义"。

而在阿多诺看来,矛盾是客观的,也就是说,它是无法清除的,这一客观性表现在两个方面:(1)"在我们的判断之外仍存在的存在物",也就是说,任何一种体系都不能穷尽所有的存在物;(2)"在被判断的东西之中的某种东西",[26]也就是说,即使被归入体系当中的存在物也只是一种"思想客体",这个"思想客体"永远不可能等同于"感性客体"。正因为矛盾的这种客观性,否定的辩证法就是"他者对同一性的抵制,这才是辩证法的力量所在"[27]。这里的"他者"就是非同一性,否定的辩证法就是非同一性对同一性的永远抵抗。也正因为如此,阿多诺提出了"瓦解的逻辑","这种辩证法是不能再与黑格尔和好的。它的运动不是倾向于每一客体和其概念之间的差异性中的同一性,而是怀疑一切同一性;它的逻辑是一种瓦解的逻辑:瓦解认识主体首先直接面对的概念的、准备好的和对象化的形式"[28]。换言之,要瓦解的是同一哲学的概念形式,阿多诺称这种概念形式为"概念拜物教"。也就是说,概念忘记了自己的出身是非概念物,而把抽象的概念形式当成崇拜的对象,因此,阿多诺认为,"改变概念性的这个方向,使它趋于非同一性,是否定的辩证法的关键"[29]。这就意味着非概念的世界从概念的统治中的脱离,意味着非概念世界的确立。

当然,这里需要说明的是,不能因为阿多诺对非同一性的强调,对活生生的感性经验的强调,而错误地指认他为非理性主义者。在阿多诺看来,"非理性是主体和客体不可消除的非同一性留给认识的伤疤",也就是说,非理性只不过是非同一性不能被溶解在同一性之中的标志,因而它体现了"抵制主观概念的无限权力的希望",但是,"非理性本身仍然是理性的一种功能",因而它与理性主义具有同样的唯心主义前提。[30]不仅如此,阿多诺还指出,"主体非理性地或唯科学地自我满足,不去接触任何和它不同一的东西。它是要向流行的认识理想投降,甚至表示效忠"[31]。也就是说,在他看来,不仅理性主义与非理性主义是

第七章　否定的辩证法及其存在论视域

同源的,而且采取非理性主义的态度同采取科学主义的实证态度一样,都是"维护现状",都是对现实的顺从。也正因为如此,阿多诺批评胡塞尔把理论变成一种个体的内省感悟,也批评海德格尔为了挽救内容而直接诉诸人的内心。我们说不能把阿多诺指认为非理性主义者还有另外一个理由,那就是阿多诺并没有抛弃概念。由于非理性主义者诉诸情感,诉诸内心,所以他们会用非概念的方式把握非同一性甚至否认理解和把握非同一性的可能性,这种特点表面上与阿多诺相似,但阿多诺事实上并没有抛弃概念,他所抛弃的是概念在同一哲学中的形式,"由于存在物不是直接的而是只被概念所贯穿的,所以我们应从概念开始,而不是从纯粹的事实开始"[32]。也就是说,概念是达到存在物的中介,任何存在物只要它进入我们的视野,就不再是纯粹的事实。基于这样一种理解,阿多诺相信,"概念能超越概念、预备性的和包括性的因素,因而能达到非概念之物"[33]。只是这里的概念不再是同一哲学中的概念。这体现了阿多诺的一种努力,一种强调非同一性又避免非理性主义的努力,至于这种努力是否有效,那就另当别论,至少他的这种努力使我们不能把他归入非理性主义的行列并进而把他归入唯心主义行列。

二、否定的辩证法的存在论视域

(一)阿多诺的批判与马克思的批判的关系

阿多诺认为,同一哲学在整个西方形而上学的起源中就有其基础,黑格尔只不过是其集大成者。当代很多思想家其实都看到了同一哲学的危害,比如叔本华、尼采、胡塞尔、海德格尔,他们都在一定程度上对同一哲学进行了批判。但是,不管是叔本华和尼采用意志或者权力意志,胡塞尔用意向性,海德格尔用存在,都只不过是对黑格尔的绝对观念的置换,因而还是在一种本体论之中,而"在本体论的各种互相攻击并且当作假东西而排挤的倾向中,本体论是辩解词"[34]。换句话说,本体论哲学具有肯定的特性,它是一种"命定的辩证法",阿多诺尤其指出海德格尔的哲学对本体论的需要,是因为他是同一哲学演绎体系的继承人,因而这种哲学并非如它自己所标榜的是一种"拯救的知识",而是一种"统治的知识"。[35]因此,在阿多诺的思想中,批判同一哲学的题中应有之义就是批判本体论,阿多诺甚至提出"最好莫过于逃离本体论"[36]。阿多诺对存在论的这种鲜明的拒斥态度,使得对阿多诺否定的辩证法进行存在论视域的探索仿佛变得不可能了。但是,任何一种哲学,即使它不作存在论上的专门阐明,在其隐秘处都还是有一个由以出发的存在论根基,而要对一种哲学达到相对深刻的认识,就必须深入到其存在论根基,鉴于此,下面就试图对阿多诺否定辩证法的存在论根基进行一番探索。

上面已经讲到过,阿多诺对同一哲学的批判延续了马克思的基本精神,就如马克思所阐明的黑格尔所把握的自然界只是"名为自然界的思想物",阿多诺也指证了黑格尔同一哲学所把握的非同一性只是没有实质内容的思想形式。如果阿多诺对黑格尔的批判仅止于此,那他仅仅是指明了非同一性这种感性存在的重要性,并没有真正超出知识论路向的传统,他在哲学境界也只相当于费尔巴哈的境界。在哲学史上,费尔巴哈可以说是对黑格尔的哲学发起进攻的第一人,而且他在指证黑格尔哲学对"感性客体"把握的无能上是卓有成效的。马克思在《1844年经济学哲学手稿》中对黑格尔的批判就是站在费尔巴哈的成就之上的,但是,到1845年春及稍后,马克思写作《关于费尔巴哈的提纲》和《德意志意识形态》时,开始了对费尔巴哈的彻底清算。马克思认为,费尔巴哈尽管指出了感性存在的重要性,但却还是要靠高级的哲学直观来说明感性异化的原因,所以还囿于知识论传统,通过对感性异化原因的重新探索，马克思发动了存在论上的革命。那么，阿多诺对黑格尔的批判是不是也仅仅是指证了非同一性的重要性，还是在此基础上有进一步的探索？接下来我们就来看一看，通过与马克思的比较，窥到其哲学由以立足的存在论的基础。

阿多诺在对同一性原则进行批判时，指明了同一性原则的来源，那就是由马克思的政治经济学批判所揭示出来的交换价值的秘密，即等量的抽象劳动可以进行交换，从而使具有特殊性质的感性事物变成了相同的可交换的抽象物，"交换原则把人类劳动还原为社会平均劳动时间的抽象的一般概念，因而从根本上类似于同一化原则。商品交换是这一原则的社会模式，没有这一原则就不会有任何交换。正是通过交换，不同一的个性和成果成了可通约的和同一的。这一原则的扩展使整个世界成为同一的，成为总体的"[37]。在揭示了同一性原则的起源后，阿多诺又进一步挖掘马克思政治经济学批判的缘由。

阿多诺认为，马克思研究政治经济学是为了揭示"对抗的历史必然性"，因为"马克思不信任一切人类学并谨慎地忍住不去把对抗性安置在人类天性、或他根据黄金时代的陈腐说法而描绘的原始时代"[38]。这一看法无疑是正确的，众所周知，前康德的哲学家在讲到文明的起源时，总是要设置一个自然状态，比较著名的如霍布斯和卢梭，霍布斯认为人天生是凶恶的、利己的动物，人对人就像狼对狼一样，文明就起源于处在这种自然状态中的人对死亡的恐惧和对自我保存的需要；而卢梭则认为自然状态是纯朴天真的状态，处在自然状态中的人们是自由、善良、平等的，但自从有了私有制，人与人之间的对抗才产生。在德国古典哲学中，尽管不再这么赤裸裸地设置自然状态，但还是需要有一个纯思的主体作为理论的起点来推出整个理论体系。因此，马克思批判国民经济学家"当他想说明什么的时候，总是置身于一种虚构的原始状态。这样的原始状态什么问题也说明不了"[39]的话，其实是适用于批判整个知识论哲学传统的。阿多诺看到了马克思与整个知识论传统的这一不同，可以说是走在马克思的路子上了。

在此基础上，阿多诺还指出了马克思对于"对抗的历史必然性"的揭示是"来源于自无法追忆时代以来的历史的强者的积累的客观性"[40]，这也正是马克思政治经济学批判的成果，马克思认为私有财产的根据在异化劳动，而异化劳动的根据在于积累的必要性，从而导致分工的必然性，因此，马克思认为只要消灭分工，变自发的分工为自觉的分工，就能消除异化，消除对抗。至此为止，阿多诺对马克思思想的理解是十分正确的，但是，阿多诺把马克思所说的"自觉分工"看成就是现行的"计划经济"。正是这一判断，使得阿多诺最终匆匆略过了马克思存在论革命的真实意义。

阿多诺认为，计划经济并没有消除对抗和统治，"马克思和恩格斯预见不到后来在革命的失败中（甚至在革命取得成功的地方）显而易见的事情：统治可以比计划经济（当然他们两人都不曾把计划经济和国家资本主义混同起来）活得更长久"[41]。也就是说，历史的发展并非如马克思和恩格斯的预言一般，随着经济强制性的取消——计划经济的到来，统治和对抗也会随之取消。对于阿多诺这个论断，我们当然是不同意的，因为那个时代所谓的计划经济根本不是马克思意义上的自觉的分工。但这并不是这里要分析的重点，我们在这里只是要指出，正是由于阿多诺的这一错误论断，导致其后面一系列的理论后果。

阿多诺认为，正是由于"政治经济学批判的主要对象垮台之后统治仍固执地存活着"，因而说明了马克思的政治经济学批判对同一哲学的批判是不彻底的，换句话说，马克思并没有真正走出同一哲学的魔障，阿多诺的结论是："马克思从康德和德国唯心主义者那里接受了关于实践理性的论点并把它磨砺成一种改变世界而不是解释世界的要求。因此，他认可了像对自然的绝对控制这样的大资产阶级的纲领。这里所显示的是努力把握不同于主体的万物,使它们成为像主体一样的东西——辩证唯物主义不承认的同一性原则的现实模式。"[42]换句话说,阿多诺承认了马克思把握非同一性的努力,但是他认为马克思所倡导的社会只不过是同一性原则的现实模式,因此并没有超越同一性。这当然是我们绝对不能同意的观点,因为马克思存在论革命的成果已经"(1)从理论态度中摆脱出来;(2)否弃全部形而上学始终驻足其中的知识论的(或范畴论的)路向,并彻底揭破这一路向的三重天真——断言的天真、概念的天真和反思的天真;(3)击穿并瓦解'意识的内在性'"[43]。因而是对同一哲学的真正超越,而阿多诺对马克思的这一存在论革命没有领会,所以才会得出上述的结论。

那么,阿多诺自己能否真正超越同一性哲学呢? 下面就要来考察一番。

(二) 否定辩证法的存在论视域

在第一节中,我们已经指出了阿多诺通过对同一哲学的批判揭示出非同一性的重要性,而对非同一性的意识是通过否定的辩证法,那么接下来就通过考察阿多诺对否定的辩证法的论述来尝试着揭示其存在论视域。

阿多诺在《否定的辩证法》一书的序言中就开宗明义:"否定的辩证法是一个蔑视传统的词组。早在柏拉图之时,辩证法就意味着通过否定来达到某种肯定的东西;'否定之否定'的思想形象后来成了一个简明的术语。本书试图使辩证法摆脱这些肯定的特性,同时又不减弱它的确定性。展开这个自相矛盾的标题,是它的一个目的。"[44]这里明确指出了"否定的辩证法"相对于传统辩证法的不同,那就是否定的辩证法反对传统辩证法通过否定之否定而达到的绝对肯定性。这又让我们想起了马克思在《1844 年经济学哲学手稿》中对费尔巴哈的评价:"费尔巴哈把否定的否定仅仅看作哲学同自身的矛盾,看作在否定神学(超验性等等)之后又肯定神学的哲学,即同自身相对立而肯定神学的哲学",因此,费尔巴哈要用"感性确定的、以自身为根据的肯定同这种肯定(即黑格尔的否定之否定所达到的肯定——引者注)直接地而非间接地对立着的"[45]。从不久后对费尔巴哈进行全面清算的事实看,马克思在这里对费尔巴哈的态度是微妙的,他一方面对费尔巴哈用感性原则对抗黑格尔哲学思辨的超感性原则表示赞同,另一方面又隐隐觉得如果仅仅用感性原则同超感性原则对立,这种对黑格尔哲学的批判还是不彻底的,这种微妙的态度为不久后全面清算费尔巴哈埋下了伏笔。阿多诺对"否定之否定"的态度与费尔巴哈很相似,只不过他没有用当下直接的感性确定来取代否定之否定,而是要用否定的辩证法来对抗否定之否定。

那么,否定的辩证法到底是一种怎样的东西?阿多诺对此有没有正面的描述?描述还是有的,我们在前面已经提到过,阿多诺试图用一种不同于传统哲学的概念形式来标识非同一性,这种概念就是进入"星丛"的概念,"星丛"是阿多诺从本雅明在《德国悲剧的起源》中借用来的一个概念,用来标识那种没有一个基本本质的、彼此异质的非同一之物,"概念进入了一个星丛。这个星丛阐明了客体的特定性"[46]。这样,被同一性哲学所切除掉了的客体的特定性就会得到保存,"星丛只是从外部来表达被概念在内部切掉的东西:即概念非常严肃地想成为但又不能成为的'更多'"[47]。通过"星丛"的概念,阿多诺试图拯救出被传统概念所扼杀掉的非同一之物。而对这种从传统概念中被拯救出来的客体的认识,依赖于一种"数字组合","在客体的星丛中,对客体的认识是对客体自身中积淀的过程的认识。作为一个星丛,理论思维围着它想打开的概念转,希望像对付一个严加保护的保险箱的锁一样把它突然打开:不是靠一把钥匙或一个数字,而是靠一种数字组合"[48]。

阿多诺在这里所指的"数字组合"提示的是一种联系、关联、关系,在关系中来认识作为一个过程的客体。但事实上,阿多诺费尽移山气力对"星丛"的种种描述,让我们体会到的还只是对非同一性的强调而已,"至于人类现实的历史生存如何星丛化,具体地说,阿多诺批判的这个'被管理的世界'如何被改造成一个星丛满布的天空。阿多诺只是双手端放在腿上,无语地面对非同一性的钢琴,并且,始终无语","否定的辩证法实际上给了我们一个浪漫的世界图景。星丛真的是在天上"。[49]张一兵教授的这一总结无疑是很形象和准确的。

真正的批判不能没有建设的维度,不管这一建设是一种乌托邦的幻想还是一种真正的现实,其间的区别是具有原则性的。阿多诺一方面出于对同一性哲学的深恶痛绝(因为它是一种死亡的原理),更重要的是由于略过了存在论根基的探索,因此最后走上了无出路的绝对的否定之路。即使在艺术这一法兰克福学派理论家寄予希望的领域,阿多诺也只是在艺术所具有的否定的意义上使用,阿多诺认为,艺术是一种社会现实,也就是说,它具有社会性,但是,艺术的社会性"不仅仅是因为它的生产方式体现了其生产过程中各种力量和关系的辩证法,也不仅仅是因为它的素材内容取自社会;确切地说,艺术的社会性主要因为它站在社会的对立面";"艺术只有具备抵抗社会的力量时才会得以生存"。[50]也就是说,"艺术自律以一种极端的形式,即以不和解、疏远化的形式,证明着艺术自身的存在"[51]。正是基于这样的立场,阿多诺推崇现代艺术,"为现代艺术辩护并非是以伪善的样子出庭参加对传统艺术的审判,而是通过颠倒其契机的方式尽力吸取艺术的否定作用"[52]。阿多诺以萨缪尔·贝克特的《等待戈多》为例来说明这一点,他认为贝克特的"作品是对否定性之契机的一种推断。他将整个契机转化为无休无止、归于虚无的复现"[53]。不管阿多诺承不承认,这一思想预示了后现代的倾向,一种解构主义的倾向,所以,正如利奥塔所说:

法兰克福学派的意识形态批判及其存在论视域

"人们现在带着这些名字(德里达、塞尔斯、福科、列维纳斯和德勒兹)来阅读阿多诺——像《美学理论》、《否定的辩证法》、《最低限度的道德》等——时，会感到这些著作预示了后现代的一些要素，尽管它大部分仍处在缄默或被拒绝之中。"[54]

尽管阿多诺不承认否定的辩证法是一种恶的无限性，但是他的上述描述还是让我们感受到一种类似恶的无限性的趋势。所以，诚如海德格尔在《尼采的话"上帝死了"》中所讲："作为单纯的反动，尼采的哲学必然如同所有的'反……'(Anti-)一样，还拘执于它所反对的东西的本质之中。作为对形而上学的单纯颠倒，尼采对于形而上学的反动绝望地陷入形而上学中了，而且情形是，这种形而上学实际上并没有自绝于它的本质，并且作为形而上学，它从来就不能思考自己的本质。"[55]海德格尔对尼采的这一批评同样适用于对阿多诺的批评，这说明，对形而上学的批判，如果不深入其存在论的根基，无论你对形而上学的批判多么决绝、多么激烈，最终也会被抛向形而上学最遥远的对立面。阿多诺没有领会到马克思和海德格尔对传统存在论的革命性突破，进而打击一切存在论，因此错失了真正超越传统辩证法的机会。

但是，我们并不能因此贬低阿多诺在思想史上的成就，毕竟他以一个斗士的形象打击了同一哲学，打击了知识论的存在论对人的真实生命的戕害，并竭力提倡非同一性这一感性原则对恢复人的真实生命、消除人的自我异化的极端重要性，而且，他的这一批判思路是在马克思的政治经济学批判成果上继续前进的，尽管最终由于对存在论根基探索的错失而得出了否定的辩证法，但这实在是对现代性统治下无出路状态的一种无奈的表达。阿多诺从来就没有奢望或者说要求他的理论付诸实践，他在1969年去世前说过的一句话："在我构建理论模型时，我不能设想人们会用汽油手榴弹去实现它"[56]，可以说是反映了他的真实的心声，也是对他的理论努力的一个注脚。这一方面说明了现实生活受现代性原则的支配之强大,另一方面也说明了越过存在论根基处的澄清所导致的结局。

注 释

[1]霍克海默:《批判理论》,重庆出版社1989年版,第26页。

[2]吴晓明:《现代性批判与"启蒙的辩证法"》,载于《求是学刊》2004年7月,第18页。

[3]阿多诺:《否定的辩证法》,重庆出版社1993年版,第6页。

[4]黑格尔:《小逻辑》,商务印书馆1997年版,第120页。

[5]伽达默尔:《哲学解释学》,上海译文出版社1994年版,第111页。

[6]阿多诺:《否定的辩证法》,第2页。

[7]同上书,第6页。

[8]同上书,第6页。

[9]《马克思恩格斯选集》第4卷,人民出版社1995年版,第225页。

[10]阿多诺:《否定的辩证法》,第119页。

[11]同上书,第119页。

[12]《马克思恩格斯全集》第3卷,人民出版社2002年版,第319页。

[13]同上书,第323、333页。

[14]伽达默尔:《哲学解释学》,第119页。

[15]阿多诺:《否定的辩证法》,第224、222页。

[16]同上书,第362页。

[17]同上书,第44页。

[18]同上书,第150页。

[19]同上书,第167页,并参看第168页。

[20]同上书,第25页。

[21]同上书,第3页。

[22]霍克海默:《批判理论》,第26、10页。

[23]阿多诺:《否定的辩证法》,第14页。

[24]同上书,第3页。

[25]同上书,第4页。

[26]同上书,第149页。

法兰克福学派的意识形态批判及其存在论视域

[27] 同上书,第 158 页。

[28] 同上书,第 142 页。

[29] 同上书,第 11 页。

[30] 同上书,第 82 页。

[31] 同上书,第 158 页。

[32] 同上书,第 150—151 页。

[33] 同上书,第 8 页。

[34] 同上书,第 57 页。

[35] 同上书,第 94、95 页。

[36] 同上书,第 121 页。

[37] 同上书,第 143 页。

[38] 同上书,第 320 页。

[39]《马克思恩格斯全集》第 3 卷,第 267 页。

[40] 阿多诺:《否定的辩证法》,第 321 页。

[41] 同上书,第 321 页。

[42] 同上书,第 240 页。

[43] 吴晓明:《阿多诺对"概念帝国主义"抨击及其存在论视域》,载于《中国社会科学》2004 年第 3 期。

[44] 阿多诺:《否定的辩证法》,序言第 1 页。

[45]《马克思恩格斯全集》第 3 卷,第 315 页。

[46] 阿多诺:《否定的辩证法》,第 160 页。

[47] 同上书,第 160 页。

[48] 同上书,第 161 页。

[49] 张一兵:《无调式的辩证想象》,三联书店 2001 年版,第 241、62 页。

[50] 阿多诺:《美学理论》,四川人民出版社 1998 年版,第 386、387 页。

[51] 马尔库塞:《审美之维》,广西师范大学出版社 2001 年版,第 211 页。

[52] 阿多诺:《美学理论》,四川人民出版社 1998 年版,第 440 页。

[53] 同上书,第 54 页。

[54] 转引自马丁·杰伊:《法兰克福学派史》,广东人民出版社 1996 年版,第二版序第 13 页。

[55] 孙周兴编:《海德格尔选集》(下卷),上海三联书店 1996 年版,第 771 页。

[56] 转引自马丁·杰伊:《法兰克福学派史》,第 317 页。

第八章
本能解放论及其存在论视域

上一章以阿多诺的思想为主,论述了法兰克福学派对人的自我异化根源的一种探索——同一性对非同一性的戕害。阿多诺试图通过"否定的辩证法"所建立的星丛,恢复主客体的融合,拯救非同一性,从而为消除人的自我异化,寻找新的感性意识找到一条途径。但是,我们已经知道,阿多诺探索到最后是以没有任何建设维度的否定性为结局的。

下面我们要来看看法兰克福学派中对自我异化根源的另一种探索,那就是从本能领域的异化入手来探索克服异化的道路,这一条道路的探索者主要是马尔库塞和弗洛姆,但真正有成就的是马尔库塞,所以本章主要讲讲马尔库塞的相关思想,但也会简单论述弗洛姆的相关思想。

一、爱欲解放论的主要思想

(一)"额外压抑"和"操作原则"

马尔库塞是一个善于吸收别人思想的哲学家,大体来说,在他的思想历程中,他先后受到海德格尔、马克思和弗洛伊德的影响,其思想也因此不断调整。在海德格尔影响下的马尔库塞,把"个人"这一被第二国际理论家所忽视的概念重新置于哲学研究的中心,探索符合人的"真正的存在"的社会;当马克思的思想进入其理论视野时,通过人道主义的社会主义消除人的异化成了他理论新的关注点;而当弗洛伊德思想进入他的视野时,他又把对人性的探求和对解放的希望建立在本能理论之中。但不管如何调整,有一条主线始终贯穿于他的思想中,那就是对人类解放之路的探求,"在马尔库塞理论中有一条一以贯之的红线,那就是探索人类的'解放'之路"[1]。也就是说,马尔库塞的思想是在综合海德格尔、马克思和弗洛伊德等人理论的基础上,对人的自我异化根源的探究和对解放前景的设想。

马尔库塞认为,在现代社会,人的自我异化主要是人的本能结构遭到破坏,这一思想主要来源于弗洛伊德的本能理论。在弗洛伊德的理论中,文明的发展是与本能的压抑联系在一起的,这可以从两个方面得到论证:"(1)在个体发生的层次上,被压抑个体从孩提时期向有意识社会生存的发展。(2)在属系发生的层次上,压抑性文明从原始部落向完全有组织的文明国家发展。"[2]这两个方面都说明了文明的发展是以现实原则取代快乐原则为代价的,前者"个体自主的人格不过是人类一般压抑的僵硬表现而已"[3];而后者的"俄狄浦斯"情结说明了原始部落是通过弑父行为而走向文明的过程。总之,在弗洛伊德看来,"人的历史就是人被压抑的历史"[4]。而人的被压抑就是人的自我异化,因此,马尔库塞大体上认同弗洛伊德从本能被压抑的角度对人的自我异化的阐明。

但是,马尔库塞认为,弗洛伊德的本能理论没有做生理因素和社会因素之间关系的区分工作,"弗洛伊德的术语没有在本能的生物变迁与社会历史变迁之间作出恰当的区分"[5],这就有可能导致本能压抑的永恒化,进而导致了弗洛伊德对人类文明前景的悲观主义态度。由此,马尔库塞提出,"对他的这些术语,现在必须配以相应的表示特定的社会-历史区分的术语"[6]。马尔库塞的"额外压抑"和"操作原则"就是在这样的语境下提出来的。

在弗洛伊德看来,文明是与压抑联系在一起的,"一种压抑性的本能组织是文明中现实原则的一切历史形式的基础"[7]。马尔库塞在此基础上把压抑分为"基本压抑"和"额外压抑"两种。所谓"基本压抑",指的是"为使人类在文明中永久生存下去而对本能所做的必要'变更'"[8]。换句话说,这种压抑是建立在有机生命本身所固有的缺乏和缺陷之上的,为维持人类的生存和文明的建立而不得不实施的压抑,原始人就是在这种压抑的基础上,才逐渐摆脱野蛮状态进入文明的。而"额外压抑"则是指"产生于特定统治结构的附加控制","为特定的统治利益而维持的特定社会条件的结果"。[9]所以,额外压抑是在一定的历史阶段上产生的,受统治阶级特殊利益支配的过多的压抑。比如,为了维持一夫一妻制家庭,就要对性欲作质和量的限制,使性本能屈从于一夫一妻制的生育功能。在马尔库塞看来,尽管"在文明史上,基本压抑和额外压抑总是不可分割地错综复杂地交叉在一起"[10],但是从总体上说,前现代时期主要是基本压抑阶段,因为那时候生产力水平相对低下,人们的生活资料缺乏,因此对人实施的压抑主要是基本压抑;而到了现代社会,则主要是额外压抑阶段,因为现代生活物质丰富,人们不再为生活资料缺乏而担忧,因而所实施的主要是为维护统治阶级的利益而强加的压抑。

文明的历史是压抑的历史,换句话说,也就是现实原则对快乐原则征服的历史。马尔库塞既然提出了"额外压抑"以说明现代文明压抑的特征,那么,支配这一现代文明的现实原则肯定也有其特征,因此,他说:"如果我们企图说明现代文明中主要压抑的范围和界限,就必须根据支配这一文明产生和发展的特定的现实原则来进行描述。"[11] 这一特定的现实原则就是操作原则，它是"现实原则的现行历史形式"[12]。就如"额外操作"是对弗洛伊德压抑理论的发展一样，操作原则的提出则是对弗洛伊德现实原则的进一步深化，它指明了现实原则的时代特征和历史界限。

那么，"操作原则"的具体含义是什么？"操作原则是一个不断发展的、进取的对抗性社会的原则。"[13] 这样的社会就是资本主义社会，操作原则实际上就是资本文明的现实原则，它利用科学技术的最新成果，以技术合理性的要求确立人们精神的、行为主义的模式，以竞争性的经济原则规范人们的行动方向，从而在人们的生活中所向披靡，占据了社会的角角落落。马尔库塞后来写的《单向度的人》一书，从政治、文化、经济等领域的一体化趋势，对操作原则的后果进行了详细的论述，而操作原则最可怕的后果是使个人的思想和行为、个人所具有的各种机能达到一体化，从而使人的自我异化达到了无以复加的地步。在操作原则的支配下，"人类生存不过是一种材料、物品和原料而已，全然没有自身的运动规律。这种僵化的状况也影响了本能、对本能的抑制和改变。原来的动态本能现在变为静态的了，自我、超我和本我之间的相互作用凝聚成了机械反应。超我的僵化伴有自我的僵化，它的表现就是在不恰当的时间和地点产生了僵化的性格和态度。意识越来越缺少自主性，它的任务范围缩小了，它只须使个体与整体相协调"[14]。人的自我异化程度之深从上述引文中可见一斑。

这种人的自我异化不仅仅是被统治阶级的异化，而且也包括统治阶级的异化，一句话，是全民的异化。那是因为操作原则对人实施的压抑，是通过我们习以为常的非人格化的"制度"或"体制"来实施，而非原先的压抑是通过人格化的主人、酋长、首领等来实施的，这种统治正是汉娜·阿伦特所言的"无人统治"，这种"无人统治"使得整个制度看上去是那么合理,实际上却是无孔不入的统治,"在这种统治发展到登峰造极的时候,集中的经济力量把人完全吞没了。任何人,即使身居高位的人,面对这种设施本身的运动和规律,都显得软弱无力。控制一般由政府机关实施。在这个机关中,无论雇主和雇工都是被控制者"[15]。毫无疑问,这是一个新型的极权主义的社会,在这种社会中,人们都处于麻木不仁的状态,他们的意识受到了操纵,他们把"虚假的需求"当作"真实的需求",总之,资本文明在操作原则下的额外压抑,"使整个的人——肉体和灵魂——都变成了一部机器,或者甚至只是机器的一部分,不是积极地,就是消极地;不是生产性的,就是接受性的,在他的工作时间和业余时间里为这一制度效力。技术上的劳动分工使人本身只是起着一部分操作功能,而这一部分功能则受着资本主义过程的协调器的协调"[16]。一个全面异化的社会正在逐渐形成。

(二)非压抑性文明——爱欲的解放

马尔库塞在对弗洛伊德本能理论改进的基础上提出的"额外压抑"和"操作原则"这两个术语,是为了设想一种非压抑的文明方式,这可以说是他和弗洛伊德理论的最大分歧。按照弗洛伊德的观点,压抑是文明的必然本质,文明就是起源于压抑,因此,非压抑与文明是不可共存的,非压抑的文明方式也是不可能的。

但是马尔库塞却认为可以从弗洛伊德本能理论本身中导出非压抑性文明。按照弗洛伊德的观点,文明的起源在于快乐原则和现实原则的冲突,而"这种冲突是由普遍的缺乏、生活窘迫和生存斗争引起并维持的。生存斗争之所以必然要求对本能作压抑性改变,主要是因为缺乏足够的手段和资源,以全面地、无痛苦地、不费吹灰之力地满足本能需要"[17]。可见,在弗洛伊德那里,生存斗争与本能压抑之间画上了等号。但是,马尔库塞认为弗洛伊德的这种看法是一种非历史性的看法,因为作为现有文明的本能压抑是通过操作原则来进行的,弗洛伊德"实际上把现存的现实原则(即操作原则)与现实原则本身等同起来"[18]。换句话说,操作原则只是资本文明的现实原则,而非所有文明的现实原则。而且在操作原则支配下的资本文明与前资本文明比起来,物质财富和精神财富都得到了极大的丰富,足以让大部分人过上幸福日子。但事实上,这个世界上还是有很多人生活在贫困之中,压抑仍然存在,其中的原因并非财富的不足,而是由于分配不公和利用不当所致,经济危机时期很多国家不顾贫困地区的人吃不饱穿不暖的现状,而宁愿把剩余产品毁掉的事实,就说明了这一点。这表明了压抑其实是来自外部特定的历史条件。所以,马尔库塞说:"生存斗争中压抑性的本能组织便源于某些外来因素,就是说,这些因素不是本能的'本性'所固有,而是来自某些本能发展的特定历史条件。"[19]这样,马尔库塞就为弗洛伊德非历史的本能理论注入了历史的因素。

从另一方面来看,按照弗洛伊德的理论,压抑是由"普遍的缺乏、生活窘迫和生存斗争"所引起,那么,资本文明所创造的巨大的社会财富尽管目前还不能完全消除缺乏,但利用科技的最新成果创造物质财富的能力,使得非压抑文明的建立具有了现实可能性。"在最适当的条件下,成熟文明中优厚的物质财富和精神财富将使人的需要得到无痛苦的满足,而统治再也不能按部就班地阻止这样的满足了。……快乐原则与现实原则之间的对抗关系也将朝着有利于快乐原则的方向发展。"[20]一种非压抑文明的建立也就有了可能。

马尔库塞从弗洛伊德的理论出发,无论从反面进行论证,还是从正面进行论证,都可以推论出一种非压抑的文明方式出现的可能性。但是,诚如前面已经指出的,操作原则支配下的资本文明所创造的大量的物质财富和精神财富,并没有得到公平的分配和合理的利用,我们在资本文明中看到的是文明的进步与压抑的加剧的同步进行。马尔库塞认为,这种不合理恰恰证明了操作原则的僵化,这种僵化预示着一种新的文明产生的可能性,"正是文明本身'给现代人造成这种创伤',因而只有一种新的文明才能治愈这种创伤。"[21]在后来《单向度的人》一书中,马尔库塞引用本雅明的话:"只是因为有了那些不抱希望的人,希望才赐予了我们"[22],所表达的也就是这个意思。这让我们想起海德格尔在《技术的追问》中引用荷尔德林的诗句"哪里有危险,哪里也有救",表达的也是同一个意思。

以上论证了非压抑文明出现的可能性。对于马尔库塞来说,这种非压抑文明实际上就是本能的革命,通过本能的革命建立一种新感性。就如资本文明通过操作原则改变人的本能结构从而造成人自我异化一样,扬弃人的自我异化就需要进行本能的革命。这个本能的革命具体说来就是"爱欲解放论"。"爱欲"是弗洛伊德后期本能理论中与死亡本能相对的生命本能,它是人的机体对普遍快乐的一种追求,"是保存一切生命的巨大的统一力量"[23],爱欲的解放意味着使人的整个身心都获得全面的持久的快乐。它不同于单纯追求异性肉欲快感的性欲,而是把性欲转变为爱欲,"随着性欲转变为爱欲,生命本能也发展了自己的感性秩序,而理性就其为保护和丰富生命本能而理解和组织必然性而言,也变得感性化了"[24]。这种变得感性化了的理性,马尔库塞称之为"感性的理性"或"满足的合理性",也是他后来所称的"新感性",这是一种在更高阶段上的感性和理性的统一。

在马尔库塞看来,这种"新感性"或"满足的合理性"最充分地体现在艺术作品之中,因为"艺术作品从其内在的逻辑结论中,产生出另一种感性、另一种理性"[25]。而艺术作品要产生这样的逻辑结论,必须借助于审美形式,"所谓'审美形式',是指和谐、节奏、对比诸性质的总体,它使得作品成为一个自足的整体,具有自身的结构和秩序(风格)"。[26]这个自足的整体包括诗歌、戏剧、小说,等等,艺术作品借助于这些审美

法兰克福学派的意识形态批判及其存在论视域

形式所产生的自足整体，获得了一个不同于现存的现实的真实的现实，从而改变着现实中支配一切的秩序，总之，"让艺术作品借助审美的形式变换，以个体的命运为例示，表现出一种普遍的不自由和反抗的力量，去挣脱神化了（或僵化了）的社会现实，去打开变革（解放）的广阔视野"。所以，"艺术的批判功能，艺术为自由而奋斗所作出的奉献，存留于审美形式中"。[27]

马尔库塞对非压抑文明的这种表述，可以被称为"审美的乌托邦"。因为艺术作品的审美形式是与自律、真理联系在一起的，也就是说，审美形式利用"和谐、节奏、对比"等诸方式使艺术作品具有自身的结构和秩序，而与"给定的东西"区别开来，从而构成了艺术作品的自律，而只有当艺术作品是自律的时候，才是真理的表现形式，反之，"当社会——历史限制艺术自律的时候，它必定也破坏着艺术作品所表现的超历史真理"[28]。所以，艺术作品要表现"真实的现实"，就必定是虚构的，"艺术是通过创造一个虚构的世界，即一个'比现实本身更真实'的世界"，来达到"向现存现实的垄断性宣战"[29]的目的的。换句话说，艺术作品必须是与现实相疏离，变成一种与现实异在的东西，才能构成它的解放价值。无疑，这种观点是一种乌托邦。

当然，马尔库塞自己认为，他的乌托邦概念不同于只是"纯粹空想性"的传统乌托邦概念，在马尔库塞看来，"乌托邦是一个历史概念"。[30]也就是说，乌托邦所设想的美好社会在一定的历史条件下的不可实现性，并不意味着永远不可实现，只要历史条件发展到适合乌托邦的实现，乌托邦就将终结，变成一种现实。但是，这样一种良好的愿望如果仅仅是主观上的，那只是人类的一种乌托邦情结而已，人人都可以具有，没有多大的意义。所以我们必须进一步考察马尔库塞这一思想的存在论基础，才能确定其思想真正深入到了哪一种程度。

二、爱欲解放论的存在论视域

（一）对理性存在论的批判

我们在第一节的内容中已经了解了，马尔库塞对人的自我异化根源的揭露，是从本能压抑的角度入手，所以要消除人的自我异化，就必须进行本能革命，树立一种"新感性"或者说"感性的理性"，以此消除人的自我异化的根源，实现整个社会的解放。根据这样一条思路，我们从马尔库塞对这种"新感性"或者说"感性的理性"的论述入手，来考察其存在论视域，可能是一个好的突破口。

马尔库塞认为，要提出"新感性"的思想，首先必须对传统的理性存在论进行批判，因为理性存在论是"新感性"思想的最大敌人。在马尔库塞看来，西方思想从古希腊的亚里士多德开始，就确立了把逻各斯视为存在的本质的存在论思想，而"逻各斯是抑制本能的理性"[31]。当哲学把这种抑制本能的理性"看作存在的本质时，这种逻各斯就已经是统治的逻辑了，已经是人和自然必须服从的理性，这种逻各斯不仅发号施令、为所欲为而且还确定方向"。[32]在亚里士多德那里，这种统治的逻辑借助形式逻辑使普遍的概念获得了对个别事物的统治权，它要求征服和遏制一切不合理的和非理性的东西，从"征服个体的'低级'机能即性欲和食欲机能"到"征服外部自然"，这种征服欲表明了理性"自身本质上是一个攻击性的、好战的主体，它的思想和行动都是为了控制客体"[33]。总之，在马尔库塞看来，"即使在这个文明之初，理性也已被看作是压制本能的工具；本能、感性领域被看作始终对立于理性，有害于理性的。……凡属于感性、快乐、冲动领域的东西都意味着是与理性相对抗的，是必须予以征服和压制的东西"[34]。"新感性"的思想在这种理性存在论的压制下是不可能产生的。

理性的这种统治欲望，一直伴随着西方的文明发展史，而且愈演愈烈，直至今天理性变成极端抽象的工具理性统摄一切。但是，事实上，这种理性存在论在其发端之时就已经意识到统治的逻辑不可能一帆风顺，因此，寻找逻各斯和爱洛斯的结合，或者说调和主客体的关系就一直作为统治逻辑的补充而存在，西方思想也在这种张力中前进。但是，在马尔库塞看来，这种调和始终只是在亚里士多德主义内部打转，即使到了西方思想集大成者的黑格尔哲学那里，他用来调和主客体对立关系的"绝对观念和绝对知识"也仍然是亚里士多德的"神的努斯"，一句话，黑格尔的思想仍然是一种"神正论"。黑格尔通过建立庞大的哲学体系，只是"把握住了理性大厦得以建立的历史的基础"[35]，但是却没有克服理性存在论的根本缺陷：在纯思想的运动中把握对象。这种把握只不过是满足或检验了自我的力量，对象仍然是没有生命的存在。这就是马克思所说的，"自我意识通过自己的外化所能设定的只是物性，即只是抽象物、抽象的物，而不是现实的物"，"物性因此对自我意识来说决不是什么独立的、实质的东西，而只是纯粹的创造物，是自我意识所设定的东西，这个被设定的东西并不证实自己，而只是证实设定这一行动"。[36]

通过上述考察，马尔库塞得出了决定性的结论："西方哲学以理念始，也以理念终。无论在其开端（亚里士多德）还是在其终端（黑格尔）那里，最高形式的存在、最高形式的理性和自由，都表现为努斯，表现为精神。无论在其开端还是终端，经验世界都是一种否定性的东西，是精神的、或精神在世间的代表的材料和工具。……在开端与终端之间存在的，是作为统治的逻辑的理性的发展，即通过异化而达到的进步。"[37]马尔库塞在这里不仅指明了理性存在论的唯心主义本质，即"以理念始，也以理念终"，而且指明了这一存在论所内含的统治的逻辑，即"通过异化而达到的进步"，在这样的理性存在论中，感性的因素是不可能有地位的。可以说,对西方理性存在论的上述定位是有原则高度的。

马尔库塞认为,黑格尔的哲学达到了理性存在论的顶点,因为他的哲学在理念的范围内实现了自由,"被压抑的解放在理念和理想中得到了提倡"[38],但由于这种解放仅仅是在理念范围之内,因此只是"一个精神事件,黑格尔的辩证法仍然未能突破由现存现实原则所确定的框架"[39]。因此,黑格尔以后的哲学,如果还是在理性存在论的范围内思考,那就只能分享黑格尔哲学的残羹剩汁,做做"扫尾工作"而已,根本不可能突破黑格尔庞大的哲学体系。鉴于这样的理解,马尔库塞一针见血地指出,要突破理性存在论,就必须对存在的本质重新作规定,"新的思想原则在此机构之外发展起来,它们具有不同的性质,服从不同的理性形式,不同的现实原则。这个变化,用形而上学的语言来表达,就是指存在的规定不再被看作逻各斯"[40]。马尔库塞这里所指的"在此机构之外"的新的思想原则,就是指在以黑格尔为完成形式的理性存在论之外新的思想形式,这些思想形式将重新对存在的本质进行规定。为此,马尔库塞列举了叔本华、尼采和弗洛伊德的名字,认为他们的思想都是作为理性存在论的对立面而出现的。

但是,尽管这三人的思想都挑战了理性存在论,马尔库塞对他们的评价还是有差别的。他认为,叔本华把存在的本质规定为意志,但由于这种意志必须通过牺牲世间的幸福才能得到满足,所以仍然是压抑性的。由于是压抑性的,就仍然没有真正克服理性存在论的缺陷。尼采的哲学却超出了理性存在论,因为尼采高扬"权力意志",确立"酒神精神",抛弃了理性的传统形式,建立了作为自在目的的欢乐和享受的存在的经验;尼采注重当下,提出"永恒的回归",使得生命的本能得到了完全的肯定。总之,尼采用"一种新的现实原则形象打破了压抑背景,并预见了对古代传统的摆脱"[41]。而弗洛伊德的元心理学把存在的本

法兰克福学派的意识形态批判及其存在论视域

质规定为爱欲,就恢复了早期柏拉图的哲学,那就是"文化不是压抑性的升华,而是爱欲的自我发展"[42]。总之,为了"与以逻各斯为基础的存在观相抗衡,出现了一种以非逻辑的东西即以意志和快乐为根据的存在观。这股逆流也想努力表明其自身的逻各斯,即满足的逻辑",用满足的逻辑对抗统治的逻辑,"于是传统本体论遭到了非议"。[43]

在马尔库塞看来,用非逻辑的东西代替逻各斯来规定存在的思路无疑是正确的,他的"爱欲解放论"和"新感性"的思想就是对上述思路的一种继续和深化。而作为弗洛伊德思想的继承者,他的思想又是在发展弗洛伊德本能理论的基础上继续前进的,因为在他看来,尽管弗洛伊德用本能规定存在的这样一种思路的方向是正确的,但是弗洛伊德"所关心的已是占统治地位的现实原则的合理性,而不再是对爱欲的形而上学沉思"[44],也就是说,弗洛伊德所关心的仅仅是现实原则本身,而没有关注这一现实原则所赖以成立的哲学基础,马尔库塞要做的就是"要恢复他这种形而上学沉思的全部内容",也就是对爱欲的哲学根基进行揭示。这一揭示的结果是感性原则的重新确立。

(二)感性存在论及其缺陷

爱欲的解放就是对感性原则的重新确认,这一点,我们在上一节中已经有所论述。马尔库塞指出,在理性存在论统治之下的感性,地位非常之低,它要么是属于认识的低级阶段,即为高级的理性认识作准备的阶段,要么是为知识所提供的纯粹的质料,即还有待于理智的高级机能来组织的材料。"在唯理论的统治下,感性的认识功能总是遭到极度的轻视。与压抑性的理性概念相一致,认识成了心灵的高级的、非感性的机能最最关注的目标;美学被逻辑和形而上学同化了。感性,作为'较低'的、甚至'最低'的机能,至多只能为认识提供纯粹的原材料,这些材料还有待于理智的高级机能来组织。"[45]因此,必须把感性从理性的统治之下解放出来,由此,马尔库塞考察了美学一词在哲学史上地位的确立这一事件来表明感性原则的确立。

美学(Aesthetic)这个词原先的含义就是指"属于感觉",但直到18世纪中叶,鲍姆加登才确定这个词的新的用法,即"属于美和艺术",由此才成为一门新的哲学学科。马尔库塞认为,美学这门学科的成立是一个绝大的事件,因为在此之前,只"存在着一种作为概念理解科学的逻辑学,但不存在一种相应的作为感性科学的美学",因此,没有可以与具有逻辑本性的理性存在论相抗衡的东西,而"美学这门学科确立了与理性秩序相反的感性秩序",从此理性一统天下的局面就将被打破,一直受到理性压抑的感性也将重获解放。总之,"作为一门独立学科的美学的基础抵抗着理性的压抑性统治:由于想要证实审美功能的核心地位并使之成为一种生存范畴,结果使感觉的固有真理价值在盛行的现实原则下没有发生退化"[46]。可见,马尔库塞重新回顾美学确立的历史,其目的非常明确,那就是建立一种以感性为基础的存在论以对抗理性存在论。

马尔库塞指出,在鲍姆加登确立了作为感性科学的美学之后,康德继承了美学的这一用法,在《判断力批判》当中,康德提出的"无目的的合目的性"和"无规律的合规律性"这两个主要范畴,作为美的结构和自由的结构,确立了一种真正的非压抑的秩序本质,根据康德的理论,当审美功能成为文化哲学的核心论题时,一种"理性是感性的,而感性则是理性的"非压抑文明原则就被提示出来了。而在《判断力批判》影响下的席勒所写的《审美教育书简》,提出了要依靠审美功能的解放力量,重新造就一种包含新的现实原则的文明。在这种新的现实原则中,感性不再屈从于理性,而是重新表明了自己的权利,表明自己构筑一种非压抑文明的权利,在那种文明下,满足的合理性将代替压抑的合理性,消遣和表演的原则将代替操作原则。当然,马尔库塞探索席勒的美学思想,其最终目的还是为了人类的解放,"这种探索的目的是要解决一个'政治'问题,即把人从非人的生存状态中解放出来"[47]。在席勒那里,就是表现为美学是导向自由的必由之路,而这条必由之路的表现之处就是艺术。总之,马尔库塞认为,通过考察康德和席勒的美学,审美一词的原初意义和功能得到了恢复,快乐、感性、美丽、真理、艺术和自由之间的内在联系得到了揭示。因此,他们的观点代表了一种最先进的思想立场。

以上马尔库塞倚靠重新阐述鲍姆加登、康德和席勒的美学思想,来阐明自己对感性的基本态度,那就是感性对于一种新的现实原则的确立至关重要,所以必须把感性从理性对其施加的压抑性暴政中拯救出来。那么,这种从理性的暴政中拯救出来的感性究竟是什么样子呢?马尔库塞称之为"新感性","新感性,表现着生命本能对攻击性和罪恶的超升,它将在社会的范围内,孕育出充满生命的需求,以消除不公正和苦难;它将构织'生活标准'向更高水平的进化"。[48]也就是说,这种新感性是高扬生命本能的新的现实原则。马尔库塞认为,这种新感性不仅仅是被动的和接受的,它同样也是生产性和创造性的,从它具有生产性和创造性的特点出发,马尔库塞称这种新感性是"激进的感性","激进的感性这一概念强调感觉在构造理性时那种能动的、建构的作用;所谓构造理性,即是指铸造那些借以去组织、经验、改造世界的范畴。感觉并非仅为被动的、接受的:它们具有自身的'综合'能力,它们导领着经验的原初材料"[49]。马尔库塞在这里很明确地指出了感性之于理性的先在性,感觉由此从理性存在论的被动、接受地位中走了出来,具有了能动的、创造的功能。马尔库塞进一步指出,感性的这种综合能力不仅仅是康德意义上的用纯粹的直观形式对感觉材料进行先天整理,它还包括了构成以经验为基础的或者说历史的先天经验,"这样,我们的世界不仅出现于空间和时间的纯形式中,而且同时还作为一个

第八章 本能解放论及其存在论视域

感性性质的整体,即不仅是眼睛(视觉)的对象,还是所有人类感觉(听、嗅、触、尝)的对象"。感性不仅具有构建经验世界的能力,它还能创造社会关系,这种创造社会关系的感性是解放了的感觉所具有的一种能力,"所谓'感觉的解放',意味着在社会的重建过程中成为有'实际作用的'东西,意味着它们在人与人、人与物、人与自然之间创造出新的(社会主义的)关系。同样地,感觉也成为一种新的(社会主义的)理性的'源泉'"[50]。马尔库塞的这一思想无疑是打击了理性存在论的,因为在理性存在论中,构筑世界向来是理性的能力,感性的地位向来是低下的,在古希腊,它只是刺激个体回忆理念的一个刺激源,真理在于理念世界,在中世纪,它是个体必须加以压抑掉的欲望,到了近代,它也只是先天范畴用以构成一条经验的纯粹质料,现在,马尔库塞却要为感性翻案,指明那种在理性存在论中地位卑下的感性本身具有构造世界的能力,具有创造性和生产性。马尔库塞还进一步指出,感性所构造的世界不仅仅是经验的世界,就连超感性的社会关系也是由感性所创造的,这不可不谓是对理性存在论的严重颠倒。因为理性存在论向来引以为豪的是:只有理性才有能力超出感性个别性,才有资格谈论社会关系,这也是它之所以能占据霸主地位的一个有力依据,现在马尔库塞却说,这个建构社会关系的理性是由感性而来,社会关系亦是由感性而来,这个打击不可谓不沉重。

当然,由于"批判理论残留的对'理性的最终有效性的信仰'"[51],马尔库塞也就不能例外,在他看来,祛除感性的理性固然会变成暴戾的统治,但是如果没有理性,感性亦会以破坏性的残酷形式来表现,爱欲解放论最后被误解为性欲解放论就是一个明证。因此,马尔库塞强调在非压抑性文明中,理性是感性的,而感性则是理性的,在这个意义上,理性和感性得到统一。也正因为如此,在马尔库塞那里,"新感性"、"新理性"、"满足的合理性"、"感性的理性"等,意指的都是同一个东西。从这个意义上,我们可以说马尔库塞对理性存在论的批判是不彻底的,或者说他自身的存在论视域是没有内在巩固的。他提出感性的原则以对抗理性存在论,这个感性应该被视为是人与世界的原初关联,是理性存在论的那个理性得以成立的前提,马尔库塞提到的,"激进的感性"和"感觉的解放"所要表达的就是这个意思。但是,当他提到感性亦不能缺少理性时,这时又把感性降格为是与理性对峙的一种功能,感性和理性的关系就下降为一种相互作用。而这种对感性的矛盾运用,缘于其没有领会马克思和海德格尔所发动的存在论的革命,他领会到了理性存在论的巨大危害,也在一定程度上打击了理性存在论,但由于缺少对存在论根基的自觉澄清,最终还是没有真正走出意识内在性的牢笼。这个判断是正确的,我们可以在另一个领域,即马尔库塞一生所关注的革命的领域中,同样领会到由于缺少对存在论根基的自觉澄清所带来的后果。

马尔库塞对意识形态的批判在于认为意识形态导致了人的自我异化,为了消除人的自我异化,必须进行革命。而革命就要"消除那种把人类历史变成控制和奴役的历史的根源",他指出,"这些根源是政治经济的,不过,既然这些政治经济的原因重新塑造着人类的需求和本能本身,那么,只有将政治经济的变革,贯通于生物学和心理学意义上能体验事物和自身的人类身上时,只有让这些变革摆脱残害人和压迫人的心理氛围,才能够使政治和经济的变革中断历史的循环"[52]。这段引文一方面说明了马尔库塞的思想延续着马克思的政治经济学批判的方向,并且希望在此基础上对马克思的理论在新的历史条件下有所发展,他的这种努力意图是不应该予以抹杀的;但是,这种努力的方向在大原则上却是不彻底的,因为他最终诉诸的是意识的革命。

马尔库塞认为,既然人的自我异化是人的本能受压抑,人的感性被剥夺,那么要消除人的自我异化,建立自由社会,就必须进行本能和感性的变革,"假如个体要团结起来建立一个具有质的差异的社会的话,那么,他们就必须改变他们的本能和感性本身"[53]。"这个社会的实现,其前提在于根本变革个体的冲动和欲求,也就是说,在社会历史的层面上,个体得以有机的发展。假如不植根于个体的本能结构,团结的基础就是脆弱的。"[54]因此,本能和感性的改变是极端重要的,而这种本能和感性的改变,马尔库塞又诉诸艺术领域,他说,尽管"艺术不能改变世界,但是,它能够致力于变革男人和女人的意识和冲动,而这些男人和女人是能够改变世界的"[55]。从而把革命的动力引向了主体方面。为此,他还批评庸俗唯物论者对"整个主体领域的低估",即"这样的事实被忽略了:产生变革的需求,必须源于个体本身的主体性,植根于个体的理智与个体的激情、个体的冲动和个体的目标"[56]。这一思想在马尔库塞那里实际上是一以贯之的,早在1932年为解释马克思的《1844年经济学哲学手稿》而写的《历史唯物主义的基础》一文中,马尔库塞就把马克思主义解释成一种人道主义,认为马克思通过政治经济学批判改变了政治经济学的概念,即一种基于对人性考察基础上的哲学批判,共产主义革命意味着人的全部历史的革命,人这一存在物的定义的革命,而与经济上的激变无关,所以应该从人的本质方面去寻找革命的基础。马尔库塞把任何对本能和感性的改变行动都称之为"新感性的政治表现",因为它们与革命息息相关。

一般而言,把革命的动力引向主体方面也没有什么错,法兰克福学派的努力就是在继承马克思思想的基础上对马克思思想的发展,即寻找晚近资本主义时期革命的、批判的力量,但是对这一主体方面是需要进行存在论根基上的澄清的。否则的话,就有可能再一次陷入意识革命的泥淖。显然,马尔库塞对这一点是有所察觉的,因为他很清楚如果一味地强调主体的本能和感性的改变的重要性,就会重新落入唯心主义,但是,他并没有因此就自觉地对这个主体进行存在论根基上的澄清,因而最终走向了强调感性的革命与社会环境的相互作用,"革命必须同时是感性的革命,与革命相伴随的必须是社会物质和知识方面的重构,革命创造的将是崭新的审美氛围"[57]。也就是说,社会条件与感性的改变是相辅相成的,现代社会造成了人的病态的、压抑的感觉能力,改变这种感觉能力也就能改变这种社会条件。但是,这种补充根本于事无补,且不说马尔库塞最终还是把革命的根源放在了本能和感性的改变上,并由此坚持了本能和感性的改变对社会条件改变的优先地位,即使他强调了两者之间的相互作用,最终还是要陷入是人的本能决定环境还是环境决定人的本能,所以,问题的关键并不在于本能和感性的改变还是环境的改变,问题的关键是如果马尔库塞略过马克思的存在论革命,这样的结局就是必然的。

马克思早在《关于费尔巴哈的提纲》中就指出"有一种唯物主义学说,认为人是环境的产物,因而认为改变了的人是另一种环境和改变了的教育的产物,——这种学说忘记了:环境正是由人来改变的,而教育者本人一定是受教育的。因此,这种学说必然会把社会分成两部分,其中一部分凌驾于社会之上(例如,在罗伯特·欧文那里就是如此)。环境的改变和人的活动的一致,只能被看作是并合理地理解为变革的实践"。[58]虽然马尔库塞的观点跟马克思这里所说的那一种唯物主义刚好相反,即认为环境是由人创造的,因而改变了人就能改变由人所创造的环境,但是马克思对那种唯物主义的批判同样适用于批判马尔库塞,马尔库塞确实不懂得变革的实践。因为无论是人的本能的改变,还是社会条件的改变,都是实践的结果,实践是历史的、社会的,它规定了主体的个性、本能、性格等特征,也规定着社会环境和社会条件。它是一个场,是我们能得以展开活动的先天结构,用一种比拟的方法,它相当于海德格尔所说的"生存"。而这个实践活动是具有自我批判能力的,理论的任务是去把握并表达实践的这一自我批判能力,因此,对于人的自我异化的扬弃也只能诉诸实践自身所具有的批判力量，而不是靠改变人的本能和感性所能完成的。

事实上，我们在马尔库塞身上能够看到费尔巴哈的影子，尽管马尔库塞借助于弗洛伊德的本能理论，对人的感性特征的表述比起费尔巴哈是大大丰富了，但是，如果没有进行存在论上的澄清，这种修修补补的工作根本不可能真正突破理性存在论的樊篱，他把理性的根源追溯到感性，尽管说明了理性不是最本源的，但也只不过是用感性这一存在者去取代理性这另一存在者而已，而理性的真正根源在于存在，而不是存在者，在马克思那里，就是实践或者感性活动。因此，马尔库塞实际上仍然只是在意识的内在性里面做文章，也因此他必须悬设一个审美的乌托邦作为其理论的必要补充。总之，尽管马尔库塞的批判是那么地激烈，但由于对存在论根基的阐明和检审一再被延宕，使得他的批判成果受到了限制，这不能不说是相当遗憾的！

三、弗洛姆的心理革命理论及其存在论视域

（一）人的自我异化和心理革命理论的提出

在法兰克福学派中，马尔库塞和弗洛姆被称为"弗洛伊德马克思主义"，他们两个对人的自我异化根源的揭示和扬弃自我异化的道路的选择都是在弗洛伊德的本能理论的基础上进行的，但两人的路子又不尽相同，用哈贝马斯的话来说，就是"两条路线"的差别，前者从弗洛伊德的本能理论出发，着眼于人内部自然的动力对社会压力所作出的反应，后者则从人所处社会的相互作用出发，来探讨人的本能机制的改变。下面就具体来看看弗洛姆的相关思想。

作为一个开业的精神病医生，弗洛姆思想的关注点始终是"孤立无援的现代人"，关注这些现代人在资本主义意识形态下精神分裂、人格

畸变的命运,一句话,人在现代社会中的自我异化是其理论的出发点,克服人的自我异化则是其理论的归宿处。

弗洛姆从多个视角阐明了人在资本主义社会之下的自我异化的种种表现,早在其1941年出版的《逃避自由》一书中,他就通过对人的生存的内在冲突的考察以及对人与自然的矛盾关系的揭示,阐明了现代人逃避自由的心理机制及种种具体表现:极权主义、破坏性、机械地自动适应,从而揭示资本主义社会的政治、经济、文化等环境对个性的压抑;而在1947年出版的《寻找自我》一书中,他又通过对非创发性性格特征的描述,强调非创发性性格并不是与生俱来的,而是"由社会条件所造成的"[59],通过对当代资本主义社会中人性的异化和扭曲的揭示,批判了资本主义对人性的摧残。这些都是对资本主义制度下人的自我异化性质的非常敏锐的洞察,他甚至提出了"最正常的人也就是病得最厉害的人,而病得最厉害的人也就是最健康的人"[60]的观点。对资本主义社会下人的自我异化的类似揭示在弗洛姆的著作中比比皆是,而且往往以一种十分醒目的方式表达出来,让人觉得振聋发聩。

与马尔库塞不同的是,作为弗洛伊德修正主义的弗洛姆,"把重心从无意识向意识、从生物学向文化因素转变"[61],也就是哈贝马斯说的对弗洛伊德本能理论的另一条路线,即由人的社会行为出发上溯到人的性格结构、无意识结构,并由此来探讨人的自我异化的深度,而这就是他所提出的"社会性格"和"社会无意识"所蕴涵的意义。下面就分别来讲讲弗洛姆的这两个范畴。

"社会性格"来源于弗洛伊德对个人性格的论述,弗洛伊德认为,人的性格是与利比多有关的,利比多"升华"或"反馈"的不同形式会把生命过程中的人的能量引向不同的方向,从而形成不同的性格结构。性格结构对人来说非常重要,它"既决定了一个人的思想和观念,又决定了一个人的行为"[62]。弗洛姆认为,弗洛伊德的性格概念为他提出社会性格的概念奠定了基础。所谓社会性格，"指的是同属于一个文化时期绝大多数人所共同具有的性格结构的核心，它不同于个人的性格"[63]。它之所以不同于个人性格，是因为个体性格是各个不同的，而社会性格则具有典型性，每一个民族、社会和阶级都有一个表明各自特点的性格结构。但这并不是说，社会性格是运用统计学的归纳方法对社会成员个人性格的简单相加，因为决定社会性格的是一个团体"共有的生活方式和基本实践活动"[64]，而一个特定的团体总是受制于特定社会的经济、政治、文化等社会结构当中，并在这种特定的社会结构当中进行最基本的实践活动，社会性格就从这种情况当中形成起来。

弗洛姆指出，通过对社会性格作用和功能的研究，能更好地理解这个概念，那么社会性格的功能是什么呢？"社会性格的作用就在于以这样一种方式形成社会成员们的能力，使这些社会成员们的行为与他们有意识地决定是否要遵循社会模式无关。他们的所作所为，都是由社会决定的；同时，他们也因自己的行为能符合文化的要求而感到满足。换言之，在一定的社会中，为使这个社会能继续发挥作用而改变和操纵人的能力。"[65]上述这段引文，很明显地可以看出社会性格所具有的欺骗性，它不仅改变和操纵人的能力，而且这一改变和操纵还能使社会成员感到满意，它不仅通过社会的习俗、宗教、教育等塑造人的社会性格，还通过家庭中的双亲"将社会需要的性格结构基本特点转移到孩子们的身上"，"机械地灌输"给孩子们。[66]其对人的影响之深之广可见一斑了。

就如社会性格来源于弗洛伊德的个人性格，弗洛姆的社会无意识则来源于弗洛伊德的个人无意识。无意识是弗洛伊德精神分析学中非常重要的一个概念，它是指被意识压抑在深层心理领域中的不可遏制的欲望和本能，是人的思想和行为的原动力，在弗洛伊德那里的无意识主要是指个人的无意识。弗洛姆引入了弗洛伊德的无意识概念，用以分析整个社会成员的无意识状况,从而形成了社会无意识的概念。弗洛姆说,所谓社会无意识,"是指那些被压抑的领域,这些领域对于一个社会的最大多数成员来说都是相同的。当一个具有矛盾的社会有效地发挥作用的时候,这些共同被压抑的因素正是该社会所不允许它的成员们意识到的内容"[67]。可见,对社会无意识内容的揭示,就可以看出一个社会的压抑程度。

弗洛姆认为,社会无意识的有些内容可以转化为社会意识,这些可以转化为社会意识的社会无意识是经过"社会过滤器"过滤以后留下来的,而那些通不过过滤的则被压抑在无意识领域。社会过滤器包括语言、逻辑学和社会禁忌,"社会过滤器使一种经验很难或者根本不可能进入意识中。语言和逻辑学是这种社会过滤器的两个组成部分……第三部分是由社会的禁忌组成的"[68]。事实上,所谓的社会过滤器是一个特定社会的经济、政治、文化结构而已,凡是能为这个社会的政治、经济、文化的发展所用的社会无意识,就能通过社会过滤器,并成为这个社会的意识形态而为这个社会中的成员所信奉,反之,则会被扼杀在无意识的领域。

那么,我们这个时代的社会过滤器又如何呢?通过对散落在弗洛姆著作中的相关思想的整理,可以得出以下结论。在语言领域,现代人把语言看成是一种抽象符号,因此,把语言看成是一种技术术语,也就是说,只注重语言的"知识的纯理性方面",而超出这一方面的经验和感情就被过滤掉了;弗洛姆还指出,现在"越来越多的人宁可从'占有某物'这个方面,而不愿从存在或行动方面来思考。因此,他们宁愿使用名词,而不愿使用动词"[69]。而这与资本主义社会的本性息息相关。弗洛姆的这一分析让我们想到了海德格尔对西方理性主义存在论的分析。在逻辑领域,也就是思维规律领域,现代社会遵循的是亚里士多德的形式逻辑,凡是不能被这种形式逻辑理解的经验,都被视之为荒谬。

在社会禁忌这一最重要的社会过滤器中,现代社会禁止任何同情、怜悯或伤感的情绪产生,一切情感都被限定在商品交换的领域,限定在高度消费的领域,超出这个领域的情感,都是危险的,需要被禁止的。

总之,现代社会通过社会过滤器的过滤,使资产阶级的意识形态有了具体的内容,而且,"所有这些意识形态通过父母、学校、教会、电影、电视、报纸从人的童年时就强加给人们,它们控制着人们的头脑,似乎这是人们思考和观察的结果"[70]。这样,资本主义社会现存的一切都被认为是理所当然的,没有人注意它的不合理之处,所有的人都真诚地相信这些意识形态,这就是弗洛姆所说的在病态化社会中被异化的人。

以上阐述了弗洛姆"社会性格"和"社会无意识"这两个范畴的主要内容。尽管与弗洛姆直接用来揭示人的自我异化的概念(比如我们前面提到的逃避自由的心理机制、非创发性的性格结构,还有重占有的生存方式等)相比,"社会性格"和"社会无意识"主要是作为弗洛姆修正弗洛伊德理论后出现的两个标志性的范畴,但这两个范畴从另一个角度同样反映了资本主义社会中人的自我异化之深。笔者以为,弗洛姆这两个范畴的提出,正是他对资本主义社会发展到发达工业社会以后异化程度加深的体会,诚如马尔库塞所说:"本世纪上半叶发生了根本性的社会变革,与此相适应地,精神分析也改变了在我们时代文化中所发挥的作用。自由时代及其提供的希望的破灭,蔓延着的极权主义思潮连同反抗这一思潮的种种努力,都在精神分析的论点中得到了反映。"[71]尽管马尔库塞对弗洛姆是持批判态度的,但这话说得还是有道理的。事实上,把弗洛伊德的"性格"改成"社会性格","无意识"改成"社会无意识",仅从这两个概念本身的变化,就已经可以看出意识形态范围的扩大(从个人性格到社会性格),程度的加深(从个人无意识到社会无意识),从而看出意识形态对人的奴役程度。

面对如此严重的人的自我异化,弗洛姆认为关键在于改变人的扭

法兰克福学派的意识形态批判及其存在论视域

曲了的心理结构,为此,他提出了心理革命理论。他的心理革命理论主要有两个部分组成:一是关于"治疗与拯救原理",这是针对已患病的现代人而言的,是一种消极的治疗手段;二是关于培育创发性与爱的原理,这是针对一般的健康人而言的,是一种积极的拯救手段,旨在积极地对一般人加以指导,使他们的人格能健全地发展。当然,弗洛姆认为,要消除人的自我异化、实现一个健全的社会,就不仅需要心理革命,在心理革命的基础上,还需要经济的、政治的、文化的等领域的革命,最后进行一场整个社会的革命。这一思想,体现了他对弗洛伊德思想与马克思思想的综合,他认为,弗洛伊德主张心理革命,却忽略社会问题的解决,马克思主张社会革命,却缺少心理学上的支持,因此必须把两者结合起来,才能通过心理革命解决社会问题。这当然是一个很美好的设想,但却不免流于天真。下面就来看看弗洛姆究竟如何将两者结合起来,并从中管窥弗洛姆心理革命所依赖的存在论视域。

(二)心理革命理论的存在论视域

在弗洛姆看来,单纯提出心理革命,难免陷入唯心主义,所以他在提出心理革命时,还要辅之以社会革命的内容,为了找到理论上的根据,他就提出了把弗洛伊德的思想与马克思思想加以综合,以此来修正弗洛伊德的理论。但是,弗洛伊德的理论和马克思的理论,一个是关于个人心理发生发展的微观考察,一个则是关于社会发展和变革的宏大叙事,两者怎么可能实现综合呢? 弗洛姆为此专门考察比较了两者的理论。

弗洛姆认为,弗洛伊德和马克思的学说具有共同的基本前提,这个共同的前提是他们的思想得以产生的"共同土壤",那就是:"1. 我们必须怀疑一切;2. 人所具有的我都具有;3. 真理会使你获得自由。"[72] 弗洛姆认为,这三句话分别揭示了两人思想中的批判精神、真理的力量和人道主义的精神。两人都怀疑那些大部分人都信以为是构成现实基础的思想体系；都相信真理的解放力量能够揭示那些思想体系的虚假性，成为改造社会和改造个人的基本手段；而他们这样做的出发点都是基于人道主义的思想，期望每个人都能够像自由人那样生活。总之"怀疑、真理的力量和人道主义是马克思和弗洛伊德著作中的指导原则和动力"。[73]

除了这种指导原则上的共同性之外，两种学说在研究方法上也有共同的特点，那就是："他们都是运用动力学和辩证法来研究现实的"[74]。所谓动力学的方法，就是指透过过去或现在行为的表面，去发现隐藏在这些表面现象背后真正起作用的力量，并依此认识过去，预测未来。弗洛姆以一个离婚多次的男子的新婚姻为例，指出要对其新婚姻的结局作出科学预测，就不能仅仅根据他过去或现在的言行来预测，而是要根据"恋母情结"、"自恋"等心理力量是否还存在来作出预测；同样地，比如要对德国是否会制造新的战争作出预测，不能光凭以前的经验或纯粹的想象作出判断，而是要根据德国曾发动两次世界大战的那些经济、政治等理论是否还在发挥作用而作出预测。而辩证法则是一种矛盾分析法，马克思用此法分析错综复杂的社会结构，弗洛伊德则用此法分析充满着能量的利比多结构。这两种方法都是不同于实证主义者只注重现象的方法，而是发现真理的方法。

正是由于有了上述的共同基础，弗洛姆认为对两者的理论进行综合就有了可能，而且，他认为这种综合非常必要，因为弗洛伊德和马克思的学说各有所长，也各自有盲点，对它们进行综合，就可以取长补短。弗洛姆认为，马克思学说的长处在于"对社会发展的本质有一个较为深刻的认识"，而弗洛伊德的学说则"对人的思维过程、印象、感情等有一个较为深刻的认识"。[75]反之，马克思学说的长处是弗洛伊德学说的盲点，而弗洛伊德学说的长处则是马克思学说的盲点。具体说来就是，马克思的理论过分强调经济动因和社会动因，而很少关注人的内在需要，主观动机等心理因素，而弗洛伊德的理论则过分强调个体的生理和心理因素，而忽视社会发展的经济、政治等因素，所以要扬长避短，将这两种学说的长处加以整合，既可以丰富马克思的理论，也可以丰富弗洛伊德的理论，两者合而为一。"马克思主义需要这样一种精神分析学理论，而精神分析学需要同真正的马克思主义理论相结合。这样一种结合将丰富这两个领域。"[76]

这就是弗洛姆作为"弗洛伊德马克思主义"的主要成就，他的理论就建立在这样一种基础之上。但是这样一种"弗洛伊德马克思主义"只是把马克思和弗洛伊德的学说加以外在的撮合，隐藏在这种外在撮合之下的动机是把马克思哲学置于近代哲学的框架内予以理解和解释。换句话说，弗洛姆根本没有领会马克思所发动的存在论基础领域的革命，"在这种情形下，马克思哲学的存在论基础似乎被分解为各种'因素'，并依这些因素之不同的比例配置在近代哲学的框架中被'重建'"。在弗洛姆那里，就是援引无意识、本能等这些非理性的因素来附加到马克思哲学之中，以期重建马克思哲学，变成所谓的"弗洛伊德马克思主义"，但是"这样重建的哲学虽可徒有其表地保持其激进的、批判的外观，却不可避免地、命运般地经历着一系列的内部退却过程"[77]。也正是在这个意义上，尽管弗洛姆提出了心理革命的具体方案，还是被称为"20世纪最伟大的梦想家"。称其"伟大"，是因为他不是羞答答地偷偷为马克思哲学引入某种价值因素，而是公然用另一个非理性主义的学派——弗洛伊德主义来修正马克思主义，可以说是在近代框架内对马克思哲学修正的一个最典型的代表；说其是"梦想家"，是因为这种修正由于匆匆略过了存在论的基础自觉检审，最终沦为一种浪漫主义。

要克服人的自我异化，就必须对人性有一个重新的讨论，但是弗洛姆对人性的讨论同样流于外在的撮合，他一方面接受弗洛伊德的以本能、欲望作为人的本性的观点,指出"饿、渴、睡等等,它们是人性中不可缺少的组成部分"[78],另一方面,人又是具有自我意识的,这使得他与动物相区别,"它是一种全新的先前未为认知的特质:自我意识"[79]。说人有自我意识,就是说人有理性,因为理性的本质就是自我意识,这样一来,在弗洛姆那里,人的本性就是"生物性+理性",生物性是人作为高级灵长类动物保存着的本能需要,是必不可少的和必须予以满足的,理性则使人超出生物性达到社会性。显然,这种身心两分的做法是严重歪曲了马克思的思想的,因为在马克思那里,"人不仅仅是自然存在物,而且是人的自然存在物,就是说,是自为地存在着的存在物,因而是类存在物"[80]。所谓"自然存在物"就是指人的生物性的一面,所谓"人的自然存在物"则是指人的社会性一面,在马克思那里,这两方面不是抽象对立的,人在表现自己的生物性时,同时也是自己社会性的表现。马克思对男女之间的关系的讨论很好地说明了这一点,毫无疑问,男女之间的关系是一种本能、一种生物性的表现,但是马克思说:"人对人的直接的、自然的、必然的关系是男人对女人的关系。在这种自然的类关系中,人对自然的关系直接就是人对人的关系,正像人对人的关系直接就是人对自然的关系,就是他自己的自然的规定。"[81]也就是说,生物性和社会性是水乳交融地源初关联着的。

马克思之所以能达致这样一种认识,源于其存在论根基处的革命,这一革命的最大成果就是对意识内在性的贯穿,也就是说,人是"现实的、肉体的、站在坚实的呈圆形的地球上呼出和吸入一切自然力的"[82],即处于人与世界的源初关联的存在物,是"为自身而存在的存在物",即守护着存在的存在物,而不是作为一个孤独的、有自我意识的理性主体去认识和把握外部实在的存在物。这是在对知识论传统的存在论扬弃的基础上才能达到的境界,而弗洛姆并不懂得这一新的存在论境界,因此才会把社会性和生物性两分。从这个意义上说,马尔库塞对弗洛姆的批判是很有道理的,因为马尔库塞在讨论本能时,已经达到了本能创生社会关系的境界,所以认为没必要再在本能的基础上外在地引入社会性的因素。

正是由于弗洛姆缺乏对存在论根基的自觉检审,使得他的理论总是视其论述需要,忽而强调本能,忽而强调社会性。但总体而言,弗洛姆还是注重本能等这些非理性的因素,以至于他对消除现代社会中人的自我异化所开出生的方子也是心理革命。他认为,现代资本主义社会下的工人受苦受难的根源在于"资本主义的本质及其造就出来的性格结构——贪婪、占有欲与依附性"[83]。所以,"只有从根本上改变人的性格结构,抵制重占有的价值取向和发扬重生存的价值取向,才能避免一场精神上和经济上的灾难降临"[84]。也就是说,相对于心理革命,社会革命是顺带的,只有心理革命成功了,才能使得社会革命随之成功,心理革命具有比社会革命更重要的优先性。从这个意义上说,弗洛姆仅仅是一个披着马克思主义外衣的非理性主义者而已,尽管他经常强调理性的重要性,但口头上的宣称与实质上的坚持并不是一回事。为了说明这一点,下面再作一点分析。

弗洛姆认为:"人类的历史是冲突和竞争的历史。走向个体化的每一步,人们都面临着新的不安全的威胁,原始的联结一旦被割断了,就无法再修复了;天堂一旦失去,人就不可能再返回。"[85]而到了资本主义社会,"个人解脱了经济和政治纽带的束缚,他通过在新的制度中积极和独立地发挥作用,获得了积极的自由。……他自由了,但这也意味着:他是孤独的,他被隔离了,他受到了来自各方面的威胁,他没有文艺复兴时代资本家所拥有的财富和权力,也失去了人及宇宙的统一感,于是他被一种个人无可救药、一无所有的感觉所笼罩。天堂永远地失去了,个人孤苦伶仃地生活着,孤零零面对这个世界,就像一个陌生人被抛入一个漫无边际和威胁的世界一样。新的自由不可避免地带来了深深的不安全、无力量、怀疑、孤独和忧虑感"[86]。而要摆脱这种状况，就只有出现一种新人，这种新人的一个很重要的特征就是："承认这样一个事实，即除了我们自己，任何人、任何物都不能赋予生活某种意义，而这种彻底的独立性和无，又是以奉献和分享为己任地充分发挥那种积极性的先决条件。……不靠幻想、不靠偶像也能生活，因为他已经达到了一个不需要任何幻想的发展阶段。"[87]这种祛除了任何幻想和偶像的新人只有通过自己的"激情和奋斗的极端强烈性"、通过创发性的活动和爱来赋予自己的生活以意义。弗洛姆对资本主义社会中人的状况描述以及对新人的期待，与尼采在"上帝死了"之后对人的处境的论述以及对超人的期待如出一辙，也正是在这个意义上，他才会接受弗洛伊德非理性主义的思想，所以说，弗洛姆实际上是偏离了马克思的思想，他对人的自我异化的批判是根源于一种非理性主义的根据。也正因为如此，有学者在讨论法兰克福学派的理论时不选择弗洛姆的思想也是有一定的道理的。[88]

　　以上讨论了在法兰克福学派中从本能角度对人的自我异化的根源加以探究的观点。笔者以为，马尔库塞的观点相比较而言要比弗洛姆深刻，因为马尔库塞已经认识到了本能具有创生社会关系的能力，弗洛姆则仅仅把本能当作给定的人的基本事实接受下来，而这种差距源于两人在存在论视域上的境界的高下，马尔库塞尽管最终还是没有突破意识的内在性，但是毕竟对理性存在论的局限性看得很清楚，并进行过专门讨论，而弗洛姆则没有做过这种专门的工作，因而只是出于一种基本的人道主义情怀对现实进行批判，并告诉人们应该怎么做，在他那里，在弗洛伊德理论的基础上，援引马克思的理论或者援引别的理论并没有本质上的差别，因为这两种理论只是一种外在的撮合，如果有一种类似马克思的理论，而恰恰又被弗洛姆先于接触到马克思的理论而接触到了，那么弗洛姆把那两者综合起来，也是不足为奇的。一句话，由

法兰克福学派的意识形态批判及其存在论视域

于不是从存在论根基处接受马克思的理论,所以弗洛姆仅仅是一个打着马克思旗号的马克思主义者,而非真正的马克思主义者,其对人的自我异化的扬弃和新的感性意识的探求也仅仅流于一种浪漫主义。

注　释

［1］陆俊:《马尔库塞》,湖南教育出版社 1999 年版,第 258 页。

［2］马尔库塞:《爱欲与文明》,上海译文出版社 1987 年版,第 9 页。

［3］同上书,第 37 页。

［4］同上书,第 3 页。

［5］同上书,第 21 页。

［6］同上书,第 21 页。

［7］同上书,第 21 页。

［8］同上书,第 21 页。

［9］同上书,第 23、62 页。

［10］同上书,第 23 页。

［11］同上书,第 28 页。

［12］同上书,第 21 页。

［13］同上书,第 28 页。

［14］同上书,第 73 页。

［15］同上书,第 69 页。

［16］马尔库塞等:《工业社会和新左派》,商务印书馆 1982 年版,第 90 页。

［17］马尔库塞:《爱欲与文明》,第 95 页。

［18］同上书,第 94 页。

［19］同上书,第 95 页。

［20］同上书,第 111 页。

［21］同上书,第 136 页。

［22］马尔库塞:《单向度的人》,上海译文出版社 1989 年版,第 231 页。

［23］马尔库塞:《爱欲与文明》,第 15 页。

［24］同上书,第 165 页。

［25］马尔库塞:《审美之维》,广西师范大学出版社 2001 年版,译序第 18 页。

第八章　本能解放论及其存在论视域

［26］同上书，第 141 页。

［27］同上书，第 196 页。

［28］同上书，第 197 页。

［29］同上书，第 205 页。

［30］Herbert Marcuse, *Five Lectures*, *Psychoanalysis*, *Politics*, *and Utopia*, Beacon Press，Boston，1970，p. 63.

［31］马尔库塞:《爱欲与文明》,第 90 页。

［32］同上书,第 90 页。

［33］同上书,第 78 页。

［34］同上书,第 115 页。

［35］同上书,第 80 页。

［36］《马克思恩格斯全集》第 3 卷,人民出版社 2002 年版,第 323 页。

［37］马尔库塞:《爱欲与文明》,第 84 页。

［38］同上书,第 80 页。

［39］同上书,第 80 页。

［40］同上书,第 84 页。

［41］同上书,第 89 页。

［42］同上书,第 90 页。

［43］同上书,第 89 页。

［44］同上书,第 90 页。

［45］同上书,第 132 页。

［46］同上书,第 132 页。

［47］同上书,第 137 页。

［48］马尔库塞:《审美之维》,第 98 页。

［49］同上书,第 124 页。

［50］同上书,第 125 页。

［51］马丁·杰伊:《法兰克福学派史》,广东人民出版社 1996 年版,第 295 页。

［52］马尔库塞:《审美之维》,第 99 页。

［53］同上书,第 134 页。

［54］同上书,第 202 页。

［55］同上书,第 212 页。

［56］同上书,第 194 页。

［57］同上书,第 109 页。

〔58〕《马克思恩格斯选集》第1卷,人民出版社1995年版,第59页。

〔59〕弗洛姆:《寻找自我》,工人出版社1988年版,第100页。

〔60〕转引自张伟:《弗洛姆思想研究》,重庆出版社1996年版,第135页。

〔61〕马尔库塞:《爱欲与文明》,导言第20页。

〔62〕弗洛姆:《在幻想锁链的彼岸》,湖南人民出版社1986年版,第78页。

〔63〕同上书,第82页。

〔64〕弗洛姆:《寻找自我》,第358页。

〔65〕弗洛姆:《在幻想锁链的彼岸》,第83—84页。

〔66〕同上书,第88页。

〔67〕同上书,第93页。

〔68〕同上书,第126页。

〔69〕同上书,第124页。

〔70〕同上书,第131页。

〔71〕马尔库塞:《爱欲与文明》,第177页。

〔72〕弗洛姆:《在幻想锁链的彼岸》,第12页。

〔73〕同上书,第17页。

〔74〕同上书,第17页。

〔75〕同上书,第182—183页。

〔76〕《人的呼唤——弗洛姆人道主义文集》,三联书店1991年版,第33页。

〔77〕吴晓明:《试论马克思哲学的存在论基础》,载于《学术月刊》2001年第9期。

〔78〕弗洛姆:《逃避自由》,北方文艺出版社1987年版,第31页。

〔79〕《说爱——一位精神分析学家的人生视角》,安徽人民出版社1987年版,第27页。

〔80〕《马克思恩格斯全集》第3卷,第326页。

〔81〕同上书,第296页。

〔82〕同上书,第324页。

〔83〕弗洛姆:《占有还是生存》,三联书店1988年版,第178页。

〔84〕同上书,第177页。

〔85〕弗洛姆:《逃避自由》,第55页。

〔86〕同上书,第87页。

〔87〕同上书,第179页

〔88〕George Friedman, *The Political Philosophy of the Frankfurt School*, Cornell University Press, 1981.

第九章
交往合理性及其存在论视域

对克服人的自我异化道路的探求,无论是求助于强调非同一性的否定的辩证法,还是注重感性因素的本能解放论,其结果都是一种乌托邦,即都不能提供详细设计的替代模式,这一点让法兰克福学派第二代的主要代表人物哈贝马斯感到非常烦恼,他试图从另一个角度去揭示人的自我异化的根源,并在此基础上提出克服人的自我异化的具体道路,这就是他的交往合理性的思想。

一、交往合理性的主要内容

(一)交往行为的提出

哈贝马斯在与阿列克斯·荷内斯、埃伯哈特·诺阿德-本特和阿诺·魏德曼的一次访谈中明确承认,他是在卢卡奇的《历史与阶级意识》的指引下走向马克思主义的,而《启蒙的辩证法》以及阿多诺在战后首次出版的著作对他产生了决定性的影响[1],因此,在法兰克福学派对晚近资本主义种种意识形态之下的人的自我异化的揭露这一点上,哈贝马斯与第一代法兰克福学派理论家没有很大的区别,这尤其体现在他对作为意识形态的科学技术的批判上。

哈贝马斯认为现代的自我具有"同外界的自然、同社会以及同内在的自然的这种三重的分裂"[2]，因此，要消除这种分裂，首先在于要重新建立人的自我同一性。这种分裂自从资本文明以来就已经存在，但到了晚近资本主义时代更是达到了登峰造极的地步。对于这种分裂的原因，哈贝马斯认为是工具理性的泛滥所致。这里的工具理性，主要是指技术理性。哈贝马斯指出，晚近资本主义有一个明显的特征，就是科学技术与工业、军事等领域的运用相结合，成为了第一位的生产力，并渗透到社会生活的各个领域，使"技术统治论"变成一种意识形态，从而不仅掩盖了现实存在的不合理，而且也麻痹了人们对自由和解放的渴望，"科学、技术、工业、军队和管理，今天是相互稳定的要素，并且，它们的相互依赖关系正在增长。技术上可以使用的知识的产生，技术的发展，技术在工业和军事上的使用和一切社会领域（个人的和公共的领域）的全面管理，今天看来会一起发展成一个加固（krisenfest）和持续扩张的系统，由于这个系统的形成，主体的自由和独立地设定的目标，已贬低为毫无意义"[3]。一句话，通过技术在各个领域的使用和技术与各个领域的结合，形成了一个统治的系统，在这个统治系统中，任何自由和解放的可能性都被抹杀了。

科学技术这种意识形态功能，哈贝马斯称之为"技术统治论"，"技术统治论的命题作为隐形意识形态，甚至可以渗透到非政治的广大居民的意识中，并且可以使合法性的力量得到发展。这种意识形态的独特成就就是，它能使社会的自我理解同交往活动的坐标系以及同以符号为中介的概念相分离，同样，在目的理性的活动以及相应的行动范畴下，人的自我物化代替了人对社会生活世界所作的文化上既定的自我理解"[4]。在这段引文当中，出现了"目的理性的活动"和"交往活动"，这是哈贝马斯在韦伯关于工具合理性和价值合理性的基础上对于"劳动"和"相互作用"的区分,前者是属于工具行为,后者则是交往行为,工具行为在晚近资本主义的体现就是科学技术作为第一位的生产力对社会各个领域的统治,从而使人的自我异化变成了一种习以为常的现象。在哈贝马斯看来,交往活动比劳动具有更重要的价值,但是到了晚近资本主义社会,由于国家的干预活动所导致的行为领域的金钱化和官僚主义化,目的理性的活动就占据了这个社会的主要地位,并且无孔不入地渗透到社会生活的各个领域乃至其最隐秘的家庭生活领域,成为现代社会的一条根本性的组织原则。哈贝马斯把这种现象称为"生活世界的殖民化"(the colonization of the lifeworld)[5],这个称呼,为的是表明货币和权力等这些"非语言的交往媒介"贯穿于社会生活之中,不仅使得生活世界中人们的语言交往受到侵犯和扭曲,更严重的是使得作为行动者的人也沦为目的理性活动的工具,人的自我异化也就随之加深。因此,要消除人的自我异化,就必须改变目的理性这种工具行为独霸社会的局面,把交往行为拯救出来,重新建立人的自我同一性,"任何人都不能脱离开其他人同他共同具有的相同性来建立他自己的同一性。……作为实践的自我,他是在交往行为的实施过程中表现自己的"[6]。由此,哈贝马斯建立了消除人的自我异化与交往行为之间的联系。

那么,何谓交往行动?哈贝马斯说:"我把以符号为媒介的相互作用理解为交往活动。相互作用是按照必须遵守的规范进行的,而必须遵守的规范规定着相互的行为期待,并且必须得到至少两个的主体〔人〕的理解和承认。"[7]这种行动与目的合理的行动是不同的,"交往行动遵循的是主体通性公认的规范。这些规范把相互的行为愿望联结起来。在交往行为中,公认的基础是讲话的前提。参加对话的人至少是含蓄地提出和相互承认全面的公认的要求——真理、正确性、真实性,而这类公认的要求使承担共同行动的共识有了可能"[8]。从上述的引文中,我们可以得出以下几点:第一,交往行为必须建立在两个以上的主体之间的相互理解和承认的基础之上,这也就是哈贝马斯所说的"主体通性"(Intersubjektivität)。第二,交往行为是以语言符号为中介而建立起来的,在此基础上,主体间的理解和认同的活动才有可能,这也就是哈贝马斯的"普遍语用学"所解决的问题。第三,交往行为的目的是通过对话达到人与人之间的相互理解和承认,从而建立和谐的社会秩序,这是哈贝马斯的理论所要达到的目的。

哈贝马斯认为,具有上述特征的交往行为,并不是在真空中展开的,而是建立在生活世界的基础上的,"生活世界"是"交往行为'总是已经'在其中展开的视域"[9]。也就是说,生活世界是交往行动得以展开的背景知识。"在交往中,在认识过程中,生活世界只存在于独特的、前反省的背景假设、背景接受和背景关系的形式中。"[10]具体说来,"生活世界"包括三大结构成分:文化、社会和个人。哈贝马斯说:"我使用文化一词来指知识储存,当交往参与者理解世界中的事物时,他们就用储存的知识来加以解释。我使用社会一词来指合法的秩序,交往参与者通过这些合法的秩序,在社会团体中调节他们的成员,并保证社会的团结。我把人格理解为主体在语言和行动方面具有的能力,以及使主体在参与过程中获得理解并从而确定自己身份的能力。"[11]交往行动者就是在生活世界视域内进行交往,而不可能走出其生活世界的境域。在这里我们看到,哈贝马斯提出"生活世界"是交往行为得以展开的背景,这一观点无疑是十分正确的。确实,人并非在真空中生活,并不是一个纯粹的自我意识通过认识世界来把握世界,因此,近代哲学从自我意识立场出发来解释世界的立场已经被当代哲学扬弃掉了,从这个意义上说,"生活世界"的概念是区分近代哲学和当代哲学的一个标志,它意味着存在论视域的迁移,哈贝马斯可以说是把握了当代哲学的这一重大转变。但是当他解释"生活世界"时,无论是文化、社会,还是个人,其实已经是被这个世界的逻辑处理过了的世界,而不是前概念、前逻辑的，人与世界源初关联的世界了。从这里可以看到哈贝马斯的局限，而这一局限将直接影响到其理论的发展。

哈贝马斯认为，通向生活世界的必由之路是语言，因为语言构成了我们行为的边界，"语言是进化的社会文化阶段上理解的特殊媒介"[12]，如果没有语言及其运用，便没有交往行为的发生。正是由于这个原因，哈贝马斯关于交往的一般理论是普遍语用学。从这种语用学观点出发，哈贝马斯提出，任何正常的言语行为都内在地隐含着以下几方面的有效性要求："1.说出某种可理解的东西；2.提供（给听者）某种东西去理解；3.由此使他自己成为可理解的；以及4.达到与另一个人的默契。"[13]上述四个方面的要求分别体现了言语行为的可领会性、真实性、真诚性和正确性，"只有在语言学表达的意义有助于使语言行为满足真实性、真诚性、规范的正确性等有效性的要求的程度上，该语言学所表达的意义才算是贴切的"。[14]而言语行为的上述四个有效性要求，目的是为了达到人与人之间的"相互理解、共享知识、彼此信任、两相符合的主观际相互依存"，在哈贝马斯看来，这四项有效性要求，构成每次交往行为的背景知识，在这里我们再一次看到，哈贝马斯所谓的交往行为赖以展开的生活世界，即背景知识只是一种主观上的设定，而非从生活世界本身出发的一种理解。哈贝马斯认为，交往行为所要达到的目的，是交往行为合理化的实现，即交往理性的实现。至此，我们看到，哈贝马斯提出交往行为理论，对交往行为理论所作的种种规定，其目的是为了提出交往合理性的概念，并用这一概念与工具行为的目的理性相抗衡，从而消除人的自我异化。下面我们就来看看交往合理性的具体内涵。

（二）交往合理性的内涵

在哈贝马斯看来，对理性的探讨从古至今都是哲学的主题，他在

《交往行为理论》的开篇就说:"意见和行为的合理性(Rationalität)是哲学研究的传统主题。甚至可以说,哲学思想就是源自对体现在认识、语言和行为中的理性(Vernunft)的反思。理性构成了哲学的基本论题。……如果说哲学的各种学说之间有什么共同之处的话,那就在于它们都想通过解释自身的理性经验,而对世界的存在或世界的同一性(Einheit)进行思考。"[15]因此,对理性问题的继续探讨,构成了哈贝马斯理论的核心,而他对理性重新探讨的成果是交往合理性概念的提出。

理性作为西方传统哲学的一个基本概念,自柏拉图的"理念论"以来,一直到黑格尔的"绝对理念",绵延历史几千年。但是,传统理性哲学的"理性"始终是在意识哲学的内部发展,即理性的概念一直没有揭穿意识的内在性。也就是说,它脱离现实生活的基础,满足于去寻求实际上并不存在的绝对真理,使主体与客体的二元对立得不到真正的克服,因此,不可避免地带有绝对性和先验性。

哈贝马斯尤其关注的是近代启蒙理性,在这一点上,他继承了第一代法兰克福学派的基本态度。众所周知,近代启蒙理性相信理性万能,认为人类社会通过理性能够不断进步,并最终建立一个正义、自由和平等的社会。这种启蒙理性的信念曾经在反对宗教神学的斗争中,在推动科技革命、思想解放和社会发展中起到十分积极的作用。但是,诚如第一代法兰克福学派的理论家对启蒙理性中蕴涵的工具理性不遗余力的批判所揭示的,现代西方社会非但没有成为启蒙理性所鼓吹的理性王国,反而陷入了前所未有的深刻危机之中。哈贝马斯把这种现象称为"理性萎缩成了形式合理性","由于理性萎缩成了形式合理性,因此,内容合理性变成了结果的有效性。而这种有效性又取决于人们解决问题所遵守的程序的合理性"[16]。这就是法兰克福学派一直坚持的对工具理性的批判态度。

但是,尽管哈贝马斯继承了第一代法兰克福学派成员对工具理性的批判态度,但他却不满他们由此对理性的否定,尤其是阿多诺"否定的辩证法"否定现存一切的态度。哈贝马斯认为,他们之所以会如此,是因为他们"把工具理性扩展成为整个世界历史文明进程的一个范畴,也就是说,把物化过程从现代资本主义的发生继续向前追溯到人类文明的源头"[17],也就是说,在哈贝马斯看来,工具理性是现代资本文明的产物,而第一代批判理论家则把它延长到了人类文明的开端,这一点,在霍克海默和阿多诺的《启蒙的辩证法》中得到了最鲜明的体现。哈贝马斯认为,他们的这种看法是脱离实践的看法,从这个意义上,他们的理论"继承哲学传统(尽管已经发生断裂)的本质特征,坚持沉思,坚持偏离实践的理论;追求自然和人的世界的总体性;试图通过澄清文化与自然之间的差异而揭示原始问题"[18]。哈贝马斯这里所谓的具有"坚持沉思,坚持偏离实践"的本质特征的哲学源自古希腊的理性主义哲学传统,发展到近代,它就变成了一种意识哲学,在他看来,第一代的批判理论家对工具理性的批判,还是没有走出意识哲学的窠臼,因为他们看不到通过人类的实践可以消除这种工具理性。哈贝马斯说:"我想指出的是,向交往理论的范式转型实际上是回过头来从工具理性批判终止的地方重新开始;这就允许我们把社会批判理论未能完成的使命重新承担起来。"[19]也就是说,通过把工具理性批判转变成一种交往行为理论,最终为批判理论找到一条出路,而不是像以前的批判理论那样,最终走向全面否定或者乌托邦的无出路状态。

哈贝马斯进一步把走向否定之路的第一代批判理论归结为非理性主义,"转向非理性算是最后一条出路了。这种形态的哲学保持了其领地与整体性的联系,但代价是放弃了其实力雄厚的认识。非理性主义哲学,或是表现为实存的澄明和哲学的信仰(雅斯贝尔斯),或是表现为补充科学的神话(科拉科夫斯基),或是表现为神秘的存在思想(海德格尔),或是表现为语言的治疗(维特根斯坦)、解构活动(德里达)或否定

法兰克福学派的意识形态批判及其存在论视域

辩证法(阿多诺)。这种反科学的划界只能解释哲学不是什么,或不能是什么"[20]。哈贝马斯是不能容忍抛弃理性的,他认为非理性主义哲学的实质是放弃尚未实现的启蒙理想,是回避现代理性所遭遇到的矛盾和问题,这种放弃和回避不仅无助于社会危机的解决,反而会加剧社会生活的混乱。有鉴于此,哈贝马斯认为对传统理性批判不应该走向非理性主义,而是要重建新的理性概念,这种新的理性概念便是他所倡导的交往合理性。

顾名思义,"交往合理性"就是要把合理性置于一种新的基础——交往——之上,哈贝马斯认为,传统的理性概念尽管也在不断地修正自己,但总是在先验哲学的范围之内修正,因此,"所有这些使理性先验化的努力仍然局限于先验哲学范围之内,都陷入了先验哲学的先天概念之中。只有转向一种新的范式,即交往范式,才能避免做出错误的抉择"[21]。也就是说,把在意识内在性之中的理性转移到交往行为当中,以此给理性一个全新的基础。在前文中,我们已经指出,在哈贝马斯那里,交往行为就是在生活世界中主体与主体之间以理解为目的的语言交往,在这种交往行为当中建立起来的"这种交往理性(Kommunkative Rationalität)概念的内涵最终可以还原为论证话语在不受强制的前提下达成共识这样一种核心经验,其中,不同的参与者克服掉了他们最初的那些纯粹主观的观念,同时为了共同的合理信念而确立起了客观世界的同一性及其生活语境的主体间性(Intersubjektivität)"[22]。也就是说,交往合理性是指人们通过言语行动所达成的一种普遍的共识。

交往合理性的实现可以通过以下的变化来加以说明:"首先是通过压抑程度的减弱(在个性结构的层面上,压制程度的减弱,可能会提高人们对角色冲突的普遍容忍精神);其次是通过僵硬程度的减弱(这必然会增加个人在日常的相互作用中以适宜的方式来表现自己的机会);最后是通过同行为监督类型的接近,这种行为监督类型可能允许角色差异和允许灵活使用内心所具有的,但又能进行反思的那些规范。"[23]
上述变化实际上都意指着人的自我异化的消除。哈贝马斯进一步说:
"依据这三个领域中的变化为衡量准绳的合理化,不像目的理性系统的
合理化那样,会导致对自然和社会的物化过程的技术支配力量的增强;
这种合理化自身不会自动地导致社会系统更好地发挥作用,但是,它能
使社会成员获得进一步解放和在个性化的道路上不断前进的机
会。"[24]也就是说,交往行为的合理化能够给"可能的谅解"创造全面的
条件,它与解放的旨趣相一致。

那么,对于这样一种"交往合理性"的实现,哈贝马斯有哪些具体的
建议呢? 哈贝马斯认为,至关重要的一步就是改变社会的舆论结构,建
立良好的对话环境。哈贝马斯指出,晚近资本主义由于目的合理性对
生活世界的渗透,相应的就是国家用自己的干预能力来制造各种各样
有利于目的合理性的舆论,从而使得人们盲目顺从这些舆论。这样一
来,人与人的交往不仅受制于语言,而且受制于上述的舆论,从而使得
交往关系物化。在哈贝马斯看来,这种保护目的合理性的舆论是意识
形态,交往行为理论就是要从这种意识形态的迷雾中走出来,改造社会
的舆论结构,使这种经过改造的舆论结构不再受目的合理性的支配,而
是真正代表民众的意志,从而排除各种误解,达到交往行为的合理化。
这其实也是哈贝马斯对理想的生活世界的一种描述,因为生活世界是
交往行为得以展开的知识背景,只有在上述具有良好的对话环境的生
活世界中,真正的交往行为才能开展,哈贝马斯心目中的交往合理性也
才有可能形成。

当然,哈贝马斯认为,一个成功的语言交往行动,还应该接受全人
类都应遵守的普遍伦理原则的指导。所谓"普遍的伦理原则"是指人们
都享有平等的权利,每个人都应该尊重人作为个人的尊严。而这种普
遍的伦理原则的形成,有赖于人们通过社会学习所导致的道德意识的

法兰克福学派的意识形态批判及其存在论视域

提高,在哈贝马斯看来,只有"道德—实践类型的知识"才对交往与交往结构有"决定性意义"。因此,晚近资本主义种种问题的解决有赖于通过交往行为动机的"道德化"和"社会意识的改良"所造就出来的一批真正具有良好道德的人。只有这样的具有良好道德的人的形成,才能使人的自我同一性得以形成,才能使一种崭新的人类关系得以出现,在这样一种崭新的人类关系之中,人的自我异化也就能够得以消除。

通过以上的叙述,我们可以看出哈贝马斯提出交往合理性思想的意图所在,那就是对传统哲学的理性观念的批判和对早期批判理论的工具理性批判的超越。在哈贝马斯看来,传统哲学中的理性概念囿于意识内在性的框架,孤独的主体试图通过在意识领域内的自我反思和自我认识来达到绝对精神;而早期的批判理论尽管看到了传统理性所包含的工具主义倾向,但由于对工具理性只是持激进的否定和拒绝的态度,进而导致了非理性主义的倾向。所以,哈贝马斯的立场是:人类必须坚持理性的立场,因为理性代表的是普适性的原理,人类的价值就是应当摆脱个别性,达到社会性的层面。也就是说,我们应当在价值上达到一种共识。但是这种理性又非意识哲学内的理性,因为意识哲学内的理性是抽掉了内容的纯粹的形式,为了让内容能注入这种纯粹的形式之内,应该把理性建立在主体之间的交往行为之上,而交往行为是感性的,在感性的交往中,理性就不仅仅具有普遍的形式,而且还具有了具体的内容。

无疑,哈贝马斯的这种立场是真正看到了传统理性的缺陷,也意识到了理性的根基在于感性的交往,这些都是哈贝马斯交往合理性思想的成就。但是,哈贝马斯关于交往合理性的实现是建立在对良好的对话环境和具有良好道德的个人的设想之上的,即建立在对生活世界的理想化之上的,"日常交往实践本身就是建立在理想化前提上的"[25]。至于这种生活世界的理想性如何得以现实化的问题,哈贝马斯并没有作太多的论述。事实上,他也作不出太多的论述,这就使得他的理论出现了一种巨大的反差,那就是对交往行为和交往合理性的洋洋洒洒的论述与对实现这种合理性的可能性的抽象设想。这种巨大反差的原因在于他对其理论赖以建立的存在论根基的匆匆略过,这就使得我们有必要来探究一下交往合理性的存在论视域。

二、交往合理性的存在论视域

(一)劳动和交往行为

要探究交往合理性所蕴涵的存在论视域,首先要明确哈贝马斯交往行为理论提出的根据。这就要回溯到哈贝马斯对马克思的劳动理论的理解。哈贝马斯认为,马克思的社会理论仅仅注重劳动,试图通过对劳动的分析来解释人类社会的历史和现状,马克思"把人类自我产生的活动归结为劳动",劳动的范畴"获得了构建世界的全部生活实践的意义"[26]。由于马克思赋予了劳动这种范畴层面上的优先地位,所以,尽管在具体研究的层面上社会实践包括了劳动和相互作用两个要素。也就是说,劳动并不仅仅是个人工具行为,也包括人与人之间的社会合作,但是这个社会合作是协调劳动的战略行为以及依照规则进行的分配行为,这种意义上的相互作用还是从属于目的合理行动,"在马克思看来,'生产'即活动,而出现在这种活动中的工具活动和制度框架,即'生产活动'和'生产关系'只是同一个过程的不同要素"[27]。这里的"工具活动"即劳动,"制度框架"即相互作用,它们被理解为是生产劳动这一同一个过程的不同要素。劳动在范畴层面与具体研究层面上的这种矛盾,哈贝马斯称之为"马克思理论观中的一个尚未决断的问题"。也就是说,"马克思对相互作用和劳动的联系并没有作出真正的说明,而是在社会实践的一般标题下把相互作用归之劳动,即把交往活动归之为工具活动"[28]。这是哈贝马斯对马克思劳动理论的基本判定。

鉴于此,哈贝马斯认为,在马克思那里,真正占主导地位的是劳动,人类社会进步和解放都取决于劳动的进步,而劳动进步的标志就是生产力的进步,那么,按照马克思的观点,晚近资本主义社会利用科学技术所达到的生产力的空前解放,也就意味着人类社会的进步和解放。但是事实上,"技术生产力的解放,包含学习[技术]和控制[技术]机器的建造,同能够在自由的、习以为常的相互关系基础上,在祛除统治的相互作用中建立起完美的、辩证的伦理关系的规范的形成并非一回事。摆脱饥饿和劳累并不是必然地趋同于摆脱奴役和歧视,因为劳动和相互作用之间并不存在一种自动发展的联系"[29]。也就是说,劳动的进步,生产力的发展,并没有相应地使社会关系也得到发展,相反的情况倒是,随着科学技术成为第一位的生产力,目的理性的活动即劳动获得了空前的发展,社会关系却在"技术统治"之下变得更不自由了,因此,哈贝马斯得出结论:"今天,当人们试图按照技术上不断进步的、目的理性的活动系统模式来改造通常是天然牢固的相互作用的交往联系时,我们有充分的理由严格地把[劳动和相互作用]这两种要素区分开。"[30]这就是哈贝马斯区分劳动和相互作用的理论根据。确实,如果马克思的劳动真如哈贝马斯所理解的那样,那么哈贝马斯的批判是有道理的。但是,哈贝马斯这里针对的批判对象实际上并非马克思本人的,而是"经济决定论"在新时代的新版本——技术决定论,因此,把"技术决定论"的错误强加到马克思的头上是不公平的。

循着上述思路,哈贝马斯把人类的活动分成了劳动和相互作用两种形式。前者是一种目的理性活动,它以外部自然为对象,遵循的是建立在分析知识之上的技术原则,涉及的是人与物、人与外部自然的关系,关注的是把人从自然的强制下解放出来,创造出使人类得以保存和繁衍的物质财富。后者就是交往行动,它以人与人之间的社会关系为对象,遵循道德实践知识,希望通过人与人之间的语言交往活动将人从内在自然的强制下解放出来,建立起一种和谐、公正的社会关系。在哈贝马斯看来,由于马克思把社会进化的基础建立在劳动之上,只注重生产力的发展,忽视交往行为的作用,最终导致经济决定论的庸俗唯物主义。尽管由于劳动的合理化所产生的生产力的提高,是社会进化不可缺少的动力,但是交往行为的合理化所产生的人们的道德意识和实践能力的提高,同样是社会进化不可缺少的动力,甚至是更加重要的动力,"合理性结构不仅体现在目的合理的行动的扩大上,即工艺、战略、组织和技能中,而且也体现在交往行为的调解中,体现在冲突调节的机制中,世界观和同一性的形态中。我甚至认为,这些规范结构的发展是社会进化的起搏器,因为新的社会组织原则意味着新的社会一体化的形式。这些新的社会一体化形式,使现有生产力使用或者新的生产力的产生,以及社会复合性的提高有了可能"[31]。这里出现了一些新概念:社会一体化、社会复合性等,这都是哈贝马斯在交往行为理论的基础上提出的一系列概念,它与这里的论述的主题关系不大,不多论述。我们要体会哈贝马斯所要表达的一个中心意思是,由交往行为而产生的新的社会一体化形式,不仅使得现有生产力的使用和新的生产力的产生得以可能,而且还使社会从目的合理性行为中的解放得以可能,因此,交往行为是比劳动更重要的活动。正是基于这样的立场,才使得哈贝马斯花了巨大的时间和精力来构建他的交往行为理论,提倡交往合理性。

可以说,哈贝马斯通过对马克思劳动理论的重新解释并由此提出的交往行为理论,是哈贝马斯所谓的"重建历史唯物主义"的基点,其他诸如生产力和生产关系、经济基础和上层建筑、阶级斗争与社会冲突等领域的"历史唯物主义的重建",都是交往行为理论进一步的深化,所以,理解哈贝马斯的存在论视域,从交往行为理论入手是最合适的。关于交往行为的具体规定,我们在第一节中已经作过论述,简言之,交往是在承认和遵守共同的社会规范的基础上,通过选择恰当的语言进行以相互理解和认同为目的的言语行为,在这种行为中产生的合理性就是交往合理性,哈贝马斯说:"是哲学中的语言学转向为我们准备了概念手段,用以分析体现在交往行为当中的理性。"[32]也就是说,哈贝马斯要把理性的基础从意识哲学中转移到以语言为中介的交往行为当中来,从而把理性的根基扎到感性的交往中来,以消除在意识哲学内部的理性的先验性,这一点无疑是正确的。但是,由于交往行为的来历,即是从对马克思劳动理论修正的基础上来的,所以我们只有考察哈贝马斯对马克思的这一修正具有怎样的意义,才能真正确认哈贝马斯的交往合理性究竟对传统理性的扬弃达到了怎样一种境地? 是从存在论的根基处达到,还是仅仅意识到了问题之所在? 接下来就对此进行一番考察。

(二)交往合理性的存在论视域

哈贝马斯对马克思劳动理论的理解是站在人类学研究成果的基础上进行的,他从新的人类学的知识出发,提出了"社会劳动的概念是否能够充分地表达人类生活的再生产形式的特征"这样的问题,认为"马克思的社会劳动概念适用于区分灵长目的生活方式和原始人的生活方式,但却不适合于人类特有的生活方式的再生产"[33]。因为要谈论"人类的生活的再生产",只有在产生出社会结构,"动物的地位等级制度被以语言为前提的社会规范系统所代替",即到了"狩猎经济"时才是可能的,而在原始人那里,是不可能"冲破脊柱动物门类中形成的社会结构的",所以也就不可能表达人类生活的再生产。从这个意义上说,"社会劳动的概念""先于语言交往的发展",只有在语言交往发展了并在此基础上进一步形成"社会角色系统的发展",类生活的再生产问题才产生。[34]换句话说,哈贝马斯把人类最初产生的劳动想象成是缄默的主体所进行的工具行为,其作用只是使人类完成了从灵长类动物到人的发展,至于人的"类生活"的再生产,就不能用劳动,而只能用以语言为媒介的交往行为来解释了。这实际上是对劳动的一种抽象看法,马克思指出:"一旦当人开始生产自己的生活资料的时候……人本身就开始把自己和动物区别开来。"[35]此处的"生产"就是指劳动,并不是说劳动仅仅使猿变成了人,而是说只要劳动一产生,就意味着人的存在,只有在人存在的意义上,才能谈论劳动。而有劳动就有交往,劳动并不是单个的个体面对自然界的活动。

所以,哈贝马斯的上述论断是通过抽象地割裂了劳动和交往行为而得出来的,在马克思那里,生产劳动是随着人口的增长而开始的,"这种生产第一次是随着人口的增长而开始的。而生产本身又是以个人彼此之间的交往为前提的。这种交往的形式又是由生产决定的"[36]。也就是说,随着人口的增多,人类没有像自然界那样通过优胜劣汰来淘汰掉多余的动物,从而使得其他的动物得以继续生存下去,而是进行了生产,通过生产增加生活资料,使得共同体能够在人口增长的情况下还能继续生存下去。而这样的生产一旦产生,肯定就是以交往为前提,生产绝不是单个人面对自然界的劳动,在生产中,他人就存在了;同样地,交往也不能脱离生产而存在,生产和交往源初地关联在一起的。

可见,劳动只要作为生产一产生,就意味着有交往,意味着有他人存在,劳动之中的人是现实的个人,现实的个人的存在机制里就有他人,在马克思那里这是一个不言自明的前提。马克思在另一处举了一个很极端的例子来说明这一点,马克思说:"甚至当我从事科学之类的活动,即从事一种我只在很少情况下才能同别人进行直接联系的活动的时候,我也是社会的,因为我是作为人而活动的。不仅我的活动所需的材料——甚至思想家用来进行活动的语言——是作为社会的产品给

法兰克福学派的意识形态批判及其存在论视域

予我的,而且我本身的存在是社会的活动;因此,我从自身所做出的东西,是我从自身为社会做出的,并且意识到我自己是社会存在物。"[37]这就犹如海德格尔所说,"此在作为共在在本质上是为他人之故而'存在'。这一点必须作为生存论的本质命题来领会。即使实际上某个此在不趋就他人,即使它以为无需乎他人,或者当真离群索居,它也是以共在的方式存在。共在就是生存论上的'为他人之故';在这样的共在中,他人已在其此在中展开了"[38]。也就是说,共在是归属于此在的,即现实的个人劳动里就有他人,即使他人实际上不现成摆在那里,不被感知,共在也在生存论上规定着此在,此在之独在也是在世界中共在。

所以,问题的关键在于,哈贝马斯不是从存在论的意义上来理解马克思的劳动理论的,而在马克思那里,劳动是一个存在论的概念,在这个意义上的劳动也可称为"感性活动"或"实践"。换言之,劳动这种感性活动直接就是创生社会关系的,而不需要像哈贝马斯那样在劳动之外还需再去设置一个交往行为,通过交往行为所产生的交往合理性来建立普遍性的社会关系。马克思说:"一当人开始生产自己的生活资料的时候,这一步是由他们的肉体组织所决定的,人本身就开始把自己和动物区别开来。人们生产自己的生活资料,同时间接地生产着自己的物质生活本身。"[39]也就是说,只要人们一生产,就不仅生产了生活资料,还生产了人的感性生活,生产了人与人之间的社会关系。马克思在另一处更明确地表达了这一点:"生命的生产,无论是通过劳动而达到的自己生命的生产,或是通过生育而达到的他人生命的生产,就立即表现为双重关系:一方面是自然关系,另一方面是社会关系。"[40]这可以说是历史唯物主义的基本洞见。这样的劳动是现存感性世界的基础,"这种活动、这种连续不断的感性劳动和创造、这种生产,正是整个现存的感性世界的基础,它哪怕只中断一年,费尔巴哈就会看到,不仅在自然界将发生巨大的变化,而且整个人类世界以及他自己的直观能力,甚至他本身的存在也会很快就没了"[41]。诚然，哈贝马斯对劳动的看法确实反映了现代劳动的基本特点，即劳动的抽象程度越来越高，已经变成一种工具性的活动了。但是，哈贝马斯没看到，这种劳动正是感性活动异化的结果，因而也只有通过感性活动才能加以扬弃，而非另设一个交往行为所能克服的。下面对这一点稍加展开。

前面已经讲过，生产是随着人口的增长而开始的，而人类通过生产来解决人口增长的问题，是与分工的发展相伴随的，"由于生产效率的提高，需要的增长以及作为两者基础的人口的增多，这种绵羊意识或部落意识获得了进一步的发展和提高。与此同时分工也发展起来"[42]。也就是说，在分工发展起来的同时，新的共同体意识也产生了，这就是人类从纯粹畜群的意识发展为自发分工的意识。自发分工尽管只是性行为方面的分工，或者由于天赋、需要、偶然性等方面的原因而形成的分工，但它已经是对人的社会性的一种承认。尽管是以一种异化的形式，但是由于不再像动物那样通过优胜劣汰的方式抢夺生活资源使得其中的一部分灭亡，而是通过生产劳动创造生活资源使得增长的人口得以继续生存，所以已经是对人的价值的最初发现和保存。

分工的进一步发展是"真实的分工"，即"物质劳动和精神劳动相分离"，马克思说："从这时候起意识才能现实地想象：它是和现存实践的意识不同的某种东西。从这时候起，意识才能摆脱世界而去构造'纯粹的'理论、神学、哲学、道德等等。"[43]也就是说，当真实的分工发生后，社会上有一部分人，比如一开始时的巫师、祭司，到后来的思想家、僧侣，他们专门从事精神劳动，并变成了社会共同体的精神代言人。由此，个体的劳动的类意义以及它产生的类价值脱离个人的感性劳动，被收摄到精神形态中，变成了社会共同体的抽象的财富和它的存在基础，于是个人的劳动就下降为这个社会共同体的一种功能、一个器官。这就是劳动的异化。这种劳动的异化随着社会的逐步发展也逐步加深，直至晚近资本主义社会,劳动完全变成了一种工具行为。哈贝马斯看到了已经变成工具行为的劳动对生活世界的殖民化,所以才会提出一种交往行为与劳动相对抗,希望通过交往行为把从劳动中异化出去的类意义阐发出来,但是却不了解这种劳动的历史来历,因而也就不懂得"自我异化的扬弃同自我异化走的是一条道路",而只是诉诸交往合理性这样一种良好的主观愿望。

在这里,我们看到了哈贝马斯理论的立脚点所在,那就是对现存社会的基本前提的认同。他只看到了现存的异化劳动,却不懂劳动的存在论性质,因而也不懂这种异化劳动的历史来历,所以他才会把劳动与交往行为抽象对立。在此基础上,他把交往合理性作为一个前提设置好,而不去考察交往行为的存在论基础。关于这一点,哈贝马斯本人也是承认的,他明确指出:"我们的出发点是,我们可以为一个既定的社会规范结构重新设计一个发展模式并且用来证实这个发展模式。"[44] 而他这种出发点的来由在于一种"概念上的动机和基本的直觉","我有一种概念上的动机和基本的直觉。……这一动机关注的是修复已经崩溃的现代性,继续追求文化、社会和经济领域中的现代性可能,而人们能够在其中找到一种共同生活的方式,自主与从属也进入真正的非对抗性关系,从而可以趾高气扬地走进集体主义"[45]。哈贝马斯的这种承认是坦率的,但却也可以看出他在理论上的不彻底性,这种不彻底性在于他轻易地把理论由以出发的立脚点建立在"动机"和"直觉"这样的一种心理主义之上,建立在对现实的认同之上,而不去追问理论由以出发的存在论根基。所以,他所说的交往合理性本质上是一种乌托邦而已,而马克思就不同了,马克思通过真实的分工来考察异化劳动的来历,那么要扬弃异化,"则只有再消灭分工",异化从哪里产生,就该从哪里消灭,也正是在这个意义上,马克思说:"自我异化的扬弃同自我异化走的是一条道路。"[46] 也就是说,对于自我异化的扬弃不需要再去向外索求一条道路,而就在异化本身的发展当中存在,哈贝马斯由于没有理解这一点,因此需要设置一个与劳动对立的交往行为,希望通过从交往行为当中产生出交往合理性来消除人的自我异化,但是由于这个交往行为是抽象的,因此合理性尽管被冠上了"交往"的名义,也同样是一种抽象的东西。从这里,我们就可以看到哈贝马斯理论的界限所在。

综上所述,尽管哈贝马斯跟老一代批判理论家在价值取向上是不同的,即前者是反对现代性的,后者是认同现代性的,他们在存在论境界上却是类似的,他们都对传统的存在论缺陷有深刻的体会,无论是阿多诺对同一哲学的批判,马尔库塞对理性存在论的批判,还是哈贝马斯对传统理性和工具理性的批判,都体现了这一点。但是,由于他们对马克思所发动的存在论革命或者没有领会,或者产生误解,因此在自身理论的存在论根基处的建树是鲜有成就的,从而使得法兰克福学派的理论或者变成一种浪漫主义的乌托邦,或者在现代性面前节节退让,而对人的自我异化的克服不可能有一种真正深刻的见地。从这个意义上说,作为马克思主义在当代的发展形式的法兰克福学派(这一点是不能否认的,他们的论题是对马克思理论在当代的继续),由于没有真正领会马克思所发动的哲学革命的性质,使得其对马克思学说的发展具有了局限性。因此,真正要发展马克思主义,唯有从存在论根基处入手,才是正路!

注　释

[1] 包亚明主编:《现代性的地平线——哈贝马斯访谈录》,上海人民出版社1997年版,第44页。

[2] 哈贝马斯:《重建历史唯物主义》,社会科学文献出版社2000年版,第96页。

[3] 哈贝马斯:《理论与实践》,社会科学文献出版社2004年版,第364页。

［４］哈贝马斯：《作为"意识形态"的技术与科学》，学林出版社1999年版，第63页。

［５］Jürgen Habermas, translated by Thormas McCarthy, *The Theory of Communicative Action*, Volume 2, Cambridge, UK：Polity Press, 1989，p. 391.

［６］哈贝马斯：《重建历史唯物主义》，第17页。

［７］哈贝马斯：《作为"意识形态"的技术与科学》，第63页。

［８］哈贝马斯：《重建历史唯物主义》，第30页。

［９］Jürgen Habermas, translated by Thormas McCarthy, *The Theory of Communicative Action*, Volume 2, p. 119.

［10］包亚明主编：《现代性的地平线——哈贝马斯访谈录》，第57页。

［11］Jürgen Habermas, translated by Thormas McCarthy, *The Theory of Communicative Action*, Volume 2, p. 138.

［12］哈贝马斯：《交往与社会进化》，重庆出版社1989年版，第2页。

［13］同上书，第2—3页。

［14］同上书，第32页。

［15］哈贝马斯：《交往行为理论》第1卷，上海人民出版社2004年版，第1页。

［16］哈贝马斯：《后形而上学思想》，译林出版社2001年版，第34页。

［17］哈贝马斯：《交往行为理论》第1卷，第348页。

［18］同上书，第366页。

［19］同上书，第369页。

［20］哈贝马斯：《后形而上学思想》，第36页。

［21］同上书，第41页。

［22］哈贝马斯：《交往行为理论》第1卷，第10页。

［23］哈贝马斯：《作为"意识形态"的技术与科学》，第77页。

［24］同上书，第77页。

［25］哈贝马斯：《后形而上学思想》，第75页。

［26］哈贝马斯：《认识与兴趣》，学林出版社1999年版，第37、24页。

［27］同上书，第47页。

［28］哈贝马斯：《作为"意识形态"的技术与科学》，第33页。

［29］同上书，第33页。

［30］同上书，第33页。

［31］哈贝马斯：《重建历史唯物主义》，第32页。

［32］哈贝马斯：《后形而上学思想》，第42页。

［33］哈贝马斯：《重建历史唯物主义》，第144页。

[34] 同上书,第 142—147 页。

[35]《马克思恩格斯选集》第 1 卷,人民出版社 1995 年版,第 67 页。

[36] 同上书,第 68 页。

[37]《马克思恩格斯全集》第 3 卷,人民出版社 2002 年版,第 301—302 页。

[38] 海德格尔:《存在与时间》,三联书店 1999 年版,第 143 页。

[39]《马克思恩格斯选集》第 1 卷,第 67 页。

[40] 同上书,第 80 页。

[41] 同上书,第 77 页。

[42] 同上书,第 82 页。

[43] 同上书,第 82 页。

[44] 哈贝马斯:《重建历史唯物主义》,第 33 页。

[45] 包亚明主编:《现代性的地平线——哈贝马斯访谈录》,第 75 页。

[46]《马克思恩格斯全集》第 3 卷,第 294 页。

结　语

　　行文至此,通过对法兰克福学派意识形态批判的理论语境、法兰克福学派意识形态批判的主要内容以及法兰克福学派意识形态批判的存在论视域的考察,我们对法兰克福学派的理论大致上有了一个总体的把握。在结语部分,笔者将在此基础上对法兰克福学派意识形态批判的得与失进行一番评价,并以此提示出此一批判对我们的启示。

　　笔者以为,法兰克福学派的意识形态批判的最大成果是契合了这个时代的精神,是在新的历史条件下对马克思学说的一种丰富和发展。这不仅意味着学说的延续性,更意味着人类对自我理解方式的新变化。简言之,法兰克福学派的意识形态批判不是如其字面意义所显示的是就意识形态本身而批判意识形态,而是试图通过意识形态批判清理出生活世界的领域、感性意识的领域,从而达到对这个世界的自我批判的真实基础的理解。这其实与马克思学说的基本旨趣是一致的:马克思的政治经济学批判最终的指向也就是阐明生活世界本身的批判,从而理解无产阶级真正的存在性质。

　　但是,马克思的政治经济学批判与法兰克福学派的意识形态批判在路径上有所不同。马克思的批判是从“物质的生活关系”入手,这就是“黑格尔按照十八世纪的英国人和法国人的先例”所称的“市民社会”。[1]在马克思看来,市民社会就是“在过去一切历史阶段上受生产力制约同时又制约生产力的交往形式"，它"包括各个人在生产力发展的一定阶段上的一切物质交往"，它"在一切时代都构成国家的基础以及任何其他的观念的上层建筑的基础"。[2] 从马克思对市民社会的上述规定可以看出，市民社会这一物质生活关系领域是基础领域，而对基础领域的批判是直切本源的，是描述生活世界本身的运动的，也就是以理解生活世界的"自我批判"即"实践批判"为根本旨趣的。因此，通过这种批判，意识形态的东西也就不攻自破了。当马克思的思想达到这种"实践批判"原则的高度之后，他就放弃了自己原先宏大的只针对意识形态本身批判的计划，把批判的焦点集中到了生活基础的领域——市民社会中，"而对市民社会的解剖应该到政治经济学中去寻求"[3]。而政治经济学并非生活世界真理的直接呈现，马克思的政治经济学批判首先要揭示和穿透的恰恰是政治经济学所具有的"现代科学"以及意识形态性质。换言之，对生活世界本身原理的揭示是需要通过对政治经济学的意识形态性质的揭示才能达到。关于这一点，我们已经在行文中多次强调了。

从上面简单的回顾中，我们可以看到马克思政治经济学批判的基本思路——从生活世界本身切入对生活世界的批判，马克思认为这是最关乎本质的批判，因为意识形态只不过是对生活基础或者说经济基础的"反射"和"反响"而已，因此，只要呈现出生活世界本身的运动，意识形态的虚假性也就暴露无遗了。从这里我们可以看出，在马克思那里实际上是区分了两个领域的，即生活世界和意识形态，或者用马克思主义的术语说，经济基础和上层建筑这两个领域，意识形态只不过是对经济基础的一种观念的表达，生活世界才是意识形态的深刻基础。关于这一点，马克思是这样说的："意识[das Bewußtsein]在任何时候都只能是被意识到了的存在，而人们的存在[das Bewußte Sein]就是他们的现实生活过程。"[4] 这里"被意识到了的存在"就是指对"现实生活过程"的观念表达的意识形态,它的基础就是"现实生活过程",这两者是两个不同层面的东西。

但是到了晚近资本主义时代,情况发生了一些变化,生活世界作为基础领域为意识形态所渗透,哈贝马斯称之为"生活世界殖民化"。也就是说,原先在马克思那里作为基础的领域——物质生产领域——已经不再是创生新的社会关系的领域了,"今天的意识形态就包含在生产过程本身之中"[5]。这就意味着物质生产领域在某种意义上不再是具有革命性的基础领域,而与意识形态在本质上同构了。这尤其体现在法兰克福学派所揭示的科学技术在生产上的应用,它使得现代生产是一种纯粹的技术性生产,而且这种技术性的生产被看成是永恒的东西,它的前提从来不被追问,因而只有揭露这种技术性的生产的意识形态本质,才可能在新的时代条件下切入那作为生活世界基础的领域。同样的,实证主义、启蒙精神、大众文化,都已经变成了现代人生活中理所当然地加以接受的东西,甚至是代表进步的东西,因而也是现代人趋之若鹜的东西。但是,在法兰克福学派的理论家看来,它们都是对现代生产关系的一种巩固和再生产,这种巩固和再生产遮蔽了基础领域,遮蔽了新的感性意识出现的可能性,因而都是必须加以批判的意识形态。

综上所述,尽管从理论的最初路径来看,法兰克福学派的社会批判理论与马克思的政治经济学批判是不同的,即法兰克福学派是在晚近资本主义的历史条件下从意识形态批判入手以试图揭示出基础领域,而马克思则是从生活世界本身的批判入手以揭示生活世界的自我批判向度,但是两者最终的理论目标是相同的,即都是达到对基础领域自身运动的一种自觉,都是指向"实践批判"。对于马克思而言,实践批判的理论表达主要体现在政治经济学批判中,通过政治经济学批判揭示出资本主义生产自我否定的辩证法;对于法兰克福学派而言,实践批判的理论表达主要体现在意识形态批判中,通过意识形态批判试图寻找新的感性意识出现的可能性。

青年黑格尔派从自我意识立场出发的理性批判是没有生活世界的视域的,因为他们认为意识就是这个世界的基础,青年黑格尔派认为,"观念、思想、概念"等,都是"某种独立东西"意识的产物,因而,"只要同意识的这些幻想进行斗争就行了"。出于这样一种理解,"青年黑格尔派完全合乎逻辑地向人们提出一种道德要求,要用人的、批判的或利己的意识来代替他们现在的意识,从而消除束缚他们的限制"。但是,在马克思看来,青年黑格尔派"这种改变意识的要求,就是用另一种方式来解释存在的东西,也就是说,借助于另外的解释来承认它"[6]。一句话,在马克思看来,青年黑格尔派由于不知道意识的更深刻的基础在生活世界那里,因而只停留于用词句反对词句,即在认同这个世界的基础上对这个世界提出一些理性上应该的要求。这种批判是不能够真正触动这个世界的,真正触动这个世界的批判是实践批判,对这种实践批判作自觉的理论表达是指向世界本身的新原理的。

毫无疑问,法兰克福学派的意识形态批判不再仅仅是青年黑格尔派的一种理性批判,正因为如此,法兰克福学派的理论家会指证那些在现代被当作根本的东西的意识形态性质,并试图通过这种批判使生活世界的领域进入视野之内,使得对新的感性意识的理解成为可能。具体而言,法兰克福学派通过意识形态批判清理出了三条思路以展现生活世界的领域:以阿多诺为代表的,通过否定的辩证法以期恢复非同一性的地位;以马尔库塞和弗洛姆为代表的,通过本能解放论以期重新恢复感性之于理性的先在性;以哈贝马斯为代表的,通过交往合理性以期把生活世界从工具合理性的霸权下解救出来。上述种种,都是法兰克福学派试图使意识形态批判摆脱理性批判,趋向实践批判原则的一种努力,他们对所有现存的意识形态的批判都是为了以此揭示生活世界本身的自我批判。这种努力一方面真正丰富和发展了马克思的学说,

法兰克福学派的意识形态批判及其存在论视域

另一方面也接上了20世纪哲学的基本主题,使得其在对现代性的批判中占有不可缺少的一席。可以说,这是法兰克福学派意识形态批判的最大成果。

但是,通过对法兰克福学派意识形态批判理论的研究,我们最后得出的结论是:这种批判或者走上了乌托邦的道路,或者就是在现代性面前节节退让。缘何会导致这样一种结局?这不得不让我们思考法兰克福学派意识形态批判的失足之处。海德格尔曾经说:"这个社会学的或者人类学的习语尽管有无可置疑的分析成就(这个习语使得这些成就得以可能),却让'强制'概念本身在其存在论性质方面得不到规定。"[7]这一评论是适用于法兰克福学派的社会批判理论的,他们的意识形态批判就是对这个"进步强制"的现代社会的一种解剖,这种解剖使得他们对被理所当然地认为是现代社会的基础的诸种意识形态进行了批判。我们可以说,像法兰克福学派这样的批判理论在对这些意识形态的指证方面,即对意识形态的分析方面无疑是功勋卓著、成就非凡的,但是由于这种分析或指证在存在论性质方面得不到规定,因而使得他们的批判成就受到了限制。我们谈论法兰克福学派意识形态批判的失足之处,恰恰可以从其存在论的根基处入手。

客观地讲,法兰克福学派本身没有专门去讨论过自己理论的存在论性质,甚至像阿多诺还拒绝谈论存在论问题,但并不能由此说明法兰克福学派的理论没有一个由以成立的存在论视域,这一点我们在论文的最后一部分已经有所涉及了。下面就对法兰克福学派的意识形态批判理论的存在论视域作一个整体上的把握,并由此发现这一存在论视域的缺陷。

笔者以为,法兰克福学派的存在论视域从总体上可以说是一种"感性存在论"。法兰克福学派的理论家尽管在理论的具体观点上不尽相同,但是他们批判的目标指向是一致的,他们都很清楚地意识到了理性存在论的局限性——理性变成了一种极端抽象的工具理性统摄一切，从而使人的异化程度更加加深，人变成了符号、工具、被支配的东西。鉴于此，他们的意识形态批判都是围绕着理性变成工具理性这一点展开的：启蒙精神蕴涵着工具理性之萌芽，实证主义是在哲学上对工具理性原则的论证，科学技术则是工具理性的具体化——技术理性，大众文化本身既是工具理性的产物，又为工具理性的进一步扩展创造了条件。因此，工具理性构成了现代意识形态的本质内涵，而且由于它与现代生产本质同构，因此比以往的意识形态更难识别，更具有隐蔽性。但法兰克福学派却能在这种披着科学外衣之下的工具理性中，揭示出其意识形态特性，无疑是对理性存在论的一种冲击，而法兰克福学派提出的治疗理性存在论的方案是感性原则的提出。法兰克福学派的创始人霍克海默在其著名的论文《传统理论与批判理论》中，特别谈到批判理论的主体不是人类历史过程中的"旁观者"和"被动参加者"，亦不是纯粹抽象的、自律的思维主体，而是"处在与其他个体和群体的真实关系之中"，"与某一特定阶级发生冲突，并最终处于因而产生的与社会总体与自然的关系网络之中"[8] 的主体。这样的主体自然不再是冷冰冰的、与现实世界无涉的唯灵论的存在，而是有血有肉、有情绪、有感受的主体，感性的原则内在地包含在这样的主体之中；阿多诺提出非同一性，就是要恢复被同一哲学当作"惰性的实存"而打发掉的非概念性、个别性和特殊性的东西，这种非概念性、个别性和特殊性的东西无疑是感性的东西；马尔库塞和弗洛姆明确提出本能和感性的压抑是人的自我异化的根源，因而提出本能解放的理论，希图把感性从理性存在论的压抑当中解放出来；哈贝马斯诉诸交往行为，交往行为当然是感性领域中的行为，哈贝马斯在交往行为的基础上提出交往合理性，意图就是要把理性的根基扎到感性当中，从而为已经萎缩为工具的理性注入新鲜的活力，使得这种工具理性再度充盈起来。无论是霍克海默的有激情、有情

法兰克福学派的意识形态批判及其存在论视域

绪的感性主体的提出,阿多诺对非同一性的推崇,马尔库塞和弗洛姆对本能解放的诉诸,还是哈贝马斯对交往合理性的期待,都是试图用感性原则对治理性存在论的一种尝试和努力。这种尝试和努力确实在一定程度上打击了理性存在论,但是这种打击的力度是有限的,其原因在于他们自身对于存在论根基缺乏自觉的检审。

先来看看霍克海默,霍克海默事实上已经触动了近代形而上学的存在论根基,他指出对现代意识形态的批判不能停留于思想层面的批判,而是要从这个时代自身的基本原则出发进行历史的追溯,他指出,"呈现给个体而且个体必须接受和考虑的世界,在目前的和未来的形式中,都是一般社会实践的产物";人的衣着和外貌、外在形式和情感方式,甚至视听方式,都与"社会生活过程分不开";"现存秩序也是社会生活过程的产物"。[9]一句话,自然界、人类自身和社会关系都是社会实践的产物、是社会历史过程的产物,从而突出了社会实践活动在存在论上的优先地位。但是霍克海默的工作到此为止,他除了指明社会实践活动的重要性之外,并没有继续深入对这个活动的具体内涵进行存在论上的阐明,由于这种缺失,使得霍克海默的成果得不到巩固,最终又向理性主义传统回归。尽管霍克海默一再重申他所说的理性已经祛除了唯心主义的天真幻想,事实上也确实与传统的理性不尽相同,但是如果没有进行存在论上的自觉澄清,这种不同还是外在的、无关本质的,因而他的意识形态批判最终还是无出路的,霍克海默晚年走向宗教和审美就是一个明证。阿多诺在这一点上与霍克海默是类似的,他以比霍克海默更为激烈和决绝的态度反对现代之诸种意识形态,他通过对同一哲学的知识论路向揭露,以期通达那个保留了特殊性、个别性、异质性的东西的感性领域。但是其最高成果仅仅是一种否定的辩证法,在这种否定的辩证法中,阿多诺弃置社会实践一类的解放承诺,最终亦走向了审美的领域,希望在此领域中来寻找文化救赎的些微光亮。这样一种结局,同样源于其缺乏对存在论根基的自觉检审。

与法兰克福学派的其他理论家相比,马尔库塞对存在论问题是有所论述的。他认为以逻各斯为基础的理性存在论体现的是一种统治和压抑的逻辑,这种逻辑最终的结果是使得理性萎缩成极端抽象的工具理性,使得人的异化达到无以复加的地步,因此,要避免工具理性的进一步抽象化,要阻止人的异化程度的进一步加深,只有重新规定存在的基础,那就是"以非逻辑的东西即以意志和快乐为根据的存在观"[10],以此高扬在理性存在论那里被压抑了的感性因素,并赋予了感性以创生自然界和人类社会、创生社会关系的源初地位。这无疑是十分正确的。但是,在马尔库塞那里,这个感性实际上还是实体性质的,换句话说,马尔库塞所提倡的感性实际上还是一种存在者,马尔库塞对理性存在论的批判只是用感性这种存在者去取代理性存在者,而不是把感性理解为对存在的领会的那种感性活动。从这一点上看,马克思批判费尔巴哈把感性"不是看作实践的、人的感性的活动",因而"没有把感性世界理解为构成这一世界的个人的全部活生生的感性活动"[11],同样是适合批评马尔库塞的。而同样提倡感性原则的弗洛姆在存在论的根基上可以说是没有任何规定的,因而他所倡导的心理革命仅仅是出于对现代社会的人的异化的义愤和对人的应然状态的人道主义情怀而提出的一种设想,这种设想由于缺乏存在论规定,使得其忽而援引马克思的理论,忽而又援引弗洛伊德的理论,将两者加以外在的撮合,最终沦为一种伟大的梦想。

哈贝马斯提出交往行为与劳动相对抗,他认为现代的劳动已经完全是一种工具行为,即是一种"目的理性的活动",在这种活动中,创生新的社会关系的能力已不复存在,人的自我超越的可能性也已消失殆尽,因而必须有另一个活动与它相对立,这个活动就是交往行为。无

法兰克福学派的意识形态批判及其存在论视域

疑,哈贝马斯是看到了被目的理性所支配的现代劳动的特征,但是他却把这个劳动当作一个现有的前提接受下来,而不去考察这种劳动的历史来历,因而也就不知道消灭这种劳动无需在劳动的对面再设一个交往行为,而是"自我异化的扬弃同自我异化走的是一条道路",即扬弃异化劳动的道路就在异化劳动本身中。

综上所述,法兰克福学派出于对晚近资本主义社会中人的自我异化根源探求的需要而批判种种意识形态之遮蔽,在这个过程中,他们都从不同的角度领会到了理性存在论的根本缺陷,并提出感性的原则以对治这种缺陷,这种路向无疑是正确的。但是由于他们缺乏一种存在论上的自觉澄清,所以他们在这条道路上并没有走得很远,他们只不过是走到了理性的对立面而已。任何一种对立面,如果仅仅是"单纯的反动",而没有从存在论根基处入手去打击它的对手,就必然"还拘执于它所反对的东西的本质之中"[12],即这样的反对最终并不能真正突破理性存在论的樊篱。

法兰克福学派的这一结局很自然地让我们想到了费尔巴哈。费尔巴哈作为近代理性主义哲学的最早批判者之一,首先提出了"感性"原则以对抗在西方哲学史上已经统治了几千年的理性原则,他通过指明存在是一种感性的存在以批评在理性存在论中作为思维形式的存在。他指出"证明有物存在,并没有别的意义,只不过是证明有一种不只是被思想的事物存在。然而这个证明是不能从思维本身中汲取出来的",因此,"新哲学将我们所了解的存在不只是看作思维的实体",而是"感性的存在、直观的存在、感觉的存在,爱的存在"[13]。费尔巴哈用这种美文学的方式点明了感性的存在相对于被思想的事物的先在性。不仅如此,费尔巴哈还从感性的原则中揭示出了类本质,即感性的社会性本质,从而夺取了向来由理性存在论所霸占的普遍性的领域。费尔巴哈说:"感觉的对象不只是外在的事物,而且有内在的事物,不只是肉体,而且还有精神,不只是事物,而且还有'自我'。"[14]这是对感觉的存在论的阐释,在这个阐释中,感觉的社会性被揭示了出来。总之,费尔巴哈通过确立感性的存在论地位批判了以黑格尔为代表的西方理性存在论。费尔巴哈尽管确立了感性存在论,但在用这一存在论去理解感性的类本质如何会异化这一问题上重又陷入了唯心主义,其中的原因就是马克思所说的:费尔巴哈"承认人也是'感性对象'。但是,他把人只看作是'感性对象',而不是'感性活动'",因此,"他没有看到,他周围的感性世界决不是某种开天辟地以来就直接存在的、始终如一的东西,而是工业和社会状况的产物,是历史的产物,是世世代代活动的结果",总之,"这种活动、这种连续不断的感性劳动和创造、这种生产,正是整个现存的感性世界的基础,它哪怕只中断一年,费尔巴哈就会看到,不仅在自然界将发生巨大的变化,而且整个人类世界以及他自己的直观能力,甚至他本身的存在也会很快就没有了"。[15]也就是说,费尔巴哈在历史领域重新陷入唯心主义是因为他不懂得"感性活动"。在这里,费尔巴哈和马克思的具有本质重要性的区别显示出来了,那就是"感性对象性"和"感性活动"的区别。这种区别不仅仅是字面上的,更是关乎存在论基础的,即"感性活动"原则的确立意味着存在论的新境域的开启。

"感性活动"原则最早是马克思在《1844 年经济学哲学手稿》中提出的,当时马克思称其为"对象性活动"。在《1844 年经济学哲学手稿》中,马克思通过对黑格尔辩证法的积极环节——劳动的考察,一方面指证了劳动这样一个作为推动原则和否定原则的辩证法在黑格尔哲学中所具有的抽象唯心主义的性质,另一方面揭示了在这个具有唯心主义性质的活动背后的真相是"对象性的活动"或"感性活动"。关于"对象性活动"有一段著名的话:"当现实的、肉体的、站在坚实的呈圆形的地球上呼出和吸入一切自然力的人通过自己的外化把自己现实的、对象性的本质力量设定为异己的对象时,设定并不是主体;它是对象性的本质力量的主体性,因此这些本质力量的活动也必须是对象性的活动。对象性的存在物进行对象性的活动,如果它的本质规定中不包含对象性的东西,它就不进行对象性活动。它之所以只创造或设定对象,因为它是被对象设定的,因为它本来就是自然界。因此,并不是它在设定这一行动中从自己的'纯粹的活动'转而创造对象,而是它的对象性的产物仅仅证实了它的对象性活动,证明了它的活动是对象性的自然存在物的活动。"[16]尽管马克思这里的阐释还用了很多近代哲学的术语,但是透过这些术语的遮蔽我们仍然能领会到"对象性的活动"的基本精神,那就是这一活动与德国古典哲学的自我意识或作为绝对者的那个主体的"纯粹活动"具有本质的不同。"纯粹活动"只是在封闭的逻辑学当中活动并转而创造对象,因而它需要设定一个主体,这个主体从"密室"当中出来创造对象,而它所创造的对象只是物性,即只是抽象的物,而不是现实的物。这就是现代形而上学二元论的基本建制。而在"对象性的活动"中,不再需要现代形而上学基本建制中的那个作为主体的主体,因为"对象性的本质力量的主体性"并非封闭在意识的内在性中的"纯粹自我"的主体性,而是"对象性的本质力量的主体性",这个主体性之所以能够创造对象是因为"它是被对象所设定的,因为它本来就是自然界"。也就是说,这种"对象性的本质力量的主体性",这种"人"一开始就是在世界之中的,用海德格尔的话说就是"此在是在世之在",因而也就不需要设定自我与非我、内在与超越的形而上学建制。由此,马克思通过"对象性的活动"开辟了一个全新的存在论境域,这一新的存在论视域包括以下三个方面:"(1)从理论态度中摆脱出来;(2)否弃全部形而上学始终驻足其中的知识论的(或范畴论的)路向,并彻底揭破这一路向的三重天真——断言的天真、概念的天真和反思的天真;(3)击穿并瓦解'意识的内在性'。"[17]其中第三个方面是最关乎本质的。

无疑,法兰克福学派在存在论根基处的缺陷与费尔巴哈有类似之处,他们通过高扬感性原则,并赋予感性在存在论上的先在性地位,确实体现了从理论态度中摆脱出来的努力,并对于知识论路向的理性存在论进行了严重的颠倒,但是对于最重要的一点:"揭穿并瓦解'意识的内在性'",他们并没有做到,因为他们并没有真正理解感性活动,理解实践,这就意味着他们的理论还是没有突破近代性的框架。真正的批判理论不是解释世界,而是解释实践,即不是解释一个现成地给予我们的世界,而是解释造成这个现成地给予我们的世界的历史运动。尽管霍克海默在批判理论创立之初就正确地指出,社会批判理论所遵循的基本原则就是马克思的实践批判原则,但是,提出一个正确的原则并不意味着在具体的理论实践中就能贯彻这一原则。法兰克福学派最后的理论结局就证明了,不从存在论的根基处批判现代意识形态,就不能真正贯彻实践批判原则,从这个意义上说,法兰克福学派还是从属于解释现成给予我们的世界这种理论的行列。当然,解释现成给予我们的世界并不意味着对这个世界采取赞成的态度,因为法兰克福学派的理论家都是对现存世界采取批判态度的,这一批判态度甚至是很极端的,比如说阿多诺,即使是哈贝马斯认同现代性,他也是在批判的基础上加以认同的。所以说,态度并不是最终判断一个学派的性质的标志,我们要从存在论的角度更深层面地加以判断。

综上所述,法兰克福学派意识形态批判的最大的缺陷就是,他们还没有最终突破近代哲学的存在论基础,只是把社会世界看成是必须先予承认的前提。这并不是说他们没有谈过社会实践,但是社会实践或者说感性活动在他们那里只是一种"零星的猜测",而不是本质的原则。因而他们不懂得现存世界的异化是活动的异化,从而也就不懂得对于活动的异化结果的扬弃也只能诉诸这一活动自身具有的批判力量。马

法兰克福学派的意识形态批判及其存在论视域

克思正是在此意义上说"自我异化的扬弃同自我异化走的是一条道路"[18]。而对于法兰克福学派而言,由于他们只局限于感性的原则,而延宕了对"感性活动"的存在论基础的阐释,使得他们对于人的异化扬弃道路的探求最终不得不以乌托邦的方式为归宿。

　　法兰克福学派意识形态批判的成败得失是值得我们深思的,作为一名中国人,这一思考无疑关联着今日中国的基本状况。进入 21 世纪,随着全球化浪潮的进一步展开,中国正被全面裹挟到当代世界进程之中,这意味着现代生产方式已进入中国的物质生活关系领域,与这一生产方式本质同构的现代意识形态也同样进入了我们的日常生活领域。马克思的政治经济学批判使得我们对于扬弃资本有一种朦胧的信念,但这种信念时时处处受到现代意识形态的冲击,使得我们要么迷惑于这些意识形态从而对资本原则无条件地认可,仿佛历史就在这里终结了;要么就是在这种意识形态的强大力量面前对资本原则的扬弃缺乏信心,仿佛马克思所揭示的资本辩证法已经变成一种空洞的口号。在这种情况下,法兰克福学派对发达资本主义的意识形态批判对我们来说就像是一道光线,在这道光线的照耀下,那些与现代生产方式本质同构的、貌似科学的东西都现出了意识形态的原形。作为科学主义思潮代表的实证主义,向来不被理解成意识形态,法兰克福却认为它实际上是意识形态;追求个性自由和理性至上的启蒙精神,也被认为是与意识形态无关的,因为它既不是宗教,也不是哲学,而是一个人们终于发现的永恒的原则——个人自由建立在理性的基础上,法兰克福学派也认为这实际上是一种意识形态;科学技术更是如此,在倡导科学技术是第一生产力的今天,科学技术被看作是意识形态中立的东西,而法兰克福学派却指证了科学技术本身具有的意识形态性质;大众文化同样是这个时代的人们趋之若鹜的东西,是标志着一个人是否跟得上时代潮流的东西,法兰克福学派却揭示出它不仅是一种意识形态,而且是巩固现行的生活方式的意识形态。这种批判,对于躺在现代意识形态怀抱中沾沾自喜的人来说无疑是当头棒喝;而对于怀疑资本的辩证法的人们来说又无疑是一缕希望的曙光。总之,在面对当今形形色色的思潮时,法兰克福学派的意识形态批判无疑具有正本清源的作用,从而使得我们在各种各样的思潮冲击下仍然能够保持清醒的头脑。在中国社会的当代转型正进入一个新的阶段的关键时期,这种眼光无疑是非常重要的,它关系着社会主义事业的成败。

意识形态批判固然重要,但是意识形态批判必须摒弃理性批判的原则。理性批判可以显得很崇高,因为它出自人类理性的美好设计,但是它也很无力,因为批判的真正动力不是来自理性,而是来自生活世界本身的自我批判能力,这一自我批判能力召唤人自觉地呼应此一批判,这就是实践批判原则。法兰克福学派意识形态批判自觉地避免了青年黑格尔派从自我意识立场出发的理性批判,坚持马克思所开创的实践批判原则,对种种貌似科学的意识形态进行批判,以期从中发现新的感性意识出现的可能性,这种努力无疑是我们必须加以重视的。

但是,法兰克福学派意识形态批判最终沦为一种乌托邦或者与现代性妥协,这一结局提示我们,如果要真正贯彻实践批判原则,就必须从存在论的根基处入手,否则实践批判原则就只会变成一种偶然的应用,而不是一个本质的原则。在这里,我们看到了马克思发动哲学革命后形成的历史唯物主义思想的本质重要性,因为它是在新的存在论视域中提出的实践批判原则。在这一原则中,感性活动的重要意义得到了凸显。这一思想,又契合向来在感性实践中去把握无限的"天地之化"的中国文化精神,使中西思想的会通具有了可能性。以此为基础,我们才能把握人类当代问题的核心,以及认识当代人类实践的内在趋向。

注　释

[1]《马克思恩格斯选集》第 2 卷,人民出版社 1995 年版,第 32 页。

[2]《马克思恩格斯选集》第 1 卷,人民出版社 1995 年版,第 87—88、130、131 页。

[3]《马克思恩格斯选集》第 2 卷,第 32 页。

[4]同上书,第 72 页。

[5]转引自马尔库塞:《单向度的人》,上海译文出版社 1989 年版,第 12 页。

[6]《马克思恩格斯选集》第 1 卷,第 65—66 页。

[7]《晚期海德格尔的三天讨论班纪要》,第 58 页,载于《哲学译丛》2001 年第 3 期。

[8]《霍克海默集》,上海远东出版社 2004 年版,第 185 页。

[9]《霍克海默集》,第 177 页;霍克海默:《批判理论》,重庆出版社 1989 年版,第 151 页。

[10]马尔库塞:《爱欲与文明》,上海译文出版社 1987 年版,第 89 页。

[11]《马克思恩格斯选集》第 1 卷,第 77—78 页。

[12]《海德格尔选集》(下卷),上海三联书店 1996 年版,第 771 页。

[13]《费尔巴哈哲学著作选集》(上卷),商务印书馆 1984 年版,第 155、167 页。

[14]同上书,第 172 页。

[15]《马克思恩格斯选集》第 1 卷,第 76—78 页。

[16]《马克思恩格斯全集》第 3 卷,人民出版社 2002 年版,第 324 页。

[17]吴晓明:《阿多诺对"概念帝国主义"的抨击及其存在论视域》,载于《中国社会科学》2004 年第 3 期。

[18]《马克思恩格斯全集》第 3 卷,第 294 页。

参考文献

《马克思恩格斯选集》，人民出版社 1995 年版。

《马克思恩格斯全集》，人民出版社 2002 年版。

卢卡奇：《历史与阶级意识》，商务印书馆 1996 年版。

葛兰西：《狱中札记》，中国社会出版社 2000 年版。

柯尔施：《马克思主义和哲学》，重庆出版社 1989 年版。

霍克海默、阿多诺：《启蒙辩证法》，上海人民出版社 2003 年版。

霍克海默：《批判理论》，重庆出版社 1989 年版。

《霍克海默集》，上海远东出版社 2004 年版。

《法兰克福学派论著选辑》（上卷），商务印书馆 1998 年版。

阿多诺：《否定的辩证法》，重庆出版社 1993 年版。

阿多诺：《美学理论》，四川人民出版社 1998 年版。

马尔库塞：《理性与革命》，重庆出版社 1993 年版。

马尔库塞：《爱欲与文明》，上海译文出版社 1987 年版。

马尔库塞：《单向度的人》，上海译文出版社 1989 年版。

马尔库塞：《工业社会和新左派》，商务印书馆 1982 年版。

马尔库塞：《审美之维》，广西师范大学出版社 2001 年版。

马尔库塞：《现代文明与人的困境》，上海三联书店 1989 年版。

弗洛姆：《逃避自由》，工人出版社 1987 年版。

弗洛姆:《寻找自我》,工人出版社1988年版。

弗洛姆:《健全的社会》,贵州人民出版社1994年版。

弗洛姆:《在幻想锁链的彼岸》,湖南人民出版社1986年版。

弗洛姆:《占有还是生存》,三联书店1988年版。

哈贝马斯:《理论与实践》,社会科学文献出版社2004年版。

哈贝马斯:《认识与兴趣》,学林出版社1999年版。

哈贝马斯:《作为"意识形态"的技术与科学》,学林出版社1999年版。

哈贝马斯:《公共领域的结构转型》,学林出版社1999年版。

哈贝马斯:《合法化危机》,上海人民出版社2000年版。

哈贝马斯:《重建历史唯物主义》,社会科学文献出版社2000年版。

哈贝马斯:《交往与社会进化》,重庆出版社1989年版。

哈贝马斯:《交往行为理论》,上海人民出版社2004年版。

哈贝马斯:《后形而上学思想》,译林出版社2001年版。

包亚明主编:《现代性的地平线——哈贝马斯访谈录》,上海人民出版社1997年版。

陈学明等编:《社会水泥——阿多诺、马尔库塞、本杰明论大众文化》,云南人民出版社1998年版。

康德:《历史理性批判文集》,商务印书馆1997年版。

黑格尔:《小逻辑》,商务印书馆1997年版。

黑格尔:《精神现象学》,商务印书馆1997年版。

黑格尔:《哲学史讲演录》第四卷,商务印书馆1996年版。

《费尔巴哈哲学著作选集》,商务印书馆1984年版。

《海德格尔选集》(上、下卷),上海三联书店1996年版。

海德格尔:《存在与时间》,三联书店1999年版。

丁耘摘译:《晚期海德格尔的三天讨论班纪要》,《哲学译丛》2001

年第 3 期。

伽达默尔:《哲学解释学》,上海译文出版社 1994 年版。

卡西勒:《启蒙哲学》,山东人民出版社 1988 年版。

佩里·安德森:《西方马克思主义探讨》,人民出版社 1981 年版。

马丁·杰伊:《法兰克福学派史》,广东人民出版社 1996 年版。

陈学明:《西方马克思主义教程》,高等教育出版社 2001 年版。

衣俊卿等:《20 世纪的新马克思主义》,中央编译出版社 2001
年版。

张一兵等:《西方马克思主义哲学的历史逻辑》,南京大学出版社
2003 年版。

江天骥主编:《法兰克福学派——批判的社会理论》,上海人民出版
社 1981 年版。

欧力同、张伟:《法兰克福学派研究》,重庆出版社 1990 年版。

陈振明:《法兰克福学派与科学技术哲学》,中国人民大学出版社
1992 年版。

傅永军:《控制与反抗——社会批判理论与当代资本主义》,泰山出
版社 1998 年版。

王凤才:《批判与重建》,社会科学文献出版社 2004 年版。

张一兵:《无调式的辩证想象》,三联书店 2001 年版。

陆俊:《马尔库塞》,湖南教育出版社 1999 年版。

张伟:《弗洛姆思想研究》,重庆出版社 1996 年版。

章国锋:《关于一个公正世界的"乌托邦"构想》,山东人民出版社
2001 年版。

郑召利:《哈贝马斯的交往行为理论》,复旦大学出版社 2002 年版。

俞吾金:《意识形态论》,上海人民出版社 1993 年版。

周宏:《理解与批判——马克思意识形态理论的文本学研究》,上海

三联书店 2003 年版。

吴晓明：《马克思早期思想的逻辑发展》，云南人民出版社 1993
年版。

吴晓明、王德峰：《马克思的哲学革命及其当代意义》，人民出版社
2005 年版。

王德峰：《哲学导论》，上海人民出版社 2000 年版。

王德峰：《人的本源存在与历史生存——对马克思思想的再探索》
（博士论文）。

王德峰：《论法兰克福学派的现代性批判的马克思主义方向》，《求
是学刊》2004 年 7 月。

Max Horkheimer, *Critique of Instrumental Reason*, translated by Maithaw J. O'Connell and others, Seabury Press, 1974.

Theodor W. Adorno, *Negative Dialectics*, translated by E. B. Ashton, Seabury Press, 1973.

Theodor W. Adorno, Hans Alerbert, Ralf Dahrendorf, Jurgen Habermas, Harald Pilot, Karl R. Popper: *The Positivist Dispute in German Sociology*, translated by Glyn Adey, Heinemann Educational Books Ltd. , 1976.

Herbert Marcuse, *Reason and Revolution*, New York: The Humanities Press, 1954.

Herbert Marcuse, *Five Lectures*, *Psychoanalysis*, *Politics*, *and Utopia*, translated by Jeremy J. Shapiro and Shierry M. Weber, Beacon Press, 1970.

Jürgen Habermas, *The Theory of Communicative Action*, Volume 2, translated by Thormas McCarthy, UK: Polity Press, 1989.

Phil Slater, *Origin and significance of the Frankfurt School—A Marxist Perspective*, Routledge & K. Paul, 1977.

George Friedman, *The political philosophy of the Frankfurt School*, Cornell University Press, 1981.

Richard Kilminister, *Praxis and method*, *A sociological dialogue with Lukacs*, *Gramsci and the early Frankfurt School*, Routledge & Kegan Paul Ltd. , 1979.

Helmut Dubiel, *Theory and Politics*, *Studies in the Development of Critical Theory*, translated by Benjamin Gregg, MIT Press, 1985.

Andrew Feenberg, *Lukacs*, *Marx and the Sources of Critical Theory*, Martin Roberson & Company Ltd. , 1981.

法兰克福学派的意识形态批判及其存在论视域

附录
从意识形态批判到技术批判理论
——马尔库塞和芬伯格技术理论的比较

对于技术的批判,是法兰克福学派社会批判理论的一个重要内容。而在法兰克福学派中,马尔库塞对技术的批判既有鲜明的特色,又具有代表性。他的技术理论对于新一代法兰克福学派在美国的代表芬伯格产生了巨大的影响,就如芬伯格自己所言:"我的早期著作受到了马尔库塞对资本主义文明的革命性批判的影响,而他的批判中也包含对技术的批判。"[1] 本文的目的就是分别阐述马尔库塞和芬伯格的技术理论,从一个侧面梳理出法兰克福学派技术理论的发展历程。

一

芬伯格认为,马尔库塞对技术的基本态度是认为"技术是意识形态"和"支撑一种统治体系",[2] 芬伯格的这一判断可谓是切中肯綮的。马尔库塞在 20 世纪 50 年代就一再指出:"在工业发达国家,科学技术不仅成了创造用来安抚和满足目前存在的潜力的主要生产力,而且成了与群众脱离的、使行政机关的暴行合法化的意识形态的新形式。"[3]

也就是说,马尔库塞一方面承认科学技术是一种生产力,另一方面也指证科学技术是一种新型的意识形态。而马尔库塞对"科学技术是一种意识形态"的论证,集中体现在他最主要的代表作《单向度的人》一书之中。综观全书的内容,联系这本书的副标题"发达工业社会意识形态研究",我们就可以看出马尔库塞对科学技术的批判态度。

马尔库塞开篇首先描述了技术进步给人们的生活所带来的变化,那就是通过科学技术这一在发达工业社会中最重要的生产力因素,社会的物质财富大量增加,人们的物质生活条件得到了极大的改善,物质生活水平也得到很大的提高。这种技术进步所导致的生产力水平的提高从而带来的物质生活水平的改善,其受惠者不仅仅是原先的统治阶级——资产阶级,而且包括了大部分原先的无产阶级,它使得"工人和他的老板享受同样的电视节目并漫游同样的游乐胜地";"打字员打扮得同她雇主的女儿一样漂亮";"黑人也拥有盖地勒牌高级轿车"。[4]结果导致原先的阶级差别仿佛不复存在了。但是,在马尔库塞看来,"这种相似并不表明阶级的消失,而是表明现存制度下的各种人在多大程度上分享着用以维持这种制度的需要和满足"[5]。也就是说,在这种显而易见的由技术进步所带来的生活水平提高和阶级差别夷平的现象后面,掩盖的却是阶级之间的差别,由此,马尔库塞说:"在这里,所谓阶级差别的平等化显示出它的意识形态的功能。"[6]

在揭示了上述这种人人都看得见的现象中所隐藏的科学技术的意识形态性质之后,马尔库塞进一步从科学技术内在本质出发来分析它的意识形态性质。马尔库塞首先阐明了科学和技术的关系,他认为,"自然科学是在把自然设想为控制和组织的潜在工具和材料的技术先验论条件下得到发展的"[7]。也就是说,马尔库塞并不简单认同"现代技术就是被应用的自然科学"这样一种流行的观点,而是认为技术先验论是决定自然科学的东西。在这里,我们可以明显看到海德格尔对马

法兰克福学派的意识形态批判及其存在论视域

尔库塞的影响。在海德格尔看来,尽管从历史学的时代计算来看,现代技术要晚出于现代自然科学,但是"从历史学的论断来说晚出的现代技术,从在其中起支配作用的本质来说则是历史上早先的东西"[8]。换句话说,"现代技术是自然科学的应用"这种观点只是一种惑人的假象而已,现代技术的本质中已经蕴涵着自然科学对待自然的态度。现代技术的本质是一种"座架"或"支架"(Ge-stell),这种"座架"或"支架"是一种促逼和强制,"此种促逼向自然界提出蛮横要求,要求自然提供本身能够被开采和贮藏的能量";"将人塞入尺度之中,当前人就是在这个尺度中生—存的"。[9]马尔库塞虽然没有如海德格尔那样专门来讨论科学和技术的本质,但在基本思想上还是与海德格尔一致的,"科学是一种先验的技术学和专门技术学的先验方法,是作为社会控制和统治形式的技术学";而"在技术现实中,客观世界(包括主体)被经验为工具世界"。[10]也就是说,在现代技术本质的支配下,自然界成了提供能源的纯粹的质料,人亦成了可以按照现代性的模式加以订造的人,无论是自然界和人只是工具而已。在下文,我们将会看到,芬伯格正是由此认为海德格尔和马尔库塞的技术理论是一种技术的实体理论。

正是基于对科学技术的这种认识,马尔库塞批评"科学技术中立性"观点,认为那是一种虚假的观点。这一观点,也是海德格尔所一再强调的,海德格尔说:"如果我们把技术当作某种中性的东西来考察,我们便被恶劣地交付给技术了;因为这种现在人们特别愿意采纳的观点,尤其使得我们对技术之本质茫然无知。"[11]在马尔库塞看来,科学技术通过祛除任何的目的从而设计出一种能够在实践上顺应任何目的的纯形式,它把自然界抽象成可定量的物质,把人抽象为脱离任何人身依附的唯灵论的存在,从而宣布其自身的客观中立性。但是事实上,人们是站在一定的话语和行为领域出发才能进行上述抽象的,换句话说,这种抽象是有历史前提的。为了说明这一点,马尔库塞举了个例子,他说:

"伽利略观察过的星星在古人那里没有什么两样,但不同的话语和行为领域——简言之,不同社会现实——却开启着新的观察角度和范围,揭示着整理观察数据的多种可能性。"[12]确实如此,比如说月亮,在古代中国人,甚至在小时候我们的心目中,是"嫦娥奔月"的那个月亮,而如今,它却成了由各种化学元素所组成的、有待人类去征服的星球。可见,在科学话语体系之下的所谓客观中立的"星星"和"月亮"的知识,其实一点都不客观中立,它们只是经过技术合理性处理过后的客观中立性。关于这一点,芬伯格是认同的,他同样批判技术中立论的观点,并把这种理论称为"工具理论",具体分析了这种工具理论所暗含的意思,即技术与特定的社会和政治无关,它能应用到不同的国家、不同的时代和不同的文明中。芬伯格认为,这是一种被最为广泛地接受的观点,但是它却没有看到技术的文化含义。

马尔库塞在此基础上接着指出:"技术合理性既向人们显示了它超乎于政治之上的中立性,又向人们显示了其中立性的虚假;但在这两种情况下,技术合理性的中立特征都对统治术有用。"[13]在这里,马尔库塞既说明了所谓"科学技术中立性"观点的虚假性,又说明了之所以需要这种中立性的原因在于统治的需要。马尔库塞称这种受技术统治的社会为"技术社会","这种技术社会是一个统治系统,这个系统在技术的概念和结构中已经起着作用"。[14]

行文至此,我们已经很清楚地看到,宣称客观中立的科学技术实际上并非那么纯洁,在它的内部隐藏着一种统治的欲望,即技术的统治是为了政治的统治,马尔库塞在书中的不同场合都指出了技术统治和政治统治的一致性。这一点用他在 20 世纪 70 年代初所写的《反革命与造反》一书中的一个公式,能得到更简明扼要的理解:"技术进步=社会财富的增长(社会生产总值的增长)=奴役的加强。"[15]由此,科学技术的意识形态本性昭然若揭。

马尔库塞对科学技术意识形态本性的揭示主要是通过对"技术合理性"这个概念的阐释来达到的。他指出,技术合理性的特征是"不合理中的合理性",说它"合理",是因为技术理性的目标是通过科学技术的运用,提高劳动生产率,增加物质财富,使人从生存斗争的必然王国中摆脱出来而进入自由王国;说它"不合理",是因为通过科技的运用所达到的物质财富的增加,人们"闲暇时间"的增多,并没有导致解放的大变动,相反地,技术变成了集权统治,变成了奴役的新形式,变成了发达工业社会单向度的根源。一句话,变成了一种意识形态。所以,马尔库塞说:"发达的单向度社会改变着合理性与不合理性之间的关系。与这一社会合理性奇异而又疯狂的面貌相对照,不合理的领域成为真正合理性的归宿。"[16]

马尔库塞把上述的技术理性的"不合理中的合理性"称之为"技术的异化",其本质是一种统治,因此,技术合理性说到底是一种政治合理性。"作为一个技术世界,发达工业社会是一个政治的世界,是实现一项特殊历史谋划的最后阶段,即在这一阶段上,对自然的试验、改造和组织都仅仅作为统治的材料。随着这项'谋划'的展现,它就形成为话语和行为、精神文化和物质文化的整个范围。在技术的媒介作用中,文化、政治和经济都并入了一种无所不在的制度,这一制度吞没或拒斥所有历史替代性选择。这一制度的生产效率和增长潜力稳定了社会,并把技术进步包容在统治的框架内。技术合理性已经变成政治合理性","技术合理性进程就是政治的进程"。[17]换言之,通过技术的中介作用,整个社会都被吸纳到统治体系中,技术合理性用合理的表面掩盖统治的本质,这就是芬伯格所言的马尔库塞思想中的技术是"支撑一种统治体系"的含义。关于技术的合理性变成了政治的合理性,变成了技术统治论,马尔库塞的这一思想是深受芬伯格赞许的,可以说,芬伯格的技术批判理论就是由此出发的,关于这一点,在以下的文章中要详加论述。

我们知道,传统社会的意识形态是一种政治意识形态,统治阶级借助于法律、政治、宗教、艺术或哲学等诸种意识形态执行意识形态功能,达到控制社会和统治人民的目的。马尔库塞通过论证"技术合理性已经变成政治合理性",指明了不仅存在着一种通过恐怖的政治协作而形成的法西斯主义的极权主义,而且出现了一种新型的通过技术合理性作用而形成的新型的极权主义。由此推论出"科学技术是一种意识形态"的结论,并指明了这种意识形态的内核是"技术合理性"。马尔库塞说:"技术理性这个概念本身可能是意识形态的。不仅是技术理性的应用,而且技术本身,就是(对自然和人的)统治——有计划的、科学的、可靠的、慎重的控制。统治的特殊目的和利益并不是'随后'或外在地强加于技术的;它们进入了技术机构的建构本身。技术总是一种历史—社会的工程:一个社会和它的统治利益打算对人和物所做的事情都在它里面设计着。这样一个统治'目的'是'实质的',并且在这个范围内它属于技术理性的形式。"[18] 这是芬伯格所谓的技术的实体理论的典型观点。马尔库塞在这里指出了技术合理性作为一种意识形态是内在于技术本身之中的,而不是外在附加上去的,这种意识形态的实质就是为占统治地位的阶级服务,对自然和人实行统治。正是因为这种统治是内在于技术本身之中的,所以对于马尔库塞来说,他的理论最终没有一个明确的革命的主体来加以承担,甚至最终走向审美的乌托邦和大拒绝也是必然的。在芬伯格看来,尽管马尔库塞提到"生活在底层的流浪汉和局外人,不同种族、不同肤色的被剥削者和被迫害者,失业者和不能就业者"这样一些"处在民主进程之外"[19]的人为自己的批判理论寻找革命的主体,但诚如芬伯格所说,"他在原则上承认这种方法是有缺陷的","他在这方面的论述太抽象和粗略,它们难以与任何具体的实践相联系。当试图与技术的实际扩散作实际的斗争时,这一缺陷看起来越来越突出"。[20]而在芬伯格看来,技术批判理论的"主题是工业社会的真正激进改革的可能性"[21]。由于马尔库塞的理论没有明确提出这种可能性,所以,芬伯格认为,"马尔库塞对资本主义技术合理性的批判包含着一张他没有交付的期票。从中我们应该能够得到一种替代的合理性理论,这种理论将告诉我们人类价值如何能够被结合到技术性的结构中去。……总之,我要描述最近的理论变化,这也许有助于使马尔库塞为之付出很多的批判运动超越他自己立场的界限"[22]。芬伯格要做的事就是整合最新的理论和经验以使得马尔库塞的批判运动具有一个明确的替代方案。

二

芬伯格结合最新的理论——产生于20世纪80年代的社会建构论和最新的经验——他亲自参加在线教育技术设计的经历,从马尔库塞的"技术合理性变成了政治合理性"这一思想出发,开始了他自己的理论历程。作为马尔库塞的忠实弟子,芬伯格不希望自己老师的技术理论由于最终走向乌托邦而被埋没,他力求通过自己的努力进一步充实老师的思想,以使得在马尔库塞那里还是过于抽象和粗略的理论丰满起来,最终为现代社会找到一条可能的替代性道路。

那么,芬伯格是如何充实他老师的这一思想的呢?那就是他的"技术政治学"思想的提出。"今天的技术政治学包括了各种对主要的技术制度的结构和普通人的自我理解有重要后果的斗争和革新。我们需要发展一种理论,以便用来说明技术发展中公共行为者的逐渐增长的重要性。"[23]换言之,芬伯格要发展一种技术政治学,通过公共行为者,这包括社会生活中的各种角色,如待产妇、艾滋病患者、电脑使用者、某种劳动分工的参与者,等等,这些人参与到以技术为媒介的活动中去,激发他们作为被统治者被压抑的潜能，以此来解决在替代性选择中的革命主体的问题。

接下来，我们就来阐述一下芬伯格是如何来论述他的技术政治学的。换言之，就是芬伯格是如何来论证公共行为者参与到以技术为媒介的活动中的可能性的。

作为社会批判理论的继承者，芬伯格首先从马克思的理论中找到资源，"马克思的成熟著作中包含两种对资本主义的相关批判……我称这两种批判为所有制理论（property theory）和劳动过程理论（labor process theory）。前者建立在资本主义经济分析的基础上，后者建立在资本主义组织形式的社会学基础上"[24]。具体而言，所谓"所有制理论"是指从对资本主义的经济分析出发，认为资本主义的根源在于其生产关系的私有制形式，因此，只要将生产力从资本主义的私有制中解放出来，就能实现共产主义社会。芬伯格认为，前苏联的社会主义就是建立在这种理论基础上的，而它的解体，就是这种理论具有缺陷的活生生的证明。这就使得芬伯格把目光关注到了马克思的劳动过程理论，如果说，所有制理论是从资本主义的经济分析出发，那么劳动过程理论则是从资本主义组织形式的社会学出发（在这里，可以明显看到芬伯格受社会建构论思想的影响），关注资本家和工人在劳动过程中的权力问题。正是从这里出发，芬伯格阐明了"技术发展中公共行为者的逐渐增长的重要性"。对于这种重要性的阐明，芬伯格是通过以下的概念来达到的。那就是："操作自主性"和"机动的边缘"、"战略"和"策略"。

所谓"操作自主性"，就是指上层或者说资本家或者说统治者对生产的自由支配的权力，而在资本主义社会中，这种操作自主性所优先考虑的是控制和效率，是不断扩大的有效性，它的目标和方向是单一的。在技术体系中，就是指那些技术的设计者。而"机动的边缘"就是指处于下层或者说工人或者说被管理者作为单独的个人，他们有自己个人的目标和方向,这种有着自己的目标和方向的"大量的个人卷入到技术体系中,抵抗就能影响未来的设计和技术体系及其产品的配置"[25]。芬伯格进一步运用迈克尔·布鲁威、米歇尔·德·塞尔托和诺贝特·埃里亚斯的相关观点,把任何以技术为中介的活动比喻成一场游戏,在游戏中,游戏规则的制定者相当于在技术体系中具有操作自主性的设计者,如电脑程序的设计者,他们制定各种战略,"'战略'是制度化的控制……它们开启了一个空间、一种'内在性',这些精英们就是由此作用于社会的"[26]。但是,他们通过战略对社会的作用并不是铁板一块的,因为游戏过程还有另一些参与者,那就是被称为机动的边缘的被统治者,也就是技术设计的应用者,如电脑的使用者。他们会"从'策略上'对它们所承受的战略做出回应,也就是说运用一些多少处于占主导的战略控制之下的精确的、临时的、变换的行为,但是这些行为却巧妙地改变了这种战略的意义和方法。"[27]这种体验我想参加过游戏的人都会有,任何规则严密的游戏,在实际的开展过程中,总是不能完全预想到游戏的结果。其原因在于处于机动边缘的游戏者对处于操作自主性的游戏者所作的策略上的回应,芬伯格指出,这种"策略上的回应不是从外部("生活"、本能等)引入到以技术为中介的游戏中,而是游戏自身内在地产生的一种在社会上必不可少的自由的形式"[28]。

对于这样一种理论,当然不能仅仅用比喻来论证,芬伯格还用自己参与在线教育建设的亲身体会来佐证自己的观点,他说:"我亲眼目睹了人类行为在引导技术发展中的作用","计算机不仅不会把人降低为机器的纯粹附属物,而且能促进交往的技能和集思广益"。[29]在在线教育中,教师和学生希望创造支持人类互动的工具,这种希望就会逐渐体现在计算机的软件设计中,因为教师和学生是在线教育的使用者。比如师生希望有一种能提供更精致的视觉呈现的新型视频的计算机,以便更出色地完成教学任务,课程软件的设计者和生产者将提供这种新的设计。这说明了教师和学生能够去"感受技术，领会到如何激活技术，将他们的'声音'在技术上表现出来"[30]，而不是完全被动地受计算机的控制，变成计算机的纯粹附属物。而在师生通过表达自己的希望，主动地、间接地参与到计算机的设计中，在线教育就逐渐变成了一种交往的媒介，在芬伯格看来，"任何能加强人类联系的技术都具有民主的潜能"[31]，这种民主的潜能将有可能使一种替代的可能性出现。很明显，在在线教育过程中，计算机软件的设计者和生产者是具有"操作自主性"的上层，而计算机软件使用者的师生是处于"机动的边缘"的下层，但是在这个过程中，上层的"战略"并不能完成控制整个的在线教育过程，因为通过提出希望的"策略"逐渐改变着这种战略，虽然这个过程不会像大规模的政治革命一样一下子改变一个社会，但是它却逐渐地改变着这个社会。

也正是在这个意义上，芬伯格把这种技术政治学称为"微政治学"，这种政治学是通过用户、顾客或受害者的小规模的干预来改变特定的技术或特定的技术系统，但没有直接反抗国家，所以说，它是一种建立在局部知识和行动基础之上的情境政治学，它虽然没有为全面的战略提供方法，因此也不会对社会形成全球性的挑战，但是，它通过大量的、长期的、潜在的集中行动，最后有可能产生颠覆性的影响。[32]确实，在今天这个几乎技术统治一切领域的社会中，要想发动一场大规模的政治革命来改变这个异化的社会几乎是不可能了，但是我们并不能因此而放弃希望，无可奈何地接受技术的统治，而是要作为一个社会生活中的"公共行动者"来为改变这个技术统治的社会作出自己哪怕是微薄的贡献。这就是芬伯格的技术政治学的要义之所在，也是他对马尔库塞的"技术合理性已变成政治合理性"思想的发展。

在此基础上，芬伯格分析了马尔库塞对资本主义技术合理性的批判之所以"包含着一张他没有交付的期票"的原因。在芬伯格看来，原因在于"马尔库塞的批判论述集中在技术实践对象的初级工具化上"[33]。初级的工具化是相对于次级的工具化而言的,它们合起来构成芬伯格的工具化理论,这是芬伯格技术批判理论的一个重要组成部分,芬伯格把它称为技术的整体论。这也可以看成是他对他老师马尔库塞思想发展的又一个方面。所谓初级工具化是指技术面向现实的倾向,而这种倾向要实现为一种在世界中的行为,还需要一定的社会情境,所以,使只具有倾向性的初级工具化通过在社会情境中的实际设施和体系中成形和发挥作用就是次级工具化。芬伯格指出,"一个技术的完善的定义必须表明技术面向现实的倾向的特点是如何在社会世界中的实现结合起来"[34]。换言之,技术的整体论应该是初级工具化和次级工具化的结合。在芬伯格看来,如果只把技术定义在初级工具化的层面上,就是技术的实体理论。所谓技术的实体理论,指的是赋予技术一种自主的文化力量,这种自主的文化力量将整个世界重构成一个控制的对象,从而扩张、侵入到每一个前技术时代的领域,正是基于对技术的这样一种理解,海德格尔才会说"技术已经变成了人类的天命",在这样的一种天命中,"也许只有一个上帝可以救赎我们",马尔库塞才会指出技术合理性已经转变成一种技术统治论,从而最终"大拒绝"而走向审美的乌托邦。关于这一点,在第一部分中其实已经有所涉及。确实,技术的实体理论在揭示技术工具理论中立性的虚假性这一方面是功勋卓著的,但是它自己却最终走向了无出路状态。前面已经论述过,芬伯格对技术的工具理论是持批判态度的,同样的,芬伯格对技术的实体理论也是持批判态度的,他认为,不管是技术的工具理论还是技术的实体理论,都是一种技术决定论,既然是一种决定论,技术就具有固定的本质,人在技术面前就无所作为,持乐观态度的人们就欢欣鼓舞地盲目接受技术,认为随着技术的发展,人类会自动地进入一个更美好的境地;而持悲观态度的人则一味地抵制技术,并幻想着退回到传统去。

芬伯格在批判技术的工具理论和实体理论的基础上,提出了他的技术批判理论。他认为技术批判理论是介于乌托邦与听天由命之间的,它既不是中性的,也不是独立自主的,而是含有社会价值的,不仅在技术体系的使用中,而且在社会体系的设计中都含有社会价值。对于这一点的阐述,就是芬伯格提出的次级工具理论,正是由于这种次级工具理论的提出,芬伯格才认为,"技术不是一种天命,而是斗争的舞台。技术是一个社会的战场,或者用一种更好的隐喻来说,把技术比作一个文明的替代形式互相竞争的'事态的议会'"[35]。也就是说,在技术由一种倾向变成一种现实世界的行动时,它依赖于一定的社会情境,它是在具有特定的社会价值的社会中实现这种行动的,海德格尔和马尔库塞等持技术实体理论的思想家实际上分析的是资本主义的技术,因为在前资本主义社会中,技术总还是嵌入在社会情境的更大的框架中,但是到了资本主义社会,它通过"去除情境化和系统化"、"简化法和中介"、"自主化和职业"、"定位和主动"这四种主要的成分,尽量地压制技术的次级工具化,从而使技术处在貌似初级工具化的层面上。

芬伯格通过提出次级工具化的理论,指出了技术的实现是在一定的社会情境中进行的,因而,改变资本主义的社会情境,就有可能出现一种与资本主义社会中完全不同的技术,芬伯格把具有与资本主义不同特点的新的社会情境称为社会主义。他认为,为了给管理和技术中激进的变化提供一个框架,也许需要一种新的配置,这种配置"优先考虑特殊的非市场的目标","并且与现存的资本主义社会相比,它实质性地运用了更广泛的调控和公有制来实现这些目标"。这种新的配置就能被称为"社会主义"。[36]芬伯格把社会主义称为是一种不同于资本主义的文明规划,这种文明规划不是通过一种宏大的政治革命,而是通过技术的"微政治学",即通过用户、顾客或受害者的小规模的干预来改变特定的技术或特定的技术系统,这种干预是从下层的"机动的边缘"开始的,"扩大他们在加入到技术网络中时已经享有的机动边缘来转化技术"[37]。关于这一点,在前面的论述中已有详细的说明。芬伯格通过这样的论述,为被技术统治的社会找到了一条替代的道路,诚如他所说,这样的"社会主义将是一种新的文化,不同的价值、不同的生活方式和不同的组织原则将在这种新文化中产生一种和谐的、充分综合的新型社会体系,这种新型的社会体系也将具有自己的技术体系。"[38]

综上所述,芬伯格的技术批判理论通过论述技术政治学,表明了作为"机动的边缘"的公共行动者,通过参与到以技术为媒介的活动,用小规模干预的方法来改变特定的技术或技术系统,通过长期的、潜在的集中行动,最后形成一种新的文明形式——社会主义,从而为无出路状态的社会批判理论找到了一条道路。他正是通过这样的努力,充实和发展着他老师的思想。

注　释

［1］安德鲁·芬伯格:《技术批判理论》,北京大学出版社 2005 年版,中文版序言第 1 页。

［2］同上书,中文版序言第 2 页。

［3］哈贝马斯:《对 H. 马尔库塞的答复》,转引自欧力同、张伟:《法兰克福学派研究》,重庆出版社 1990 年版,第 268 页。

［4］马尔库塞:《单向度的人》,上海译文出版社 1989 年版,第 9 页。

［5］同上书,第 9 页。

［6］同上书,第 9 页。

［7］同上书,第 137 页。

［8］《海德格尔选集》(下卷),孙周兴选编,上海三联书店 1996 年版,第 940 页。

［9］同上书,第 932—933 页;载于《哲学译丛》2001 年第 3 期,第 57 页。

［10］马尔库塞:《单向度的人》,第 141—142、197 页。

［11］《海德格尔选集》(下卷),孙周兴选编,第 925 页。

[12] 马尔库塞:《单向度的人》,第 141 页。

[13] 同上书,第 72—73 页。

[14] 同上书,第 7 页。

[15]《法兰克福学派论著选辑》(上卷),上海社会科学院哲学所编,商务印书馆 1998 年版,第 604 页。

[16] 马尔库塞:《单向度的人》,第 222 页。

[17] 同上书,第 7—8、151 页。

[18]《现代文明与人的困境——马尔库塞文集》,上海三联书店 1989 年版,第 106 页。

[19] 马尔库塞:《单向度的人》,第 230 页。

[20] 安德鲁·芬伯格:《技术批判理论》,第 86 页。

[21] 安德鲁·芬伯格:《技术批判理论》,第 1 页;《可选择的现代性》,中国社会科学出版社 2003 年版,第 39 页。

[22] 安德鲁·芬伯格:《可选择的现代性》,第 39 页。

[23] 安德鲁·芬伯格:《技术批判理论》,第 27 页。

[24] 同上书,第 48 页。

[25] 同上书,第 19 页。

[26] 同上书,第 102 页。

[27] 同上书,第 102 页。

[28] 同上书,第 105 页。

[29] 同上书,中文版序言第 2 页,第 111 页。

[30] 同上书,第 162 页。

[31] 同上书,第 113—114 页。

[32] 安德鲁·芬伯格:《可选择的现代性》,第 43 页。

[33] 安德鲁·芬伯格:《技术批判理论》,第 221 页。

[34] 同上书,第 221 页。

[35] 同上书,第 16 页。

[36] 同上书,第 30 页。

[37] 同上书,第 219 页。

[38] 同上书,第 169 页。

后　记

　　三年之前,完成了博士论文。还清晰地记得那段日子十分难熬,总是力图将在复旦五载半所学所感切入博士论文中,却分明觉悟到自己的笨拙,无法顺畅地表达所思所想,时有黔驴技穷之感。运思之艰辛,想只有运思者方可领会。论文完成之后,很长一段时间,都不忍心再去一观论文。

　　有些事情,只有经过时间的洗礼,方能显示其本身的价值和意义。原只是为完成博士学位的一篇论文,如今重读时,才发觉其意义远非如此。现在,我似乎感受到了论文内在而非外在的意义。它承载着我自身成长的痕迹。具体而言,在论文中,我所力图阐明的马克思"实践批判原则"和青年黑格尔派"理性批判原则",是对我自身成长经历的一种注释。如果说,三年前写论文的那段日子,我对这两个原则的领会还是懵里懵懂,甚至只知其然不知其所以然的话,那么现在回过头来反思自己这些年来走过的路、经过的事,突然明白了这两个原则在我人生的不同阶段所具有的意义。那种感觉就像一缕阳光突然照亮了一个黑暗的世界,明白了自己长久以来内心的矛盾、纠结、痛苦、愤懑之来源,亦明白了自己如今内心的充盈、丰盛、坚忍和力量之所出处!

　　当你悬设一个应然之理想来责成自己、他人和社会的时候,你所看到的自己、他人和社会,必定与理想之世界格格不入,自然,你就会感到矛盾、纠结、痛苦、愤懑和不解。而用应然的理想来责成现实的世界，就是"理性批判原则"之真义，我并不想贬低这一原则，相反，我认为这一原则是高尚的、纯净的、美好的。但是，由于它只是从理性的应然出发，所以很难影响现实生活中的人们，它缺乏一种力量，不能真切地触动自己和他人：它是空洞的。在这种原则的支配之下，人们要么沉醉于纯真主义之旧梦，要么深陷于怨天尤人之境地。现实生活会让你明白此一原则之界限，这个时候，马克思"实践批判原则"方真正显示了它的力量："从世界本身的原理中为这个世界阐发新原理"。人们总不能只在空中，用应然之原则来评判这个世界，而应该置身大地，平和而不乏批判地切己行事。它需要人们对社会存在的担当，只有领会到了这种担当，人生方能充盈！走向这条担当的路上，让我历经坎坷，时而峰回路转，时而足陷黑暗的世界。所幸的是，如今，我正走在这条路上了，我会用自己的行动来证明自己的担当，证明自己人生的意义！

在某种程度上，这篇论文就是对这个历程最好的阐释。现在想来，方明了导师当初建议这个主题的深意，方领会导师渊深的实践智慧！这篇论文是我的生命必须遭遇的事件。

马克思说："在其现实性上，人是一切社会关系的总和。"如今的我，没有什么外在的成就，但是我知道自己有一颗充盈的心灵，能够欣然地接受命运给予的馈赠，也能够坦然面对生活给予的考验；能够真诚地面对世界，也能够坦白地面对自己；能够明白自己该担当什么，也能够在内心深处守护那些美好之物！而我之所以长成现在这样，是因为有了你们，我的父母、我的师长、我的朋友、我的爱人、我的孩子，还有众多相识或不相识却一直默默地呵护着我的人……对于你们，说声谢谢，实在是太过轻巧了。你们对我的影响，已经深入到我的血液之中，无法去除。我想，你们看到今天如此这般的我，就会明白你们于我的生命意义；你们看到我如此奋发地成长，就会欣慰于你们于我的生命意义。

法兰克福学派的意识形态批判及其存在论视域

论文的完成是对自己成长轨迹的记录。在思想意义上，它还显得稚嫩和粗糙，本想借此机会深入修订，然一则由于时间与能力的有限，二则也想保持这份原始的思想记录，因此，只在文字上作了些许修改。如果它在学术上还有那么点价值的话，那完全归功于我的导师的指导、归功于复旦那些正直而自尊的学者的启发、归功于怀有共同志向的诸多同辈学友的切磋。承蒙不弃，论文得到上海市第十一次社会科学博士文库出版资助，对相关的专家与有关老师表示衷心的感谢！此外，论文还得到复旦大学文科科研处"金苗"项目资助，谨此致谢！

怀着感激的心情铭记存在！

最后，谨将此文献给我素未谋面的爷爷和已经过世的外公！

叶晓璐

2008 年 12 月 22 日

图书在版编目(CIP)数据

法兰克福学派的意识形态批判及其存在论视域/叶晓
璐著.—上海:上海人民出版社,2009
ISBN 978-7-208-08556-5

Ⅰ.法… Ⅱ.叶… Ⅲ.法兰克福学派-意识形态-研究
Ⅳ.B089.1

中国版本图书馆 CIP 数据核字(2009)第 068791 号

责任编辑　张玲雅

法兰克福学派的意识形态批判及其存在论视域
叶晓璐　著
世 纪 出 版 集 团
上海人民出版社出版
(200001　上海福建中路 193 号　www.ewen.cc)
世纪出版集团发行中心发行
上海商务联西印刷有限公司印刷
开本 635×965　1/16　印张 17　插页 4　字数 198,000
2009 年 6 月第 1 版　2009 年 6 月第 1 次印刷
ISBN 978-7-208-08556-5/B·742
定价 29.00 元